诗
想
者

HIPOEM

生 活 ， 还 有 诗

献　　给

世界自然遗产黄海滩涂湿地

范公堤修筑 1000 周年

滩涂地

从黄海湿地到范公堤

姜桦 著

GUANGXI NORMAL UNIVERSITY PRESS
广西师范大学出版社
· 桂林 ·

滩涂地
Tantu Di

图书在版编目（CIP）数据

滩涂地：从黄海湿地到范公堤 / 姜桦著. —桂林：
广西师范大学出版社，2022.1
  ISBN 978-7-5598-4349-4

Ⅰ. ①滩… Ⅱ. ①姜… Ⅲ. ①随笔—作品集—中国—
当代 Ⅳ. ①I267.1

中国版本图书馆 CIP 数据核字（2021）第 207659 号

广西师范大学出版社出版发行
（广西桂林市五里店路 9 号   邮政编码：541004）
（网址：http://www.bbtpress.com）
出版人：黄轩庄
全国新华书店经销
广西广大印务有限责任公司印刷
（桂林市临桂区秧塘工业园西城大道北侧广西师范大学出版社
集团有限公司创意产业园内   邮政编码：541199）
开本：890 mm × 1 240 mm   1/32
印张：10   字数：230 千
2022 年 1 月第 1 版   2022 年 1 月第 1 次印刷
定价：76.00 元

序
滩涂地情诗

　　姜桦的散文写作，是富含诗性的写作，绝对带有诗人的天性。诗人的天性是先天的，但离不开后天的磨炼，然后才有姜桦笔下的盐城。"一粒盐"，这是简洁到不能再简洁的叙述；"一粒盐行走在大地上"，这又是特立独行到让人叹为观止的想象。一般以为，有这样一个美妙的开卷，神驰遐想将会接踵而至，叙述中带有浓郁抒情的画卷，铺陈于滩涂地，在黄海的背景上是语言的浪漫。

　　作者由盐及海，把我带进了走向海边之路，而后却是如诉家常的叙事，紧接着"一粒盐行走在大地上"，另行，一个并不是精心设计而又巧妙的转折："说是海边，但从这里出发，向东，起码要走上数十公里才能到达海边。即使到了那里，也不一定能够真正见到大海。"海边既到矣，大海何以不得见？因为恰逢退潮，"那些土地，海潮退却的时候，它们裸露出来。大海涨潮时，又有很大一部分将再次没入水中"。这一片时隐时现的海边的新地，姜桦告诉我们叫作"滩涂"。最早，滩涂是浅滩荒野，有芦苇和荒草，还有野鸭子，等等。人们还来不及发现滩涂荒野，是思想的发生地；或者说面对这大片滩涂，农人想着如何垦拓种地时，《一粒盐》说：

> ……大地生长，大海向东。在大海的波涛逐渐退却之后，那些白花花的盐晶也积淀了下来，它们停留在那里，或立，或卧。那些煮海熬波的盐工，他们在那里生息，繁衍，从一个人的脚印，变成两个人的小屋，然后，再渐渐成为一个个鸡犬之声相闻的村落。
>
> 最终，成为一座集镇，一座城市。
> 这个有着2100多年历史的城市，叫作盐城。

这是一粒盐的时间跨度，还有"煮海熬波"的盐工，小路，小屋，村落而集镇而盐城，这一段精美的叙写，作者用了100多字。我亦愿以自己的文字，叙写盐城，可是面对上述词语，我真的是望而却步了。

文字简练而又"笔锋常带情感"（梁启超语）的富于诗性的表达，语言有新鲜出土感，是姜桦作品的一个难能可贵的特色。此种特色带给读者的享受，是清新愉悦："大沙河边有一排水码头。隔着一座低矮的砖桥，两个自然村落连成一片又相对独立。桥南头叫港南，桥北端叫港北……桥北头的东西街，过去每逢五号、十号，会逢集，一条小街，能聚起街头街尾，堆上坡下，包括附近七里八村，甚至是废黄河西的人。人们拎着鸡蛋，提着鱼虾，抱着鸡鸭，牵着猪羊……水灵灵的红萝卜就堆在脚底下，萝卜缨子是那么新鲜、整齐。"这种江南江北农村 20 世纪 60 年代前后的生活景象，在姜桦笔下是活生生、水灵灵的，并且组合起多种元素：河、码头、桥、东西街、黄河故道、七里八村的农人、红萝卜、鸡鸭猪羊等。我读到这些文字时，想起了莱奥波尔德的名言："大地的完整集合。"那是人与万类万物的集合，是大地生机的溢出，是生命的广大和美丽。姜桦笔下的盐城，在乡村生活一角中，得而见之矣！姜桦的文字，或者说语言特色，并不是灵光一现，而是从滩涂地上生出，挨着芦芽，带着春日滩涂冰雪消融万物生长的气息："三月，蛰伏了一个冬天的麦苗开始返青。我们匍匐在麦地上，听春天的雷声怎样敲开青蛙的耳朵，看那些蚯蚓，如何一个翻身就走出泥土……"然后是做风筝放风筝，如同我儿时在崇明岛一样。风筝总是会断线，"摇摇晃晃地落下去了"。我写过放风筝的远去的日子，感同身受矣："一只风筝是无法决定自己停留的位置的，出于某些不可言说的原因，它在降落。那是宿命。一只风筝的宿命"。

　　任何一个严肃的、真正的写作人，除了读书、走进生活、冥思苦想，一生都面对着两个问题：写什么？怎么写？请注意，我说的是"严肃的、真正的写作人"，是可以煮字为生的人。他不屑于也没有时间拉关系，拍马屁，构造一个互相吹捧的小圈子。当文坛成为官场，做一个真实的写作人谈何容易！想起梁任公写陶渊明，三国两晋之思想界，因为两汉的支离破碎，"加以时世丧乱的影响"，"士大夫浮华奔竞，廉耻扫地"（《饮冰室合集·专集》）。浮华者，浮夸也，哗众取宠也；奔竞者，奔走也。因何奔走，已述不赘。姜桦用不着奔走，在盐城，在他生活的地方，他让滩涂舒展，让盐站立、行走，让桥连接起港南港北，足矣！有这样的滩涂地，就会有生生不息，就会有爱这片土地的诗人、作家，懂得这片土地，并且用诗的语言，书写它的故事。诗人，我说的是真正的诗人，只有他们才会生成不一般的境界和语言，并且肩负使命："诗人是酒神的祭司……在这漫漫长夜，他要走遍大地"（荷尔德林语）。现在，我可以这样说了：对于作家而言，"怎么写"显然要比"写什么"来得重要。因为，任何人都不能离开他所处的时代和地理环境，如姜桦，面对铺陈着沧海桑田的滩涂地，面对一粒行走的盐，面对乡村小桥的连接和交汇，写什么就不是问题，他迫切需要去做的是"加工我们的语言"（屠格涅夫语）。我们有几千年的汉语言传统，因着汉文字语言的持续，才有了世界文明古国中唯一的中华民族的自立于世界民族之林的存在。中国的汉字约有 10 万之多，1988 颁布的《现代汉语常用字表》收录 3500 字，把这些文字随机列出，它不可能是一首诗或一篇文章。所有作者的写作过程，都是整理、组合文字的过程，也就是"怎么写"的过程。差别在于，可称为伟大作家者必定是伟大的文字学家，他们对文字的拣选往往有两个特色：其一，不人云亦云，不与他人同也；其二，有境界。王国维《人间词话》云："词以境界为最上。有境界则自成高格，自有名句。"非仅诗词，一切文学作品无不以境界为最上。山川就是历史，就是真景物，它就在那里；情感是本能的，虽有神秘性，然人皆有之。无论如何，上述两者均不缺失，唯一缺失的是恰当的、优美的、富有诗性的语言文字的表述。而在这一点上，姜桦恰恰是做得极好的。"黄海岸边的滩涂，既是碱性十足的咸土地，又是辽阔海域的组成部分。大地沧桑变迁，长江黄河从上游走来，绕过崇山峻岭，穿透高原厚土，以其巨大的能量，载着流水舟船，带着两岸风光，也从北方古老的大地带来了良田沃土。"用极其简洁又充满诗性的语言，姜桦很好地交代了滩涂地的来历。

有关语言的重要性，在人类历史社会学的层面，梁任公《国文语原解》曾指出：文字是"一国历史及无数伟人哲士之精神所攸托"。文字关乎一国历史，关乎中华民族的无数伟人哲士，不推敲文字，不追求诗性即文学性者，可为戒焉！因而以真感情，写真景物，求有境界，岂非今日之写作人精神所攸托者乎？读姜桦的作品，可见的是滩涂地上真实的却有别于人类自身的那些事物，正是在这样微妙的大地边界，展现了姜桦目力、胸襟及文字的过人之处。在《野鹿荡：大地星空》一文中，他把麋鹿、芦苇、野鹿、野兔、荒草，乃至大地星空联结在一起了，他的文字巧妙地超过了那一处边界，告诉读者：在人与万类万物共生共存的生态领域，所有的不是人设定的边界，而是风景的集散地——四月，"被泥土抬高的野鹿荡的'麋鹤营'，几头雄性麋鹿屏住呼吸，颤抖的犄角直挺挺地钉在地上，睫毛上挂满了青草种子，一股浓烈的欲望，伴随着扑朔迷离的眼神，正渗入春天的深处"。显然，这些从野草丛中走出来的麋鹿，几乎同野鹿荡的春天一齐出现，在一个苦寒单调的冬季之后，春天给予它们新鲜的风景，还有"浓烈的欲望"。欲望是什么？是性命，后来被写成生命，没有性何来命？或者，野鹿们是在欣赏春天的风景，在姜桦的叙写中，这风景是由冬天的"咔吧咔吧"的声音牵引而至的。这是一种奇怪的声音，这又是一种带有生命韵律的声音，这是麋鹿在严寒中脱角的声音："夜晚，一轮月亮从野鹿荡里升起来，圆圆的月亮被勾出一道白色的霜边。大野安静，一只只鹿角脱落，也有走着走着就掉了的，但是都会在坚硬的滩涂地上留下空空的回响……"显然，这是一个美妙的夜晚，是脱落、蜕变和新生交响的夜晚。但这是属于滩涂地、野鹿荡和麋鹿们的夜晚。这使我想起，人在梦乡时，天上地上会有多少秘密和新生出现，人不知也，唯月亮和野鹿荡知道。

姜桦告诉我们，次日早晨，当阳光照耀白霜铺地的滩涂，拾海人会发现那些已经脱离母体的鹿角，"一律平稳倒置"，无悲无喜，平静如斯。但围绕着那一只只巨大的鹿角，滩涂地上新鲜的麋鹿蹄印"一只又一只，一圈又一圈"，却是温暖的、柔情的，能让人想起平静的夜晚，其实并不平静。姜桦说"那是一只只麋鹿围绕着刚刚脱落的鹿角向大地致敬，也是它们就着清冷的月光写给滩涂人地的秘密经文"。"海边的滩涂地永远散发着一种水意蒙蒙的气质。"这是姜桦《滩涂地》开篇的句子。读到这里我的眼前呈现的已经是东方的大海、海边的日出日落。盐城的滩涂，之所以成为姜桦的滩涂，是因为他对家乡、对荒野的情怀，并集结起了野鹿荡上诸多生命的美好：油菜花、洋槐花、蒲公英、狗尾草和野蔷薇。还有退潮时赶海的男人和女人："他们用随身携带的长长的竹钩在滩涂上左钩右刨，东奔西跑里就将一只只海蛏和文蛤捉进自己的鱼篓里。追逐着浅浅的潮水……"最后，就不能不归于那些从真感情中滴落的文字和词语。在文学被权力和金钱绑架，在语言粗糙已成为时髦，且能呼风唤雨的当今，《滩涂地》给了我惊喜，且因之而为诗歌、诗性自豪。诗人姜桦是幸运的，他拥有诗人的头脑，他还拥有生长着万类万物，以及生长着只属于他的语言的滩涂地。

想起了海德格尔引用的荷尔德林的诗：

因为你的梦想，在中午离别之际，

隐秘地，让我留给你一个信物，

留下口之花朵，任你寂寞地说。

而你，有福的人哪，

沿着河流，也赠送

大量金子般的话语，它们

不息地流入所有地带之中

"一声巨大的霹雳，闪电的照耀下大地隆起，那屹立于天际的滩涂地，是祖先的坟墓，更是云中的天堂。"（《滩涂地》）

滩涂地，就这样站在那里，向东，眺望着大海；向西，眺望着千年范公堤与串场河。

最后，用姜桦的一段话为此文作结："这片安静的海滩还在。……今夜，我们的头顶停留着一片世界上最黑暗也最宁静的夜空。"

徐　刚

庚子岁尾，于北京

目　录

上辑

滩涂地

我行走在大海边，行走在大海边的滩涂上。
滩涂。这片土地上的泥滩、芦苇、盐蒿，天
空和飞鸟，沉落在它的树梢上的日月星辰，
那片开满鲜花的缓坡和一条条小路。双脚踏
向生长着盐蒿和大米草的滩涂，赶在一个阳
光灿烂的早晨，我开始了我的又一次"寻
找"之旅。

一粒盐

一

一粒盐行走在大地上。

说是海边，但从这里出发，向东，起码要走上数十公里才能到达海边。即使到了那里，也不一定能够真正见到大海。那些土地，海潮退却的时候，它们裸露出来；大海涨潮时，又有很大一部分将再次没入水中。

所以，这片土地，只能叫作——滩涂。

滩涂平整，辽阔，一望无际。它安居于海之一侧。万里长江与滔滔黄河之水夹带的泥沙，使得它的土地在不断生长。大地生长，大海向东。在大海的波涛逐渐退却之后，那些白花花的盐晶也积淀了下来，它们停留在那里，或立，或卧。那些煮海熬波的盐工，他们在那里生息，繁衍，从一个人的脚印，变成两个人的小屋，然后，再渐渐成为一个个鸡犬之声相闻的村落。

最终，成为一座集镇，一座城市。

这个有着 2100 多年历史的城市，叫作盐城。

盐城　周晨阳／摄

二

一粒盐，行走在大地上。这是盐城。

盐城，水之城。城中有水，城外有水。翻开一座城市的历史，一只葫芦瓢安静地浮游在水上，这个"瓢"也就是它最早的城池的模样。因此，盐城便有了另外一个名字："瓢城"。一瓢戏水，所以才有那么多的河流汇聚在它的四周，新洋港、蟒蛇河、皮岔河、大洋湾、大马沟、小马沟。"百河穿城"的盐城，一条条清澈的河流一直颤动着人们的神经。

城市的中心，最大的一条河流安静地守着一座座盐廪。那条河曾经串联起大海边的一处处盐池和盐场：富安、安丰、梁垛、东台、何垛、丁溪、草堰、小海、白驹、刘庄、伍佑、新兴、庙湾。流水依依，千年不断，巨大的盐堆高耸，它所承载的，是一代代人关于盐的记忆。戽水、曝晒、积淀，那盐从海水中走出来，有色彩，有味道，有温度，更有情感。乘着一条条高大的木船溯水而上，经海安、姜堰，过泰州、江都，直达扬州。那一座座水码头，一麻包一麻包的原盐由此出发，进江，入海，走向世界。

因为有水，这片土地上最茂密的植物是芦苇，最多的作物是水稻和棉花，最多的树木是水杉和银杏。这些植物，得了一点点阳光和水分就能够生长，它们是这片大地上最平常的生命。

还有桑园。沿着海边的那一大片一望无际的桑园，春蚕"上山"，秋蚕开目，那座风吹雨打的石碑上镌刻的四个字，叫："秋露压桑"。

因为有水，城市的边缘飞舞着鹤，狼尾草丛中奔跑着鹿。鹤乃丹顶鹤，因为羽毛洁白，体态飘逸，丹顶鹤在民间又有"仙鹤"之称。每年秋天，顺着风的方向，成百上千只丹顶鹤穿云破月，从遥远的北方飞来，一路留下"嘎嘎"的欢鸣。漫长迁徙的旅途，那不是几十、几百公里，是几千、几万公里。旅途中，这些丹顶鹤不吃不喝，全靠着夏季积蓄的能量。白天来过，黑夜来过，那些南迁的丹顶鹤，它们记得一路上的风霜雨雪，记得一阵阵的乌云闪电，但是冲关过隘，它们一定要飞到南方，飞回到那个叫作盐城的地方。北方的冬天过于寒冷，只有那里，只有那片叫盐城的海滨湿地，那片飞舞着白色芦花的地方，才是它们赖以生存的家园。

跟随着这些南迁的丹顶鹤，那个美丽的驯鹤女孩也从北方千里迢迢地来到了盐城，最终将自己年轻的生命留在了这片滩涂上。安静的黄海岸边，萧萧芦花覆盖着她的墓地，一年又一年，那首《一个真实的故事》也被一批又一批人深情传唱。

而鹿则是被喻为东方神兽的麋鹿。《封神演义》中，姜子牙的坐骑就是它。据考证，早在300万年以前，这一大片湖荡湿地就有麋鹿的踪迹。但因为人类无度的围捕猎掠而几近灭绝。直到 20 世纪 80 年代中期，前后 61 头麋鹿才从大洋彼岸回到阔别百年的祖国，其中 39 头回到位于太平洋西海岸沿着长江尾闾的这一片滩涂湿地。今天，当麋鹿归来，这大海边上最大的一块滩涂湿地草木遍野，这里的土地也许贫瘠，但它是麋鹿家族的祖居地，是已经生长进它的血脉和骨头的故国。

三

盐城，盐之城。

盐为五味之首，陶弘景说"五味之中　唯此不可缺"。三仓，仓头；黄圩，朱圩；潘丿，曹丿；梁垛，花垛；头灶，李灶；大冈，龙冈；新团，西团……仓、圩、丿、垛、灶、冈、团，这一串串的地名，无不和盐有关，靠近了闻一闻，这些名字也似乎都是咸的。白花花的盐堆横空出世。那些顶着斗笠在海边劳作的晒盐人，那些赤裸臂膀出海的捕鱼人，那些在滩头上捡拾泥螺、踏海小取的赶海人，汗湿的衣衫上渗出白花花的盐，头上身上飘着的尽是海风海浪的味道。他们弯着腰，头发、鼻尖、嘴巴近得就要接触到脚下的泥土和海水——和平原上的农民一样，一双大脚带给他们赖以活命的口粮，滩涂，滩涂上那白花花的盐坨，就是他们的生命之始和未来。

人依水立，城傍水筑。当年，城市的西侧有个水码头，叫鱼市口，每天黄昏，夕阳西下，下河捕鱼的渔民就会划着船儿回到这里。于是，河上，岸上，到处都是卖鱼贩虾的身影和吆喝。他们卖出了渔货，带走了粮食、食盐和布匹。也有做其他生意的，却也都卖些水乡的土产，如菱角、慈姑、藕、螺蛳、蛤蜊、蚬子等。西乡楼王镇、北龙港、大纵湖一带出产的白壳螺蛳，从河里捞上来，不需烹煮直接就可以食用。而在城市的另一侧，越过串场河和范公堤，高高的海堤那边，十里长堤槐花飘香，一个个渔港从正午时分就开始迎接那些出海归来的渔船。那些裹着红黄头巾的妇女，提着柳筐，拎着鱼篓，一路小跑着来到那些刚刚进港的渔船前面，一步跨到了甲板上，她们一边开心地将那些渔货装进筐，一边还不忘记侧过脸来看看正坐在码头上抽烟喝酒的男人。那渔船不一定是自家的渔船，那男人，却一定是自己的男人。

盐城有水，盐城有盐，盐城的百姓有特别敏感的味蕾。来盐城，有两种传统的美食不能不吃，一是藕粉圆子，一是鱼汤面。

做藕粉圆子是西乡人独有的绝活，因为只有那里的千亩湖荡才生满了连天接地的莲藕，而做鱼汤面就似乎容易得多了。在盐城，一般的鱼汤面家家都能做，但做鱼汤面最出名的高手出在距盐城百里开外的东台。做鱼汤面最讲究的是鱼汤，上好的鱼汤都以砂锅文火煨制，鱼一律是郊外河塘里的野生杂鱼。鲫鱼、鳝鱼、虎头鲨、黄昂、"肉狗"、鲹条、鳑

海边盐工　宋从勇／摄

高高的盐廪　孙华金／摄

鲅，而诸种鱼中，尤以鳝鱼的骨头熬汤最佳。新捕获的黄鳝，以九成开的热水烹烫，用扁平的竹篾轻划开皮肉，剩下的鱼骨，干净，剔透，一根靠着一根。趁着新鲜，将一把把的鱼骨倒入已经放了油盐葱姜的砂锅，小火轻煨慢炖四到五个小时。面是事先晒干的沙沟水面，放入开水锅中煮熟至七成，待开锅后再以西乡清冽的河水激荡数回，然后起锅，夹面，装入早已预备好的鱼汤中。汤不少不多，刚刚漫过面条的顶部最好，味不淡不浓，能抓得住筷子欲滴不掉为佳。再在碗里放入胡椒粉和细盐，那分量的多少根据你的口味轻重而定。有更讲究的，在汤面起锅后及时撒上一层青蒜丝或者芫荽末，啷格呢个香啊。难怪乾隆爷下江南，当地朝廷命官非得让东台犁木街做鱼汤面的高手孙大厨子在日落之前，驮着一担西溪水，从海春轩旁的一家面馆出发，一路策马疾行，星夜赶往扬州瘦西湖畔那个现在叫"冶春"的茶社的所在——冶春园。

四

　　盐有味道，更有风骨。那一个个地名——城中的东仓、西门、板桥巷、浍沧巷、亮月街、儒学街，随便哪一个都有一段历史；城外的伍佑镇、青墩镇、黄尖镇、盘湾镇、马庄村，无论哪一处都有它历史的风骨。一方水土一方人，地处海边，浩荡的风雨越过海洋，越过滩涂，越过那百年丛生的芦苇荡，一直走进盐城，化作那生息繁衍于这片土地上的民众身体里坚硬宝贵的气质。于是，盐城人的性格里有了比平常人更多的质朴和坚定，那是一份水来土掩、不屈不挠的血性和尊严。

凭着这样的尊严和血性，一群又一群人从这片土地上走来，站成风景，站成雕塑，站成历史。

公元1279年，宋元交替，南宋的帝后辅臣纷纷向元朝屈膝投降，忍辱求生，东南沿海怒火燃烧的土地上，却站起了一位铁骨铮铮、力挽狂澜的忠义之士，这就是为复兴社稷而蹈海赴死的民族先烈陆秀夫。而至正十三年（1353年），出生于兴化白驹场（今盐城大丰白驹镇）的一个叫张士诚的贫苦盐民，因受不了盐警欺压，带着十七位盐丁起兵反元，最终形成史上著名的"十八条扁担起义"。带着他的这些盐民弟兄，张士诚在高邮始建大周国，自称"诚王"。虽然时间不长，但中国古代史因此留下了这样一个绕不过去的年号：天佑。

天佑民子，地庇粮仓。金黄一片的大地上除了望不尽的芦苇荒草，更有那累累稻黍和青青菜蔬。那年，作家孙曙沿着千年石板小路去草堰访古，夹沟看水运，观楼下码头，一路过河入林，我却在伍佑场南十里的便仓看见怒放的"枯枝牡丹"。枝枯如柴，点之即燃，却年年岁岁，顶霜傲雪，生息不绝，每至谷雨前后便灼灼其华、满园富贵。更有奇异者，便仓的"枯枝牡丹"，常年时瓣复十二，逢闰月瓣单十三，且曾国有大事，大雪隆冬也能够枯枝吐蕊，传为佳话。

牡丹自有牡丹的来历。当地卞氏后人相传，当年，其先祖、元末义军将领卞元亨拾得枯枝为鞭，策马返乡，到了村口，枯枝随地一扔，来年竟枝绿花发，又都是那国色天香的牡丹。后来，卞氏被朱元璋寻事定罪，发配辽东，牡丹九年不开，第十年，卞元亨得赦归来，原本枯焦欲裂的牡丹竟又花朵盈枝。

前朝百年，枯枝着花，瓮牖绳枢之子，常作惊天动地。"花有了担当，有了志节，轰轰烈烈，英雄气长"。那白盐青菜的日子，一粒盐上行走着一群人独有的精神气节，七百年牡丹岁月，天下先贤，歌者无数，也就是孙曙说的这一句最好。

这片土地上还曾有过一场战斗，那是一出天恸地泣的活剧，更是一次能让神灵倾倒的祭仪。

1941 年 7 月 23 日，为躲避日军的"扫荡"，鲁迅艺术学院华中分院戏剧系、音乐系近 200 名平均年龄只有十四五岁的小学员，在老师的带领下分散转移。这些花一样的少男少女，一个个爱唱会跳，人人都梦想能够去陕北，去延安，去解放区，能够成为活跃在战地的演员、作家、画家、音乐家（他们的教导主任丘东平就是一位著名作家）。

转移行动在天黑之后开始，为了辨认识别的方便，每个学员的衣领后面都缝上了一块白布。穿行在乡村茂密得令人窒息的玉米地，这一群10多岁的孩子，后边人的脚尖紧靠着前面一个人的脚跟。子夜过后，累不可支的行军队伍在湖垛东北的北秦庄就地宿营，却不料突遭日伪军的包围偷袭。夜幕之下的遭遇战，仅有6支枪、20来颗手榴弹的学员队和有着汽艇、机关枪、迫击炮的日本兵血刃相向，年轻的学生们手无寸铁，只能以自己的身体迎向敌人。激战中，没有惊恐，只有青春热血的喷涌和生命悲壮的呐喊，庄稼地里传来子弹的呼啸和刺刀穿透胸膛的声音。为了保护自己的学生，戏剧系主任许晴背上背着一个、手里拉着一个，一柄刺刀从他的胸腹部穿过，那把小提琴摔碎在了田埂上。因为遭到敌人的围堵追逼，在一条大河边，9名不会游泳的女生进退无策，于是，9个人手拉着手，一边叫着老师，一边哭喊着"妈妈，妈妈"，毅然投河自尽，演绎了另一版本的"八女投江"。一场遭遇战，39名师生遇难，62人被俘，57人被冲散，安静的北秦庄的田埂、泥沟、河堤上躺着一具具被日军刺杀的鲁艺师生的遗体，鲜血浸透了黄土墩。清晨，天空渐亮，整个田野上全是乡亲们至悲至痛的哭声。大地震颤，河流凝滞，人们含着泪将烈士的遗体一一安葬。30多个战士，30多个儿女。昨天，他们带着成为一个艺术家的梦想走到了一起，今天又手拉着手，带着对敌人的仇恨，一起告别了这个世界。

五

我是一滴水。我从大海的深处来。

太阳，在我的右边落下；

月亮，在我的左边升起。

今天，抬腿，迈步，我走出这片赐予并且包容我生命的大海。

走出大海。沉淀，结晶，我成为一粒盐。

盐。盐城。当一个城市的历史需要很多人用记忆来还原、修补、推测，我——我是一粒盐。

我是一粒盐。卧着，成为一座博物馆；

站着，"祖宗是一棵树"。

是一棵苦楝树？

是一棵刺槐树？

是一株银杏树？

是一棵水杉树？

不，就是那一株生长在大海边的芦苇。

沧海桑田，潮汐奔腾，滩涂一寸一寸向太阳升起的地方延伸。那是天地赐予人类的瑰宝。

一个属于滩涂的诗人，我行走在滩涂，这大地的中心。我的祖宗，就是那片土地上的一株顶着硕大花朵的芦苇。

滩涂的另一边，凭借独特的视角，我看见我熟悉的那些植物和动物，那些盐蒿草，那些飞翔的鸟和盛开的野花。那

中国海盐博物馆 徐行／摄

些丹顶鹤，它们和自然如此亲近；那群麋鹿，它们的眼中是我熟悉的温暖的眼神。雾霭之中，我还看见了盐池。或许有一天，那一座座曾经作为一个城市象征的巨大盐山终将被搬走，但那条曾经舟楫穿行、橹声欸乃的串场河，注定会以另外一种姿势流过这座城市，流过我们的身旁。

大地深厚，包裹着它安静千年的心。

沧海绵延。滩涂无疆。当年范仲淹修筑的捍海堰早已进入了城市的中心。

面向范公堤，背倚串场河，一座形似盐晶的博物馆静静安坐。这是中国唯一以国字号命名的海盐博物馆，踏着那一级级台阶，我充满好奇地走进去。生活在这片土地上，我可以不关心任何尘世喧嚣，但是我不能不关注那不断生长的历史，不关心——我的盐。那是我们的昨天、今天和未来。

还有耸立在城市一隅的一座座雕塑——

那充满血性的铜马。

你的盐婆。

我的鹿神。

他的鹤娘。

滩涂地

海边的滩涂地永远散发着一种水意蒙蒙的气质。

地处苏北响水县城北侧的灌河，是一条潮汐河流，也是当地一条重要的泄洪渠道，因为河床里时常波浪翻涌，蓄积着连天的潮声，故又被称作"潮河"。

灌河的下游连着入海口。涨潮时，翻滚的河水从一个叫作小蟒牛的地方一路涌来，一直升到岸边的水泥码头，落潮时，河里的水像被谁全都取走了，只留下空空的河床，露出河底巨大的沟槽和粗糙的碎石块。我就读的老县中正是在那条河的旁边。记得高一下学期，教地理课的丁老师在讲解"滩涂"一词时，还特意将我们班的几十个学生直接拉到了河边进行现场教学。落潮的滩涂上有无数的小动物，小螃蜞和跳跳鱼（弹涂鱼），都是喜欢穴居的小家伙。小螃蜞腿脚细长，脚上带风，听到了动静，不等你发现，远远就侧着身体跑远了，或者瞅准了机会，身体一歪钻进了附近的洞穴，只在裸露的滩涂上留下一片沙沙之声。跳跳鱼身体光滑，两边的鳃向外突出，鱼头呈三角形，两只眼睛鼓鼓的，像极了螃蟹的眼睛，不需要触碰，你只看上一眼，那眼珠似乎就能弹出来。跳跳鱼的皮似鳞非鳞，带着褶皱，有些难看，平时，它们依靠胸鳍和尾柄，在水面或者泥滩上爬行跳跃，或者匍匐于泥涂上，静静地盯着不远处，捕食那些发光的小鱼或者昆虫。遇到危险时，会飞快地跳走，或者立即钻进泥滩。那一头扎进泥土的动作，很容易让你想起它们的另外两个名字：泥牛、滩涂虎。

　　黄海岸边的滩涂，既是碱性十足的咸土地，又是辽阔海域的组成部分。大地沧桑变迁，长江黄河从上游走来，绕过崇山峻岭，穿透高原厚土，以其巨大的能量，载着流水舟船，带着两岸风光，也从北方古老的大地带来了良田沃土。

　　黄河长江搬运来的泥土，入海口的浅海泥滩，随着大海与时间的运作，正逐渐与陆地合并，最终形成了东部沿海这一片南北绵延近千公里的滩涂湿地，成为那大海边的息壤。从地理意义上说，从高原山地走向平原大海，长江黄河只不过是在接受着时光和日月的搬运，使一大片泥土发生了位移，但从地质构造学来考证，滩涂的形成无疑是流水巨大的力量对于裸露在大地表层的泥土的一次次剧烈的剥蚀，是一次空前的生命迁徙。流水经过高山、深壑、平原、坡地、荒林，一路发出巨大的轰响。面对熊罴虎豹，它吼叫；遇见骆驼马匹，它剔尽脚掌上的泥土和瓦砾；遇见河马和恐龙，它抽掉身上仅剩的骨头。乾坤大挪移，流水带走它脚下的泥土

跳跳鱼 孙华金 / 摄

和身边的风雨，一路向东，将良田延至大海，将沃土铺向天边。这翻卷的泥土，千百次的曲折流转，千百次的回首顾盼，面向大海的两条大河，它们完成的是一次艰辛之旅也是光荣之旅，是一次不懈的奔赴更是一次庄严的朝圣。面对一片突然出现的大海，那片奔跑的泥土突然放慢了脚步；面对一群人，它们自己找了一个弯道停下来；面对海边那一朵朵缤纷灿烂的金黄色的野菊花，那片高大的泥土，它们，最终低下了头——

　　盐城沿海滩涂的形成依赖于长期以来长江黄河泥沙的冲击和堆积。但是另外一条河同样不可忽视，那就是黄河故道。历史上的黄河曾经无数次改道，但基本都是北向流淌，但南宋建炎二年（1128 年）的这一次，为守住城池，东京留守杜充在河南商丘一个叫作民权的地方，破开高高的大堤，将原本经山东入海的黄河，硬生生地拉向了东南，古黄河就此改道，夺淮南下，经豫东、鲁南，甩头冲向皖北，汇泗水与淮河，一路进入苏北，再经徐州、宿迁、淮安进入盐城，过阜宁北沙和响水的云梯关，最终在滨海大淤尖一带，挟带着泥沙，东流入海。清咸丰五年（1855 年），黄河再次溃圩改道，复从北路由山东垦利入海。留在苏北平原上的这条黄河也就成了实际意义上的黄河故道，被称作"废黄河"。
　　长河千里，黄河的第一片泥土、第一粒流沙何时进入大海，顺着海口的回流来到盐城，这段历史无人知晓，但从南宋改道至今的近 900 年里，黄河故道两岸大量的泥沙和从长江冲积回流的泥沙一起，汇入了黄海，沉淀淤积，最终使苏北的海岸线不断东移。1936 年的一份资料记载，至民国初期，原地处"东海"（黄海）岸边的盐城，离海岸已经超过 70 公里。这足以说明，多年来，苏北的海岸线一直在迅速外移，陆地在不断扩展延伸。从如今已位于盐城市区中心的范公堤的位置可以估算，在前后 300 多年时间里，从最上游开始，长江黄河搬入黄海的泥沙，已经给苏北平原淤填出 1300 多平方公里的土地。仅仅是海岸线就达到 580 多公里。这样的场面，何其盛大、壮阔！

明代诗人高穀作有《盐城观海》。诗云：

瓢城东望水漫漫，暇日登临眼界宽。

万马挟兵开地脉，六鳌擎日上云端。

涛声吹雨沧溟湿，雾气横空白昼寒。

尘世不须伤往事，桑田变更几回看？

作为一座海滨城市，我所生活的地方成陆年代并不久远，虽然在 5000 多年以前，这里就曾经留下过先祖生活的踪迹，西汉武帝元狩四年（公元前 119 年），就因盐而置"盐渎县"，而在东晋安帝义熙七年（411 年）即更为现名。但仅仅是在 1000 多年以前，今天的城市中心，那高楼林立的土地脚下还是一片茫茫大海，修筑于 1024 年的古老的范公堤，就是当年在盐城西溪担任盐官的范仲淹和他的继任者带领盐民建造的捍海堰。

秋风吹送，暑气消解。站在古老的范公堤上，手扶那些早已被风雨剥蚀的铸铁栏杆，借着傍晚的微风，将厚厚的史书一页一页向前翻阅，这道为阻挡海潮侵袭而修筑的范公堤，北起阜宁，向南经过建湖、亭湖、盐城、大丰、东台、海安、如东、南通等地，直抵启东的吕四港，全长约300公里，几乎纵贯整个江淮海地区的东部，而那条傍依着范公堤的运盐河，因为从南向北，贯穿起富安、安丰、白驹、伍佑、新兴、阜宁、庙湾等十多个盐场，也就被叫作"串场河"。

如今，历经千年，奔流不息的串场河早已成为800万盐城人心中的图腾。地处水边，旧时的盐城更像一个临水而筑的小码头。水边的盐城，其城池北窄南宽，就像一只倒扣的水瓢。河道悠长，流水温润，一只被对半切开的葫芦浮游在串场河上，盛鱼虾稻米，盛日月星光，盛那从海水和汗水里取出来的白花花的盐——盐城的名字，如削铁之水，刚柔相济，兼具了流水和海盐的双重气质。

范公堤将古老而新生的盐城大地一分为二，盐城市区以东地区人烟稀少，多的只是那些碱滩薄地，人走在那片土地上，鞋底都会带出白花花的盐。在盐城，那些年过四十、有过乡村生活经历的人，有很多还习惯将范公堤以东地区叫作"东海"，将水网相接的堤西里下河地区叫作"西乡"。

清晨，背着赶海的渔网和鱼篓，提了一把为对付刺槐而磨得锋快的砍刀，越过范公堤，随便寻了一个缓坡，沿着一条小路一直向东走去，一定会有人和你打招呼："哦，下海哪？"或者是："到海里去啊？"而转过身来，肩扛一杆专门用来捕捉黄鼠狼的铁头缨枪，出了狭窄的瓢形城池，过了飘散着水腥味的鱼市口的登瀛桥，蹚过小海滩，哪怕仅仅是去往城西十余里地的龙冈和河夹寺，你也可以说是"上西乡"。

隔着一条范公堤，盐城的"东海"和"西乡"，地域不同，乡音不同，种植的庄稼不同，习俗甚至娱乐的方式也不同。早年，"东海"里的人，喜欢唱只有旋律没有歌词的渔歌号子。冬天的下午，射阳黄沙港的居民正唱着海门山歌，东台弶港一带的渔民抢起的排斧，能在海边掀起连天的巨浪。而在堤西，很可能正在上演一出被称作"门叹词"的有些悲凉的淮剧。但如今，平原滩涂相连，古老苍凉的淮调早已经越河过界，一路唱过海堤，唱进"东海"，唱到了海边的滩涂。由盐城出发，经过萝卜花开的南洋岸（南洋）、牡丹绽放的黄家尖（黄尖），沿着南三区、中路港和新洋港闸口一路向东，越过丹顶鹤保护区那一片开阔的蒿丛芦荡，曾经拍打着脚面的大海，已经向东退去了足足六七十公里。

地处海边滩涂，盐城地势平坦，无论从哪个方向看过去，都是一马平川。在盐城，一只鸟飞得再远，一直都可以让自己处在同一个水平面，翅膀下面就是一片大海，是那片滩涂。经过多年的改良，范公堤东的土地，当年的滩涂盐

蝴蚌　宋从勇 / 摄

场，如今早已成为良田沃野，更远一些，在那些海陆相接的地方，大地丛生着大片的芦苇，更大的则是一望无际的潮间带滩涂。涨潮的时候，潮水漫过浅滩，退潮时，大片的盐蒿和大米草会从潮水里直起腰来。波浪从那些顶着圆鼓鼓的草籽的盐蒿草的头顶上掠过去，水花落下，那些草头会很自然地摆动。在渐渐升高的太阳底下，那些摆动的草头，仿佛是为了甩掉头顶那苦涩的海水。

不仅仅是海水震慑着我。我更惊奇于那高高的海堤和海堤上的树木，那连接着海水的土地，那一条条复堆河。潮水退去，滩地裸露，野兔、刺猬和牙獐出没。那海水浇灌的芦苇茅草，那海堤上的刺槐、楝树和乌浆果，龇牙咧嘴的野狗追逐着笨拙的猪獾，一只大鸟叼着一只活蹦乱跳的推浪鱼，正嘎嘎叫唤着从滩涂的浅水滩中掠过……

流水奔腾的时间来到了清朝末年。海水的逐步退却，使得盐业生产日渐凋敝衰败，曾经连成一片的盐场灶棚被茂密的芦苇遮掩，并逐渐消失在了滩涂深处。堤坝之下，黄土之上，一户户贫穷的灶丁扔掉煎盐晒卤的工具，正向天空伸开瘦骨嶙峋的手掌。

景象如此惨烈。目睹此情此景的近代著名实业家、南通人张謇心生哀恸。天空之下，咸风盐雨之中，一身长衫的张謇手臂一挥，他要对那些已经废弃的盐田土灶实施改良，在这片碱花凋零的土地上垦荒植棉。他不仅带来了他的大管家，还带来了 3500 户棉农共 18200 多个老乡。这是盐城历史上继明朝"洪武赶散"之后的第二次大规模移民。沿着串场河，成千上万的南通民夫推着小车带着行李，从家乡出发，举家来到盐城东部的沿海滩涂，并且在此扎下根来。

最早的滩涂垦殖公司通海垦牧公司成立于 1901 年，位于南通的吕四港。其后，沿着海滨一路向北，1914 年成立了大有晋公司；1915 年，大赉公司在盐城最南端的东台新街宣告成立；1917 年成立大豫公司。

那些移民就在这片匡围地区佃地开荒，种植棉花，荒凉的盐场很快成了一片片棉区。围垦的滩涂地，碱气太重，为了改碱，张謇开始兴办水利。他们挖河道，筑圩堤，修公路，建涵洞，建造排涝挡潮闸，后来还架起了电话线，合作社、学校、邮政所、救火会、诊所等服务机构也建立起来。一辆辆独轮车、一只只民船载着这些操着吴越口音的外乡人，往返于沿海的角斜、李堡、弶港、三仓、川东、草庙、小海、金墩、大中集、六垛等地，公司所在地还开办起粮行、茶馆、杂货店、客栈等各种生活设施，因为门前就是一条大河，这些地方往往被称为"半面街"。半面街上的移民大多来自南通下辖的启东、海门两县，因此常常被称为"启海人"。他们说着老家启海地区的吴方言，迅速和讲着江淮方言的"本场人"（当地人）融为一体。"本场人"都是靠熬卤煮盐为生的盐民的后代，原先就长期居住在这里，和移民至此的"启海人"相比，"本场人"的生活节奏明显缓慢，而南迁来的"启海人"则更加朴实勤劳。即使是到了今天，在盐城沿海地区的乡村，一大早，那些不声不响扛着锄头出门干活的，十有八九，都是"启海人"的后裔。

满脸都是早晨的露水和流淌的汗水，贫瘠的盐田经过改良，开始种上耐盐耐碱的棉花。熟田到了第三年就可以种植玉米和水稻了。树木也是耐碱耐盐的，多蚕桑、刺槐和苦楝，另外就是一些杂树。庄稼和树木在大地上倔强生长，从此，盐城东部的射阳、大丰和东南部的东台等地区，成了棉花种植和蚕桑养殖的主要地区。这样的种植和养殖习惯一直保留到了今天，一百多年来未曾有大的改变。

大片的棉田和桑园填满了海边的滩涂地。"六月六，蚕上宿"。而每年的秋天，棉花采摘季节，整个海滨大地棉朵绽放，花絮飞白，那些在田间劳作的棉农，低头弯腰，从打开的棉铃里采摘下一朵朵雪白的棉花，然后用巨大的白布口袋将棉花包装起来，一路送到附近的棉花收购站。卖棉的农户太多，长长的队伍会一直接到棉农的田间地头。收棉现场，最有权威的是那个一脸棉絮的棉检员，看上去不动声色，但一根长长的铁扦从麻包外面插进去，手掌一翻再抽出来，手指在扦杆上轻轻划过，闭着眼睛就能说出那些棉花的水分，报出你用汗水辛苦浇灌出来的棉花应该是"几级花"。

曾经，在盐城东部沿海紧靠滩涂的地区，几乎各个县都有几家大型的棉纺厂和棉织厂。盐城纺织厂、建湖纺织厂、东台纺织厂、大丰棉纺厂、射阳纺织厂、阜宁纺织厂，这些都是规模较大的，小作坊则不计其数。时间到了今天，随着种植结构的调整，棉花早已不再是沿海地区的主要农作物，人们更多地开始种植西瓜和银杏、菊花、中药材、苗木等高效经济作物。当年张謇"废灶兴垦"进入盐城沿海的第一站新街镇，如今成了万亩苗木基地。大片的女贞和紫薇、榉树和栾树，成为这座自然生态博物馆里最具代表性的植物。

范公堤以东的苏北平原，是千里滩涂的一部分。海风天雨，朝朝暮暮，生长着无边草荡的东方湿地，那曾经星罗棋布的一块块盐田、一缕缕炊烟，正缭绕在人们记忆的深处，从秋天割破手指的棉桃上取下的花朵，依旧是当地人干净温暖的记忆。那用一粒粒雪白的海盐调味烹制的食物，那飘荡着民情乡风的"盐城八大碗"，一直滋润着盐城人的味蕾，调节着这片土地上人们简单朴素却幸福自在的生活。

滩涂，一片真实裸露的土地，这大自然赐给东方大地的最珍贵的礼物，从上游走来的黄土在此成为历史崭新的一页。

流水、时间和泥沙的交相融合，化作那些条子状的滩涂地——层层叠叠，连天接地，成为虫鱼鸟兽欢乐的天堂。民间称作"仙鹤"的丹顶鹤和称作"四不像"的麋鹿则是它们的代表。

黄海滩涂湿地的深处有一个国家级麋鹿保护区。我一直记得那个夏天的正午，一辆辆军用卡车装着一头头从异域他乡悄然归家的麋鹿，一路颠簸着穿过沿海滩涂崎岖的泥土路，一路扬起的黄土沙尘，站在几公里外就能看见。车子停下，铁栅栏打开，一道强烈的光线穿过，39头麋鹿怯生生地躲在栅栏里，许久都不肯出来。我知道这些麋鹿在想些什么，它们是在等待一种确认，对全新的食物谱系和气候的确认，对久别的故土家园的确认，对生长在这里的草木花朵的确认。

如同漂泊的游子重回故里，它们首先要寻找到自己的血脉和这片土地的关系，寻找到生命消失的轨迹，还有那洋溢于生命深处的熟悉的气息。

除此之外，盐城滩涂更多的鸟类和水生动物，大都集中于黄海中南部的滩涂。这片土地名叫"条子泥"。大海一望无际，涨潮时，整个海面都堆积着黄色的波浪，潮水退去，海槽蜿蜒伸展，一大片条子状的滩涂裸露出来，平阔的海滩就此成为万千候鸟的天堂。

潮水正在退去，滩涂上留下水流的刻痕，仿佛是一条条道路，一直向远方的大海延伸。辽阔平整的滩涂，拥有大量的鱼、虾、沙蚕、钉螺等，以及水生植物的茎、叶、块根、球茎和果实，为无数的飞鸟和水生动物提供了最为丰富的食物，这片滩涂也因此成为各种鸟类的栖息地，除了被列入《世界自然保护联盟濒危物种红色名录》的勺嘴鹬和国家一级保护动物东方白鹳，还有黑嘴鸥、小青脚鹬、白琵鹭、黑脸琵鹭等多种极为珍贵的鸟类。

还有震旦鸦雀、灰鹤、野鸭、豆雁和白腹鹞。

条子泥　孙华金／摄

还有螃蜞和跳跳鱼。就是我中学时代在老家县中后面的滩涂上看见过的那些机灵可爱的小家伙。一直到今天，它们也没有长大。

　　还有泥螺和各种贝类，以及被誉为"天下第一鲜"的文蛤。

　　还有经常出没于海边丛林、芦苇滩地的牙獐和野兔。

　　东台市弶港镇是距离条子泥最近的镇子，小镇人口不超过5万，是一个家家门前挂着渔网的极为安静富裕的渔港小镇。镇街虽小，但每年都会迎来大批来自全球各地的观鸟人和观光客。观鸟季节，每天晚上，小镇的宾馆总是被那些观光客和拍鸟客挤得满满当当，第二天凌晨3点多，整条街都会在沉睡中早早醒来，通往海滨的道路上，一辆辆汽车首尾相接，都是赶着去条子泥观鸟、拍鸟、看日出的。夏季。清晨4点10分左右，沉静了一个夜晚的滩涂露出一丝光亮，第一声鸟鸣打破了滩涂的寂静。随着一只鸟儿飞起，一个个庞大的鸟群会在瞬间腾空而起，遮住眼前整片天空。鸟太多，从地面上看去，所有鸟儿的翅膀都互为重叠，天上地下，黑压压一片，仿佛随便扔一根树枝都能打下几只来。当然，生活在这片土地上的人们，是从来不会给那些飞鸟制造任何麻烦的。因为，那些飞翔或者栖息在这片大地上的鸟儿，早已成为这片滩涂大地上生命家族的一员。

我行走在大海边，行走在大海边的滩涂上。

滩涂。这片土地上的泥滩、芦苇、盐蒿，天空和飞鸟，沉落在它的树梢上的日月星辰，那片开满鲜花的缓坡和一条条小路。双脚踏向生长着盐蒿和大米草的滩涂，赶在一个阳光灿烂的早晨，我开始了我的又一次"寻找"之旅。

作为一个在海滨城市生活的人，我最早走向滩涂是在哪一年？是在秋天还是冬季？或许是除了春夏秋冬的另一个季节，在梦中。高高竖起军大衣的领口，那年冬天，我从故乡的县城一直走向海边。那一天，天上飘起了冬天的第一场雪。我在滩涂上跋涉，漫无目的地游走，只是为了给脆弱的灵魂寻找一个诗意的去处，更为自己迷茫的心灵，寻找一片栖息的家园。

远远地我看见了它——那片滩涂，那一片不断生长的土地。

亿万斯年，那黄土和红土堆积的滩涂地，一直站在那里！

生出一株株野草；

长起一棵棵大树；

卷起一阵阵狂风；

抬高一堆堆石头；

野草。大树。狂风。石头。脚下的一堆泥土，那是我的世界最高阔深厚的地方！

滩涂归来，整整一天一夜，一支灼烫的笔一直没有离开过我颤抖的手指。第二天下午，当冬天的暮色笼罩大地，我完成的是我人生中第一首有关滩涂的诗。

到现在我都不知道，是什么让那座移动的高原一直高耸在那里。

　　是草尖的露水稳住了它？

　　是头顶的星光留住了它？

　　一声巨大的霹雳，闪电的照耀下大地隆起，那屹立于天际的滩涂地，是祖先的坟墓，更是云中的天堂。

野鹿荡：大地星空

川东闸口南侧的一片宽阔的芦苇场，因为濒临世界上最大的麋鹿野放区，茂盛的苇丛里时常有麋鹿、牙獐、柴狗、野兔等动物出没，故名：野鹿荡。四月，天气清明，大地升温，一群有头无脸的虫子从草根下钻出来，爬过那一片片新鲜的树叶。被泥土抬高的野鹿荡的"麋鹤营"，几头雄性麋鹿屏住呼吸，颤抖的犄角直挺挺地钉在地上，睫毛上挂满了青草种子，一股浓烈的欲望，伴随着扑朔迷离的眼神，正渗入春天的深处。

以一条宽阔的复堆河为界，与麋鹤营隔着一道河堤，野鹿荡东边一片更大的区域属于野生麋鹿的活动范围，通常被称作"麋鹿野放区"。早些年，这片野放区仅仅是指川东闸口到梁垛河口的一片芦苇滩和沼泽地，如今，随着野生麋鹿在响水灌河口以及东台条子泥滩涂的相继被发现，盐城沿海从南到北数百公里的海岸线，几乎都成了野生麋鹿的生活区。只是作为麋鹿活动的核心区域，麋鹤营和野鹿荡的地位一直不曾改变，最多的时候，在这个区域聚居的麋鹿会达到近千头。

大地在不同的季节里捧出的一束束野花，仿佛一封封写给远方的质朴而亲密的信。10月，滩涂上的风从麋鹿野放区一路吹过，一直吹向野鹿荡，站在那一只只高高的老木船上，水波晃动着一群群麋鹿的倒影。至深冬，滩涂大地天寒地冻。正是麋鹿脱角的季节。夜晚，一轮月亮从野鹿荡里升起来，圆圆的月亮被勾出一道白色的霜边。大野安静，一只只鹿角脱落，也有走着走着就掉了的，但是都会在坚硬的滩涂地上留下空空的回响，那咔吧咔吧的声音很远就可以听到。这样的情景是独特的，但你且不急着去管它，等到翌日清晨，一片耀眼的阳光照耀着那片坚硬霜白的滩涂，那块空旷的土地上留下的一只只鹿角一律平稳倒置，犹如一只坚定有力的手掌紧抓着这一片滩涂。围绕着那一只只巨大的鹿角，滩涂地上布满了麋鹿新鲜的蹄花，一只又一只，一圈又一圈，那是一只只麋鹿围绕着刚刚脱落的鹿角向大地致敬，也是它们就着清冷的月光写给滩涂大地的秘密经文。

4月末，满滩涂的油菜花结出了饱满的籽粒，稍晚一些，白色的洋槐花又会在头顶上盛开。紧挨着野鹿荡，一条海堤公路由远及近。这条路是从附近的一座已经有了半个多世纪的国有林场走出来的，道路两旁，到处是蒲公英、狗尾草和野蔷薇。偶尔会遇见一群野山羊和海仔牛，一只一只健壮肥硕，它们身披露水，似乎一夜未归，让你怀疑是不是原本就没有主人。身边不时有人骑着摩托车经过，都是一些赶往海边小取的人，有本港人，也有外地的，连云港人、南通人、

脱了一只角的麋鹿　宋从勇／摄

山东人、浙江人，甚至是河南人和福建人。他们凌晨3点多就出门了。一个多小时后，当海水退去，一片巨大的海滩将从海水里裸露出来，一拨又一拨赶海人，他们用随身携带的长长的竹钩在滩涂上左钩右刨，东奔西跑里就将一只只海蛏和文蛤捉进自己的鱼篓里。追逐着浅浅的潮水，这样的劳作一般会从清晨一直持续到正午，在下一个潮信到来之前，这些赶海人会撤出滩涂，带着满满的收获退回到岸上。装满渔获的蛇皮袋一般都是扛在肩上，鱼篓则会放在滩涂上一路拖着往前走。这活计看似简单但极其消耗体力，因为刚刚退潮的滩涂，那潮湿的淤泥总是充满了阻力。为了减少这种阻力，赶海人会在鱼篓底下安上一块特制的木板，薄薄的，前面高高翘起，像拱起的船头，又像一只飞扬跋扈的雪橇。当然，拖鱼拉货这些活儿基本都是男人们的事，跟在后面的女人，腿上身上沾满了点点泥斑，在春天的风中，那些飘动的头巾五颜六色，依旧裹得严严实实。这时的野鹿荡更像一个巨大的芦苇城堡，一直跟随在他们的身旁。

　　走进野鹿荡最好的季节还是春末夏初。5月。清晨5点，起床，跟着一块很有些年代感的木质门牌，走出一条条被风雨剥蚀的已经成了客栈的古船。徒步向前，去往野外，宁静的野鹿荡里，青苇环绕的湖面被一层薄薄的晨雾笼罩着，时而有鱼儿跃起，时而有宿鸟飞过。一轮初升的太阳浮出水面，红彤彤的。越往前走，芦苇越深。随着云雾的逐步散去，一片巨大的草原在滩涂上铺开，那是野鹿荡最核心的部分，已经快到麋鹤营了。最早发现这片海边大草原的是摄影师老宋（我们更习惯叫他从然），2013年深秋，我和从然一起去滩涂采风。车子开上川东河大桥，迎着川东闸口的方向，老宋从航拍器里意外地发现了这片似系着金色腰带的红滩涂，那是一大片盐蒿草滩和大米草滩。棕红的大地火焰喷薄，川东闸口方向，一座座巨大的风电塔伸向蓝天，转动的叶轮似要将天空的白云一片片绞碎。

一次贸然又意外的闯入，让我们的内心充满了惊喜。穿行于这片海滨滩涂，仿佛行走在辽阔的北方大草原。几十年的滩涂湿地田野考察，我曾经在响水陈家港的灌河口和东台弶港的围垦区多次见过盐蒿草滩，却不知道在川东闸口也有这样一片神秘之地。航拍小飞行器在天空转了一圈又一圈，老宋拍了一张又一张滩涂草原的照片，我则为这些图片配上新写的诗，然后在本地的一家报纸以专栏形式推出。

这一组滩涂草原的诗我前后写了近20首。报纸连续刊载了十多期，有几期还特意印在了封面。

记得有一首《黑蓑衣的雨》：

林中密布穿着黑色蓑衣的雨滴

赶往五月的路上，随着一阵风

那些蝴蝶、蜜蜂和鸟鸣

跌落成身底下星星点点的油菜花田

一丛丛菖蒲站在水边，我知道

它们喉咙里的饥渴。疾飞的鸟划过雨水

它们的身体，翅膀，长长的腿脚和喙

而我最疑惑的是那些树，枝干灼烫

它们藏于内心的绿色，是否要等到

油菜花开满了，才会彻底说出！

　　多年来，这片美丽到惊心的滩涂草原无数次在我的梦中出现，我和老宋也曾经一次次重回野鹿荡，重新走进这片海滨草原。我们还策划了一个个和滩涂相关的采风活动，有几次，我们甚至将朗诵会一直开到了滩涂上。在高可没膝的红草地和大米草滩上铺下一张巨大的塑料布，一行20多个人，大家或立，或蹲，或卧，或者干脆躺在干净的草地上，一边看着那片湛蓝的天空，一边高声朗诵自己新写的诗。白云飘舞，飞鸟诵唱，天远地偏，万物皆忘。太阳落下，红色的盐蒿草被夕阳抱回家去，我们在一大片空地上燃起篝火，在欢快的舞蹈和歌声中彻夜狂欢，那样的时刻，沉醉于诗歌中的我们，乃是整个世界的中心。

　　也就是在那一段时间，我们有幸结识了这片野鹿荡的主人、地方史研究专家马连义。头发花白的老马是一个典型的自然环保主义者，20世纪70年代，曾经在西藏的阿里地区工作生活多年。80年代调回江苏老家后，在当时的县委宣

黑蓑衣的雨　宋从勇／摄

传部做了两年多的副部长，但是很快，老马弃官不做，非要选择到海边滩涂去做一名义工。从 90 年代开始，在相当长的时间里，老马一次次只身深入黄海滩涂的农场、林场和麋鹿野放区，跟踪那一只只野生麋鹿，进行黄海湿地麋鹿生态和滩涂文化的田野调查。十多年间，他精心撰写的"麋鹿本纪"和《中国麋鹿》《大丰麋鹿》等是他有关麋鹿文化研究的重要成果，一组为祭奠从英国乌邦寺回归祖国的 39 头麋鹿创作的"十四行诗"，迄今是中华麋鹿园的"镇园之宝"。

从 2009 年春天开始，为了更好地研究野生麋鹿种群保护和生物遗民的历史，老马将目光转向了麋鹿野放区以外一处更为偏僻的滩涂地，也就是今天的野鹿荡。据老马和一群志愿者考证，大约一万年前，靠近川东闸口的一大片野鹿荡，包括东台的新曹农场、蹲门口（野鹿荡下游 18 公里）、巴斗村一直到弶港一带，都曾经是古长江的入海口。江河东流，大船出港，小船靠岸，彼时的长江入海口水道宽阔，一片巨大的河口三角洲，两岸居住着一个远古的移民部落。在这里，他们打鱼、捕猎、晒盐，看着那野草蓬勃生长，与身边的芦苇菖蒲、灰鹤苍鹭一起，见证了一片滩涂海岸的千年沧桑。

千百年河流冲击，最终使长江口不断南移，这段老河口也变成了一片更大的滩涂地。老马出生在大丰裕华，是典型的本场人。一百多年前，近代实业家张謇组织大批移民从南通北上盐城，带着上万名启海移民在荒凉的苏北海边滩涂废灶兴垦。作为一个自然生态作家，老马对这一段移民的历史情有独钟，从骨子里认定可以在这片滩涂地上找到更多的祖先的足迹。整整两年时间，老马骑着一辆破旧的自行车，起早贪黑，不辞辛劳，从南到北，踏遍了沿海地区上百公里的滩涂，从干涸的淤滩上拉来九条一百多年以前张謇兴办大丰公司时留下的古老沉船，还将几只搁浅在海滩的晚清和民国初期的锈迹斑斑的铁锚也运到了这里，最终在麋鹿野放区附近这片芦苇丛生的三角地，建起了一座生物遗民研究所，并将这片蛮荒的土地命名为"野鹿荡"。起初，老马试图将野鹿荡建成一个专门研究遗民史的半开放的工作场所，同时兼及旅游和湿地文化传播，只是事情一波三折，整个过程并不顺利。但是无论如何，因为一个人的努力，一块原本荒寂无人的亘古荒原，最终成为一片面积宽阔、芦苇环绕的野鹿荡，成为一处历史文化遗产。站在滩涂，面朝大海，头顶着暗夜星空，野鹿荡像一个饱经沧桑的老人，讲述着一个个生物遗民和滩涂变迁的故事。

6月，面向大海的滩涂晨光熹微。挂满露水的野鹿荡，一群体型高大身体壮硕的雄性麋鹿将颤抖的鹿角猛然抬起，一场充满魅惑的鹿王争霸战拉开了序幕。

春天，野鹿荡的水位被一棵棵新生的芦苇提高，滩涂大地上花木生发，槐花飘香，成年麋鹿开始进入发情期。在这个生

鹿王争霸　宋从勇／摄

加冕　宋从勇／摄

动的季节里，每一头业已成年的雌性麋鹿身上，都会自内而外、从下而上地散发出一种神秘而特别的气味，即便是没有风，这种气味也会稳定地震颤在空气中，并且沿水平方向朝着四面八方的灌木和草丛间弥漫。

　　这是电视直播时的解说词。鹿王争霸战说到底就是一只只雄性麋鹿为了争夺交配权而展开的角力与较量。开阔的滩涂上，尖锐的鹿角挑起的泥土四处飞散。陶醉于某种浓烈的气味，一群雄鹿渐渐靠向另一群雄鹿。一场充满激情的鹿王争霸战，使得整个城市也跟着荷尔蒙上升。你看，满大街的人们的脸上都是红扑扑的。几乎所有人都参与了这样一次即将进行的充满激情的狂欢。

　　麋鹿争霸的滩涂，一个充满激情和力量的竞技场。电视直播的镜头紧跟着那一群行进中的麋鹿在不停调整着角度。那些雄性麋鹿大口呼吸着母鹿身上散发出的独特气味，然后屏住呼吸，沉默良久，再舒缓地呼出。而游动机位会给到那些雌性麋鹿，它们健壮，美貌，站在远处静静地观赏，粗大潮湿的尾巴扬起又落下，神态专注又如醉如痴。

　　短视频平台里还会有精彩回放，不少还是一些慢镜头。

　　所有这些，都可以帮助你跟踪和还原鹿王争霸的全过程。

　　随着体内的荷尔蒙的骤然增多，竞技场上，那些仰头长啸的雄性麋鹿紧张而忙乱。成年雄鹿会突然开始装扮自己，它们往身上涂抹泥浆，用尖锐、总长近两米的双角，挑起地上的泥土和青草树枝作为装饰，分泌出的液体，也被随意涂抹于高大的树干之上。伴随着身边大半人高的草浪，平时看似散淡的雄鹿们突然变得性情暴躁，并且发出一阵阵巨大而怪异的叫声——显然，雄鹿们希望以自己的吼声来震慑住对方，更希望由此博得远处雌鹿们的青睐。

直播在继续——

偌大的滩涂上聚集着一头头雄性麋鹿，它们站在野鹿荡或者麋鹿野放区的纵深处，一双双眼睛看似眯成了一条缝，却是一刻不停地紧盯着那片即将成为竞技场的空旷滩涂，紧盯着迎面而来的一个个对手。

一头雄鹿开始缓步走向另一头雌性麋鹿。即便只有短短的三十米、二十米，这段旅程也几乎需要耗尽它们全部的体力。因为，在抵达雌性麋鹿的过程当中，几乎每一头身强力壮的雄鹿都要经过一场激烈角逐和生死决斗。

鹿王争霸战，这是麋鹿家族为了争夺王位的最壮观也是充满血腥的战斗。

两头体魄健壮的雄鹿走进了画面，双方是那样的激情四射又那么虎视眈眈。

啊，你看，它们沉默，它们不说话，它们不打招呼，就是这样猛然冲向了对方！平时的空旷地带，瞬时成了一只只麋鹿之间鹿王争霸的战场。

一边是一头头雄鹿为了夺取鹿王打得不可开交，一边是大群的母鹿站在远处静静观望。是的，那些身体里散发着特殊气味的雌性麋鹿，它们正目不转睛地注视着这场战斗。此时此刻，它们的眼睛里写满了渴望，它们希望有一头最为健壮有力的雄鹿力克群雄，尽快脱颖而出。而那头最终胜出的雄性麋鹿，将是它们最伟大的"王"。

这样的描述是充满了现场感和青草火焰一般湿润蒸腾的激情的。

事实上，雄性麋鹿之间为了争夺交配权而展开的角逐并非人们描述的这么有趣。那些摄影师偶然捕捉到的所谓鹿王争霸的场景，从未在直播现场的镜头中出现过。根据西方的一份资料，雄性麋鹿之间为争夺配偶的角斗相对温和，并无激烈的冲撞和大范围的移动，时间一般也不超过十分钟，失败者只是掉头走开，胜利者一般不再追逐，很少发生鹿与鹿之间相互伤害致残的情况。一头雄鹿占群之后，若遇其他雄鹿窥视母鹿，占群的雄鹿仅用吼叫和小幅度的追逐赶走对方。

让许多人津津乐道的麋鹿争霸战，说到底只是嵌入人们日常生活的一个小插曲。从野放区到野鹿荡，麋鹿家族的上千头麋鹿似乎并不关心这些。它们或跪或卧在高高的堆堤或者浅浅的沼泽里，一边安静地啃食着水边的青草，一边抬起头看一看透明的蓝天，安然自在，气定神闲。

那些胜利者和失败者都将很快再次回到野鹿荡，再次回到麋鹿野放区，回到属于麋鹿、飞鸟和风声的滩涂大地——那绿色无边的草原。

对麋鹿争霸的观察与描述，体现出东西方人精神、文化和世界观的差异。

绿色在弥漫，一直弥漫向秋天——秋天，巨大的滩涂正被火红的盐蒿草覆盖。紧接着，那血一般殷红的盐蒿草又将被大米草吞没。

大米草，一种多年生直立草本植物，原产于欧洲，生于潮水能经常到达的浅海沼泽中。因为耐淹、耐盐、耐淤，可以在海滩上形成稠密的群落。

在中国东部黄海海岸地区，大米草的引进应该始于20世纪六七十年代。开始时只是为了挡潮消浪、保滩护堤，但是没想到这种植物繁殖极快，几年就把整个滩涂上的其他植物吞噬得一干二净，往往去年还生长在海边的一大片盐蒿草，今年已经被大米草吞噬了大半。在野鹿荡附近，包括更远一些的条子泥海滩，我们带着满腔希望寻找的红滩涂，仅仅几个月就没有了踪影。

但是，这片安静的海滩还在。在一片开阔宁静的天空下，在奔跑着成群麋鹿、留宿着无数飞鸟的野鹿荡，今夜，我们的头顶停留着一片世界上最黑暗也最宁静的夜空。

刚刚被命名的"中华暗夜星空保护地·野鹿荡",是继中国黄(渤)海候鸟栖息地入选《世界遗产名录》之后,人类与大自然的又一次成功契约。盐城黄海野鹿荡,这是中国继西藏阿里、那曲之后第三个暗夜星空保护地,也是中国沿海地区从南到北第一个暗夜星空保护地。面积逾万亩的野鹿荡和更大范围的麋鹿野放区,平时人迹罕至,数十万株茵陈草迎风生长,香味扑鼻,每到夜晚,虫鸣如潮,浩瀚的天空繁星闪烁。在野鹿荡这片面积 26 平方公里的区域内,因为没有光污染,平均每年可观察星空 238 天,夏夜银河、冬季猎户星座清晰可见,伸手可触,而白茅岛上的茵陈草引来的数以亿计的萤火虫飞来飞往,闪闪烁烁,和天上的万幕星海遥相呼应,散发着一点点圣洁之光,"黄海西岸一古船,繁花野草满天星"。在以条子泥为核心的中国黄(渤)海候鸟栖息地成为世界自然遗产地之后,野鹿荡的万亩草原又成为无数天文爱好者追逐暗夜星空的最佳去处,于是,在追逐滩涂候鸟的队伍之后,一群又一群人来到了这里,来到了静静的野鹿荡。太阳落下,夜幕低垂,大地宁静,星空喁语,大家在此静坐相依,抬头遥望星空万物,以手中的镜头记录下头顶的深邃星空,一起分享这独特的、能够看见浩瀚星空又能听见彼此心跳的野鹿荡之"夜"。

莺飞草长,獐逐鹿鸣,沟河纵横,鱼翔浅底。野鹿荡,苍茫滩涂，万顷草原广阔，在这里，看湛蓝天空，游清澈湖水，以无声的行动参与对于野鹿荡以及暗夜星空的保护。在人口稠密、经济发达的中国东部沿海尤其是长三角地区，有这样一片野鹿荡和暗夜星空保护地，是人类的一种福运。

摘录一段作家吴中祥写给野鹿荡暗夜星空的文字：

> 这样一个仿佛处女地一样的存在，让我们不禁回想起几十年（前）的农村，岸绿水清，鱼翔浅底，成群结队的孩童，爬树，下河，嬉戏，看天。野鹿荡里还有野草种子，还有原生野大豆、野草莓、水中野菱，还有现在身居城市的人，心中挥之不去的乡愁。野鹿荡里或许还有"鸡声茅店月，人迹板桥霜"，或许还有"鸟宿池边树，僧敲月下门"，网红打卡会不会有野鹿荡的一席之地呢？

滩涂浩大，海生烟波。生活在大海边，大自然赐予我们不断生长的滩涂地，如天空之镜的野鹿荡。不灭的星光下，更多的志愿者加入了野鹿荡的保护队伍，追随高高举起的芦苇穗絮，将目光一直送向头顶的浩瀚天穹。大海边的暗夜星空，像一篇古老的神话，更是一首连着天际的大地歌谣。

自然保护主义者马连义还徒步行走在滩涂上。他和他的团队对于野鹿荡的田野调查已经进行了整整 15 年，记录下的野草种子已经达到 485 种，发现的鸟类也已超过了 300 多种。

　　摄影师老宋还在滩涂上跋涉。经风历雨，风餐露宿，一遍一遍走向大海，走向滩涂上的野鹿荡，他的那辆装满摄影器材的车子几乎就是一辆滩涂直通车。河流沧海，火焰滩涂，浅沟深堑，头顶红冠的丹顶鹤，"四不像"的麋鹿，一直都是他镜头中的主角。

　　而我，面对滩涂，面对野鹿荡，抬头仰望头顶巨大的星空，遥想着千百年前那些居住在长江口的移民部落，追忆那片滩涂大地的前世今生，以及一首诗歌的来历和去处，我发现，身边的野鹿荡，那艘古旧的船头上，不知何时，多了几架天文望远镜。

　　滩涂，"暗夜"汹涌的野鹿荡，我们在这里仰望星空。

祖宗树

　　滩涂地，一片已经形成千万年的海边荒原。一只苍鹰在头顶上盘旋，宽大的翅膀一直和大地保持在同一个平面。那条名叫阿黄的土狗在我的身边跳来跳去，忽前忽后，忽左忽右，仿佛永远不知疲倦。

　　手臂挥舞，一把柄长七尺的钩镰左冲右突，一路砍伐，一簇簇纠缠丛生的荆棘和杂树应声倒下，穿过那一大片望不到边的棉花田和湿气氤氲的芦苇荡，顺势爬上一个低矮的土坡，一座巨大的城堡出现在我的眼前。那是一棵树，一棵比我先人的墓碑更古老的银杏树。此刻，更像一座气势磅礴的深色山峰，顺着阳光，阔大的树影被一路送出去很远。满身的树皮粗糙如鳞，一棵经历了650年岁月的古老的银杏树，站在那里，更像一个经历过太多风霜的满脸皱纹的老人。

　　一棵树。我的——祖宗树。

　　盐城市射阳县特庸镇码头村，黄海岸边一座向阳临水的古老村庄。一条破旧的木船系在早已荒废的码头上。岸边凸起一座高高的黄土墩，一棵四人合围的银杏树站立在巨大的

古银杏树　宋从勇／摄

影子里。

这是一个古老的遗址，又是一个神秘而不可知的时光密码。

中国东部沿海，由长江与黄河夹带的泥沙淤积成的滩涂地。一堆堆泥土，一颗颗砂砾，今年掩埋了去年，今年又会被明年覆盖。按照成陆年份计算，仅仅依靠一粒一粒泥沙的堆垒，脚下这片土地的形成起码应该有上万年的历史，但仅仅在近 1000 年以前，沿着当年范仲淹带领 4 万民工修筑的范公堤，这片地域以东的地区，那闪着亮光的远方还是一片苍茫大海，脚下这片潮湿的土地还是一大片涨潮时沉没、退潮时抬起的万顷滩涂。千年沧海桑田，伴随着大海的潮涨潮落，海水一寸一寸向东撤退。泥土慢慢高耸，波浪的踪迹渐渐远去，这片叫作盐城的土地留下，最终成为一片辽阔的滨海平原。时间在推移，咸涩的土地上开始生出稀稀拉拉的碱蓬和野茅草，渐渐地又生出了大片大片茂密的芦苇。树也有了，但都是一些杂树，那些树的种子，全靠一只只野鸟的粪便带来，天上地下，随意抛落。

时间回到 1368 年（农历戊申年，猴年），作为被称作"淮夷人"的原住民，我的太祖公正带领一群民夫船工，沿着大海边狭窄的滩涂河道，一边"嘿哟嘿哟"地喊着号子，一边拉着沉重的运盐船。自远古时期起，地处中国东部的盐城沿海已经有人晒海煎盐了，至西汉，今盐城一带"煮海利兴，穿渠通运"，既是海滨的渔业集散地，又是淮东的盐产、盐政中心。元狩四年（公元前119年），置盐渎县。至元明两代，沿海的十三大盐场，因为一条串场河彼此连接，沿河两岸，白花花的盐廪高耸，蔚为壮观。

我的太祖公站在一条船头上。自小在白花花的盐池边长大，太祖公和那些与他年龄相仿的人一样，早已成了一个煎盐制盐的好把式。只不过此时，经过多年的辛苦奋斗，太祖公已经能够丢下淋卤煎盐的工具，成了专门在大海边押解运盐船的镖客。湍急的潮水中，趁着中午涨潮的高水位，我的太祖公和一群船工护送着一只只运盐船在海边狭窄的河道里缓慢前行。海边的滩涂地"十里不见坡"，平展展没有任何可资比对的参照物，因此，判断一条运盐船的运行路线和方向往往只能依靠平时日积月累的经验。大海正在涨潮，浑浊的海浪迎面扑来，凶猛而危险，在海边运盐，连船带人被巨浪卷走的事情经常发生，至于吃水很深的运盐船陷入淤浅的泥滩，最终使一船原盐沉没，化成一片海水的事情更是屡见不鲜。但只要有我的太祖公在，那一船船海盐和整个船队基本上都能成功地走出迷宫般的河槽，通过新辟出的盐运河顺利运抵邻近的伍佑场和新兴场，最北端，还会送到串场河的北起点庙湾场，交到那些来自安徽或者山西的大盐商手中。然后，再领着一只只空船回到海边，等着几天以后的又一次航行。

那天上午，太祖公和船工们运盐归来。空空的木船穿过狭窄的河道，顺着寂静的水流缓缓漂向高墩上的那一座水码头。时令已过清明，一轮大太阳晒得人浑身暖洋洋的，除了偶尔有几只鸟儿从头顶上飞过，偌大的世界毫无动静。躺在滩涂地上的太祖公有些百无聊赖，突然，平日寂静无声的大地有了响动。抬起头，远远望去，那座高高的土墩南侧，一株旗杆一般的小树站立起来。太祖公和伙计们翻身跳起，风一样地飞奔向那片黄土墩。就在那迅疾而短暂的跑动中，很快，他们看见了那株小树旁边又立起了一座泥墙草顶的丁头小舍（草庐），小屋的门前还围起了一圈刚刚扎好的芦苇篱笆。一群群鸟儿也飞过来了。燕子们在那座土坯草屋的檐下筑巢，两只喜鹊在渐渐长大的树枝上垒窝。一棵树。一座丁头舍的土坯小屋。一户人家，院子前面一圈低矮的芦苇篱笆。在 1368 年的这个乍暖还寒的春天，一株说着吴侬软语的小小的银杏树和它的主人，一幅生动的场景，完成了一群人从未有过的想象。

而这场景的出现，发端于 400 公里外的苏州阊门。

1368 年，中国历史上一个极其重要的年份。这一年，统治近百年的元朝宣告结束。申猴一跃，大明开国，朱元璋在应天府（今南京）称帝，年号洪武，长达 276 年的大明王朝开启。史书上说，朱元璋是在这一年的正月初四做了皇帝的。那一天，整个江南江北都在下雪，江河湖海、群山平原都被裹在厚厚的雪里。大雪酷寒，比这场大雪更为寒冷的是朱元璋突然颁布的一纸诏书。为了报复苏州、松江、嘉兴、湖州、杭州一带拥戴张士诚的王府绅民，刚刚登基三个月的朱元璋以移民垦荒为由，将大批江南人丁，经由苏州的阊门驱赶到江北。作为一段历史公案的"洪武赶散"自此开始。

"前后历经76余年，40余万人被逐出苏州城"，"洪武赶散"无疑是历史上苏北地区最早也是最大的一次移民运动。据《苏州府志》记载，第一批被赶散的人群一部分迁往安徽北部，更多的则流落到了苏北沿江沿运河的扬州、淮安地区，后来则扩散到更大范围，其中主要包括更为偏僻贫穷的盐城、连云港赣榆直至鲁西南等地。在如今的盐城、宿迁、沭阳等地，很多人都认为自己的祖先是"洪武赶散"的移民，都是从苏州的阊门来的。

在苏北的滩涂地上栽下那株银杏树苗、用芦苇搭成一座小屋的张家太宗，正是遭遇"洪武赶散"流落到苏北沿海的苏州阊门移民。至于张太宗是何时离开阊门，从哪一条道路一路去往苏北，最终如何落脚在了盐城海滨，落脚到了仅有一座破旧码头的蛮荒的滩涂地，无确凿证据可考。但确切的是，跟随着"洪武赶散"的人流，张太宗和他的族人从苏州阊门涉江北上，朝着这片偏僻的"淮夷之地"，一路乞讨着走来了。挑着担子，牵着耕牛，手持蟹钩，竹篓里插着两株刚刚刨起的银杏树苗，张太宗原本打算在泰州或者姜堰一带落脚，无奈被赶出来的人实在太多，没办法，为了活命，只能跟着移民潮，继续北上，最终来到了地处黄海边的这片穷乡僻壤。

一轮巨大的太阳在天空滚动，早晨在东边，傍晚在西边。一路风雨缠着一群人的裤管。那株从老家门前挖过来的银杏树苗被一条破麻袋捆扎得严严实实。一路的颠簸劳顿，一路的风尘仆仆，从姑苏城内带到江北带到盐城，树苗的叶子和枝条已经完全被风干，好在由于一把稻草的层层捆扎，那些泥土并未脱落。在盐城北洋岸（新洋港古称）东北的一片空地上，放下破旧的行李和锅碗瓢盆，张太宗所做的第一件事就是寻了一块临水的高亢地，栽下了这棵银杏树。"洪武赶散"，数十万人颠沛流离。作为故乡的江南注定是回不去的了，离开世代居住的故土家园，去往一个新的地方，山水不再，乡音不再，无根的人们需要一个念想，因此，来自故乡故土的这株银杏树成了这些江南移民乡情乡思的最终寄托。一棵普通的银杏树成了"承受不了"的最后的乡愁。据《张氏宗谱·百忍堂》记载：最初来到苏北黄海岸边的这片白花花的滩涂地，张太宗是带了两棵银杏树苗来的，但由于地处盐碱地，土地碱分太重，两棵树苗最终只成活了一棵。也正因为如此，这棵树苗就此成为张太宗一家最钟爱的宝贝。就像对待自己的子孙一样，张太宗对这棵银杏树苗爱护有加。一年年悉心呵护，一代代托付相传。如今，历经650余年时光，虽饱经风霜，那株银杏树依然站立在当初落脚的地方，站在汪洋大海的边缘，站在世世代代的日月风雨之中。

一木独秀。一木成林。在黄海岸边这片成陆还不过三千余年的滩涂，这一株已经活了650余岁的银杏树称得上一株充满奇幻色彩的"神树"，是一段古老历史的"活体"标本。它所讲述的，是一段悲壮，甚至凄美的传奇。银杏树是普通的落叶乔木，在南方的城市乡村，到处都可以见到，没有半点稀罕。巨大的树冠上长着形似鸭掌的叶子，故又名"鸭脚树"。又因为其果实形似小杏，核呈白色，被人们叫作"白果树"。欧阳修写有《和圣俞李侯家鸭脚子》，诗云："绛囊因入贡，银杏贵中州"。而我似乎更喜欢梅尧臣的"鸭脚类绿李，其名因叶高"。我之所以更喜欢梅尧臣的这句诗，是因为我面对的这株已经有650多年历史的银杏树乃雄性植株，枝干虽无比高大，却有叶无果，而那叶子真的酷似一只只略显笨拙又憨态可掬的"鸭脚"。

2021年1月，一个冬日暖阳的下午，我正坐在家中的书房里。我的住所是处于市中心的一个花园小区，良木嘉荫，书房东边正对着一个小广场，一排巨大的银杏树的枝条一直送到窗前。我坐在书桌前，看着窗外的一棵棵高大的银杏树，遥想千年沧海桑田，眼前忽然就出现了那一株生长在海边平原上的古老的银杏树——正是张太宗当年栽下的那一株银杏树。神思飞驰，漫步于历史长河的堤岸，我看见张太宗正抚着一绺银须，坐在燃着牛粪火的灶门口，昏花的眼睛里奔腾着一片土黄的潮水。张太宗最初来到北洋岸，这里的海潮还没有完全退去，站在潭洋河边的那座水码头上，一脚就可以踏向远处的滔天巨浪。恶劣的生存环境一度让这一群江南人想半途而废，打道回府或者另择他处谋生。但严苛的移民政策终究阻拦住了这群江南移民，纵然心中有再多的不甘，他们也只能委身于这片荒寂的盐碱地。张太宗劝他的那些江南同乡，本来就是来避难讨生活的，已经历经九九八十一难走到此地此境，干脆就一条道儿走到黑，落脚于此吧。天下之大，哪一片黄土不埋人，又有哪一条河水不养人？既然去了哪里都是为了生存，那就安营扎寨，心无旁骛地住下来，靠一双大手活命，栽一棵大树乘凉，这片连兔子都不拉屎的盐碱滩，这片天地相接、宽广无边的土地，或许注定就是他们最终的归宿。

张太宗和他的家人最终留下来了。

离开桃花盛开的江南，落脚于蛮荒贫瘠的海滨滩涂地，生存总是第一位的。环境极度恶劣，移民们首先必须面对的就是这里的气候。靠近大海，滩涂潮湿阴冷，冰雪的严冬自不用说，即使是到了春天，4月，这苏北大地似乎还一直躲在寒冷的冬季，江南的桃花早已经盛开，杨柳早已爆绿，可是在苏北，那种阴冷依然藏在骨头深处。

再一个问题是饮水。喝惯了故乡那清澈甘甜的山泉水，如今面对的竟是这又咸又涩的老海水，"一碗清水半碗沙"，一碗水刚喝到一半，下面就沉了半碗泥脚子，忍不住地要一口吐出来。最初的半年，这些来自江南、来自苏州阊门的移民，不少人一直在拉肚子，几乎每个人的喉咙里都曾经喝出过泡来。

最艰辛也最勉为其难的还是劳动。从前，在江南，这些移民世世代代都是靠种植水稻油菜为生的，来到这里，土地连青草都长不起来，开了一小块地，第二天就被白花花的盐碱覆盖。庄稼是种不成的，唯一能生存下去的方法就是向当地的盐夫灶民学习晒盐。于是，移民们拜本场人为师，从最简单的平田整地开始，一步一步，慢慢学会引水晒盐。用一把铁锹将咸涩的海水引进盐池，然后顶着烈日，一次次戽水、淋卤、曝晒。一年一年，一代一代。好几代人过去了，终于，脚下荒草不生的咸土地被逐步改良爽碱，慢慢地种植下枸杞、苜蓿、藜麦、高粱和向日葵等耐盐耐碱植物。从1368年至今，时间过去了650余年。如果按20年一代计算，已经经历了三十几代人。30多代人，仅仅是张太宗一系，一代代传承至今，也应该有大几千人。巨浪滔天的黄海拍打着咸土地，一户户来自南方的移民，他们布满伤口的双脚在裸露的海滩上一步步挪移，红色的血印留在了苦难的大地。凭借随身携带的一把铁锹一把蟹钩，这些移民在这块滩涂地上晒盐挖蛏，捕鱼摸虾，开荒耕种，日出而作，日落而息，生存繁衍。曾经杳无人迹的滩涂地最终成为他们的栖居之所，一片养育生命的家园。

大海一寸一寸退向远方。跟随着自己的主人，那棵从江南过来的纤弱的银杏树，经年历代，终于在这片土地上顽强地扎下根来，并且越长越高大，越长越茂盛。春天，新生的叶子新嫩、鲜亮、透明，挂着细密的雨水；夏日，巨大的树冠笼盖着脚下宽阔的土地，整个土墩都堆积在一片茂盛的树荫里；秋天，金黄的银杏叶随风飘动，落在地上时带起的一阵阵绵软的声响，像极了那位来自江南、习惯微笑着说着一口吴方言的张太宗。

一株银杏树种在海边，立于乡野，在一片滩涂地上安身立命。最早的银杏树或许只是用来拴系捕捞船只的船桩，后来成了故乡和江南人的影子。子孙海站在面前，祖宗树立在身边。生活在大银杏树下的人，很多年后依然还会被称作"海里人"或者"东海人"。"东海"并非习惯上所称的东海，而是巨浪翻卷的滔滔黄海。"海里人"则大多是江南移民，这"海里人"似乎成了南方移民的代名词。移民们的性格颇似这一株银杏树，数百年来，昂首挺过无数次的自然灾害，一回回免遭兵燹之厄，霜雪压不到，雨水淹不死，坚韧挺拔，堂堂正正，逆风前行，踏浪而歌，一路陪伴着这片土地的形成与生长，经历着沧海变成桑田。古银杏地处高土墩，每逢汛期发大水，附近其他地方都一片汪洋，唯有这棵银杏树一直高出水面。

一棵银杏，一座土墩。环绕在这棵大树下的子民，早已适应了这里平静简朴的生活。来自南方的人们，到了滩涂就是这里的柳树和芦苇，拼着命终于在这片土地上扎下了根。张太宗用泥土垒砌的房子被命名为"阊门小筑"，那棵银杏树被叫作"祖宗树"。张太宗对子孙提出要求，一代一代，无论何时，这幢宅子的名字不得更改，穷死饿死，那一棵银杏树不能采伐更不能变卖丢弃。在张家人的心里，那是张家人的祖宗，是一代代阊门移民的祖宗。

大地是树木的母亲，古老的大树是生活在这片土地上的人们的祖宗。今天，对于生活在这里的人们，这棵大树或许应该有一番特别的意义。这群从南方辗转来苏北的移民，是海滨大地上的另一种树木。傍依着这棵银杏树，附近有张码头和张各庄。一直到今天，张姓都是当地的望族。从海边平原走出来的人，只要说自己是大银杏树下来的，一准是张姓族人。作为一个温情的原点和坐标，在辽远的滩涂，来自远方的人们会凭着这片树荫寻找到同乡和亲人。清明磕头祭祖，过年杀猪宰羊，这片树荫成了更多人聚会与告别的驿站。日日生长的大树，春天时遮风挡雨，夏天里消暑遮阳，冬天里抵御那一阵阵的寒风与暴雪。秋夜，大树底下铺一张草席，面朝南方，仰望星空，那宁静的梦里，是桂花飘香的江南，是金橘满树的故乡。

黄海岸边的古银杏，卧着是一座城堡，举起来是一只手臂。因为一棵大树，天空有了支撑。

有关这棵老树，每一个生活在这里的人，内心都对它充满了深深的敬意。

这是当地渔民们走向大海的出发地，返回家园的导航台，是闪耀在茫茫大海边的神灯。当年，从这里的大码头出海，穿过黄沙港，一望无际的海面上，波浪与天空相接，四周没有任何的参照物，大家一回头就能看见家的方向。出海归来，渔船满载渔货，远远地，看见海水托着这棵银杏树越来越近，渐渐地看见那片高土墩，看见那座水边的码头，看见那岸边明亮的灯火；即便是将要在大雾之中迷失，那些运盐船也会凭借这棵树确定自己的位置，找到回家的路。

老银杏下流传着"救命树"的传说。村里尚且健在的百岁老人张水海就是因为爬上了银杏树而免于一难的。民国二十年（1931年）的大水（海啸），十米高的狂浪从射阳河海口一路冲到了大码头，六岁的张水海就是爬到银杏树上才保住了性命。银杏树，是他们脚下永远不会沉落的土地，是留住生命的"生死岭"、"幸运山"。

还有那个"消息树"的故事。抗日战争时期，有一场震动苏北的盐阜区"九里墩—大码头伏击战"。1941年9月30日凌晨，日军一个中队从盐城经北洋小街一路追捕新四军枪械所"枪机连"，爬上大树顶上放哨的民兵发现后立即报警，得到消息的村民迅速钻进大码头外的芦苇荡。扑了空的鬼子兵气急败坏，倒上汽油焚烧这棵银杏树，路上遭到隐蔽在海边芦荡的新四军的伏击，一个中队的鬼子死了大半。可在那片高高的土墩上，那被烧焦的树身，第二年春天依旧爆出了嫩芽，生出了更加蓬勃的新叶，巍巍老树，葱茏一片。

一声声呼唤像一根潮湿的鞭子抽打着远去的海水。最后一个故事与我的家族有关。那年冬天，我远房的四姑太，那个叫作秀巧的姑娘，因为不愿意给盐霸孙大麻子做妾，趁着黑夜，拎着一条白绫来到了大银杏树下，但在大树底下坐了半天，秀巧姑娘还是没将自己挂上去。从小就知道这棵大银杏树下是全村人欢乐聚集的场所，因此，即使再悲伤，再走投无路，她也不能将那条白绫拴在那棵树上。

最终，美丽可怜的秀巧穿过开阔的滩涂地，一步步走向远方那冰冷彻骨的大海……

一棵树就是一座山，一棵树就是一片海。这高山可能是喷薄的火山，这大海可能是无尽的深渊，但我面对的这棵大树，似乎一直是以一棵树的形象出现的。它站在明亮的太阳底下，以葱郁的树荫笼盖大地，枝干挺拔，树根深入下扎；枝叶包容，生活铺满绿荫。承载，寄托，给道路指出方向，给思念留下归宿，从不拒绝一切的嘱咐，连风中的言语也变得生动。站立在海边大地，一棵古老的银杏树，它的巍然屹立，它的昂扬向上，这是平原的骨骼和大地的轮廓，也是生活在这片土地上的人们才会有的气度和力量。

忍受住贫瘠，经历过苦痛，辽阔的海滨平原，不断生长的滩涂大地，每个人的心里都会有一个明亮的梦！人活着，或许就是为了说出所有的梦幻与理想，说出自己爱这个世界的理由！

一棵树！一个已经650多岁的老人，他注视着我，目光温暖，明亮，充满了爱。我认定他是我的祖先。

屹立在海边的古老的银杏树！

我的祖宗树！

子孙海

　　几个朋友在谈论盐城的海，话题很快便转到了滩涂。面朝大海，拥有580公里海岸线的盐城被一大片辽阔的滩涂所遮蔽。一片淤积的泥滩，一条长长的岸线，那些生长在滩涂上的植物，那些奔跑在草丛中的动物。人鱼鸟兽，鹤舞鹿鸣，天风海浪，生命万物，一切都铺展在这一方不断变化又永不消失的时间舞台。

　　走过海堤上挺拔的水杉林，倾斜的滩涂上布满了一道道深深浅浅的"河床"（滩涂海沟）。清晨，在一阵阵哗哗流淌的水声中，小取的渔民们正追赶着潮水，一步步走向滩涂深处。

　　这似乎是除了时间和力气再不需要任何投入的"无本之利"。去海边小取的人来自滩涂附近的各个村庄，也有少数外地人。退潮的大海滩涂裸露，潮湿的岸滩和浅水沟里蕴藏着无尽宝藏，小取的渔民三三两两，成群结队，向滩涂的深处走去——当然，这必须在天际发白，确认潮水正在慢慢退去之后，否则，一不小心，误入淤沟，陷入了暗滩，那可是

小取　李东明/摄

天地不应的塌天大祸。

　　小取的人背着竹篓，手持蛏钩行走在滩涂上。身边飞着各种各样的鸟，这些鸟儿也都是为了这片滩涂来的。蹚过一处处浅水沼，各种各样的贝类一一展现在眼前，泥螺、花蛤、文蛤、青蛤、竹蛏、海蛳、西施舌、花蚶，那是大海特意留下的财富。行至水流处，会有许多的鱼类：鲈鱼、黄鱼、鲳鳊鱼、马鲛鱼、海刀鱼、黄姑鱼、鸡毛鱼、推浪鱼。四鳃鲈鱼生活在响水县灌河口海水与淡水结合部的河槽里，以有四个鳃瓣、肉嫩味鲜而闻名。同样生活在这"阴阳水"里的还有推浪鱼（沙光鱼，俗名"傻逛鱼"），秋天的推浪鱼新鲜肥美，当地人有"十月推浪赛黄金"之说。推浪鱼喜欢逆水行走，昂着头颅，在水面上推起巨大的浪头。我亲眼看见过一大群推浪鱼，有数千条，用鳃鳍鼓动流水，推起的浪头响声巨大，数百米以外都能听见。

　　小取一般都在浅海滩涂上进行，只需要带着简单的装备。那些顺着水流将渔船一路摇向近海的，大多是出去捕鳗鱼苗的人。这批人基本集中于南黄海沿岸大丰的王港和东台的弶港一带。出了海口，他们的船头会直接迎向大海的更深处，一直走到南通如东的洋口港直达长江口。在江海结合部，那里的鳗鱼苗是地地道道的"软金条"，大部分出口日本和欧美国家。20世纪七八十年代，东台弶港镇的不少渔民就是靠着捕鳗鱼苗，沿街盖起了一幢幢的三层小楼。去长江口捕鳗鱼苗风险极大，总有出了海就回不来的。最令人惋惜的是弶港镇一户姓陆的人家，为了给最小的儿子盖一幢小楼来娶媳妇，父子三人一去未归，留在家里的母亲和奶奶沿着海滩，呼天抢地地寻找遇难的亲人，最后竟也被黑潮卷走。从此，那些曾经迎风搏浪的捕鳗船便很少再出远海了。只有三水滩的熊家老大熊克荣，带着巴斗村的16岁的小徒弟，生不怕死不怕，年年春天跑两回长江口，捞了十几年的鳗鱼苗，却一路顺风顺水，平平安安，堪称传奇。

盐城滩涂南北绵延。在北自响水陈家港小蟒牛滩、南至东台巴斗港的数千平方公里范围内，平展展的滩涂，到处都是渔民小取的去处。盐城的大海边（滩涂）最多的是黄泥螺，个大，肉脆，多油，少沙，捕起来也相对容易，即便是第一次来滩涂小取的人，走上泥滩，循着一道道印痕，跟着一只只气孔，很轻松地便能捉到这些胖乎乎的家伙，更不要说那些常年奔走在滩涂，一身绝技、手起钩到的渔民。不过最名贵的还是文蛤，因其肉嫩，味鲜，富含蛋白质，被誉为"天下第一鲜"。距东台弶港镇10多公里的巴斗村海滩，一直到条子泥、高泥及大海深处的东沙岛，整个海域都是黄泥螺和文蛤、花蛤集中的地方。捡拾文蛤的方法也很简单，每当海潮退去，在平阔的沙滩上选择一处活沙，用双足不停踩踏，滩涂泥地里那些遭遇惊吓的文蛤即被挤出泥涂沙面。巴斗村有个渔民叫姜阿十，就是早年跟着三水滩的师父、熊家老大去长江口捕过鳗鱼苗的那个少年，不仅会行船打鱼，还会唱那些没词的渔歌号子，踩文蛤更是他的一"脚"绝活。退潮后的滩涂上，但见姜阿十叉开双腿，一边晃动身体，一边高声唱起那号子，身边的海风海浪，一片箫鼓齐鸣。

盐城沿海，处处是海鲜。百里滩涂，每天都有下海小取的人。一方连天接地的舞台上，每天，都有精彩的故事发生。

仲夏季节。下午一点。梁垛河闸口的海边，白花花的太阳和一轮大白月亮同时挂在天上。护坡堤下，青郁的大米草一丛一丛，一簇一簇，送过微微凉意。而十几公里外的条子泥滩涂，云层之下的海平线轻轻弹奏。滩涂大地沉浸在一段异常宁静的时刻。

盐城地处亚热带向暖温带过渡带。湿润的气候，适宜的水温，浅水沼里丰富的鱼虾贝类，为鸟儿提供了丰富的食物资源。于是，一群又一群鸟儿从远处飞来。它们来自中国东北、来自日本、来自遥远的蒙古和俄罗斯。盐城滩涂，每年，数百万只候鸟迁飞至此，它们在此越冬，繁衍，辽阔的滩涂地让更多的希望萌生、生命延续。

一年四季，盐城的滩涂海域最不缺少的就是鸟。据观测统计，盐城滩涂的鸟类多达400余种。湿地上有震旦鸦雀、秋沙鸭、环颈雉、长白鹭（大白鹭）、白鹭、苍鹭、丹顶鹤、灰鹤、东方白鹳，潮间带则聚集着须浮鸥、白琵鹭、黑脸琵鹭、小青脚鹬、黑翅长脚鹬、勺嘴鹬等。潮涨潮落的滩涂，海边茂密的森林，大片大片的芦荡和绵延无尽的草滩，使盐城成为一个巨大的飞鸟天堂。鸟翅扑起的声音响遏行云，滩涂地成为一个巨大的音箱。在那片沼泽地或者生长着浮萍的水湾深处觅食的鸟儿是那么渺小，但是当潮水涌来，所有的鸟，在一瞬间突然飞起，身体里充满着电流与火焰。无数只鸟儿，翅膀打开，向前飞，向上飞，所有的目标，唯有前方的天空最为辽阔。

只有丹顶鹤，此刻，正气定神闲地漫步在芦苇丛林或者盐蒿草滩。

夏天，野生的丹顶鹤都在北方生儿育女，到了秋天，它们会飞来盐城滩涂越冬。旅途如此漫长，飞行这般辛苦，但即便是再远的路也要走过去，再猛烈的雨也要闯过去，只有飞到南方，飞落到黄海岸边的这一片滩涂地，这些丹顶鹤才能度过寒冷的严冬。

盐城，野生丹顶鹤的越冬地。大面积的滩涂浅海，适宜的温度，沼泽地里丰富的食物，为丹顶鹤的越冬提供了条件，因此，这里又被称作"丹顶鹤的第二故乡"。野生丹顶鹤在盐城留驻的时间一般是每年的 10 月到来年的 3 月。从盐蒿草头顶霜红，一直到来年春天，这些丹顶鹤将在盐城滩涂上度过近 5 个月时间。

海风吹动，芦苇沙沙作响，成群的鸟儿在蓝天上翱翔；沿着鸟儿的叫声，海边的水杉树一直往上长，长进天空，长进白云，长成一片巨大的海滨森林。在盐城滩涂，最大的那片海边森林面积达到了 7 万亩。曾经有诗人将盐城滩涂湿地比作"东方的瓦尔登湖"，确实，在盐城，在这片滩涂地，只要你走近它，注视它，端详它，除了一份天然的宽阔与宁静，你随时都能感受到这块"自然馈赠之地"旺盛的生命活力。你不禁想象，天地何其慷慨！亿万年来，在千里万里之外的神山雪岭，那来自北方高原的长江黄河，要在这大海边造就这样一片浩大的滩涂地，需要运来多少的黄土泥沙？最初的涓涓江流，又是何时向这片东方的大海输送了第一片泥土？也许从诞生的一刻开始，江河就开始了它永不疲倦的搬运。而如果能够有一双神奇的大手，将大地直立起来，这万顷滩涂又应该是一条多么雄浑伟大的山脉！

如此说来，为了形成这一片黄海滩涂，整个北方，被削去的绝不仅仅是几座山头，而是一片巨大的群山。只是现在，那一座座连绵的山，是以滩涂的形式存在，巍巍高山，是大海边一片躺着的泥土。

一群又一群鸟儿，正站在这片滩涂，站在这片倒伏的大山上。

滩涂上，每一种鸟儿都有各自不同的习性。大白鹭和东方白鹳喜欢栖息在浅水沼，将长长的脚和喙，探进那片清澈的湖水里；灰椋鸟和灰鹭分别聚集在海边的水杉林和湖柳林；梁垛河闸口外的盐蒿草丛，住着一只只孵卵的黑嘴鸥，它们一直是海边的少言寡语者，大地沉默的"另一半"；震旦鸦雀在芦苇丛中跳来跳去，叽叽喳喳，不停地说着对于滩涂大地的一知半解。

就是这样的寂静时刻，在一个更大的范围，在十几公里外的条子泥滩涂，那一条轻轻弹奏的白色水线，突然成为一根颤抖的绳索，从无边的大海中间猛力抽出。随着成千上万只鸟儿从潮间带的滩涂大地上飞起，一片黑色的风暴直立天际——大海涨潮了。

这是大海的辉煌却是鸟类的至暗时刻。涨潮的海边，随着一双双翅膀的猛然抬高，无数只鸟儿惊魂失魄——刚刚，它们还在退潮的浅水沼中安静地捕食。

在滩涂，汹涌的海潮总是在突然之间一下子就漫出去几公里、十几公里甚至是几十公里。那些因为反应稍慢或者体力不支，来不及将高度及时升上去的鸟儿，瞬间就会被潮水吞没，被海浪击落，被大海埋葬。

每次落潮过后，滩涂上总会留有一只只鸟的尸体。

一些脆弱的生命就此化为流水，沉为泥沙。

立春，雨水，惊蛰，清明；菜花，水杉，茅草，蔷薇；白露，秋分，寒露，霜降；清霜，夜露，大雪，潮汐。

一群大雁飞舞在天空，一会儿排成"人"字，一会排成"大"字。前方，1000米以外，秋天金黄的芦苇草滩深处，一只高大的丹顶鹤正在安静悠然地觅食，身边还有一只沙丘鹤。一只豆雁从天而降，刚刚在新麦地里捡起一粒露在地面的麦种，两只雪雁又从远处飞来。

低矮的土堆旁边，有人拨开草丛，推一下压得低低的帽檐，轻轻按下了快门。

在盐城滩涂，时不时会出现几张熟悉的面孔。他们是当地一群专门拍摄鸟类的摄影家，习惯上被称为"打鸟人"。他们是生态摄影家，也是忠实的环保志愿者。他们穿着迷彩服，背着笨重的摄录设备，一步步走向旷远的滩涂，拍摄这些鸟类和各种野生动物，也观察、记录它们在这片滩涂上的生存状况。盐城海和滩涂地，成为他们日常生活的主要场域。

孙华金和李东明，滩涂上的"打鸟"（拍摄鸟类）高手，两个人拍摄鸟类的年份都在 20 年以上。

"鸟儿在巢，寒月悬天，大地沉静，只有叶上细细的风声，远处几声犬吠，滩涂还没完全醒来。"车灯刺破日出前的黑暗，5 点刚过，两个人就从弶港小镇出发了。昨天晚上，他们就提前住到了镇上。

道路两边的树上结着白霜。半个小时的行程之后，将吉普车停在海堤的另一边，换上一双定制的高及大腿的皮靴，长枪短炮扛在肩上，带着笨重的器材，他们就这样徒步进入滩涂。

在一处大米草和盐蒿草交接的挡潮墙边分开，孙华金要拍那一群刚刚从北方飞过来的丹顶鹤。而李东明依旧要去到滩涂深处，拍摄他的勺嘴鹬。

勺嘴鹬 李东明／摄

天色渐渐明亮了起来。

秋日清晨的雾气里，在芦苇丛中躲藏了一夜的丹顶鹤缓步走了出来。先是一只，然后是两只、三只，最后竟然有11只。芦苇丛的不远处是一片盐蒿草。秋天已经来临，芦花飞白，盐蒿深红。早晨干净的阳光下，丹顶鹤洁白的翅膀在红色的草地上舞动，整个草地似乎都要跟着摆动起来。

孙华金选准一个位置，对着几只觅食嬉戏的丹顶鹤，一次次按下快门。

孙华金是一所大学的教授。20年来，除了上课教学，拍摄滩涂和鸟类成了他花费精力最多的工作。盐城滩涂的鸟类超过410种，目前，孙华金已经拍到了266种，拍摄过的鸟儿不下万只。

李东明拍摄的鸟的种类比不上孙华金，但是他默默蹲守在滩涂上的时间比孙华金更多，一年竟然达到300天。他先是拍摄家乡的麋鹿，十多年前专门跟踪拍摄条子泥的勺嘴鹬，成了著名的"拍勺王"（业内人称"李大勺"）。勺嘴鹬作为世界上极其罕见的鸟类，大多集中在刚刚退潮的海水边。为了进入真正的拍鸟区域，李东明往往要划着自制的竹筏，趁着落潮向海里行驶一个多小时，有时，为了等到这些勺嘴鹬，一等就是几个小时，涨潮时来不及撤回到岸滩，差点送命的遭遇就有好多回。勺嘴鹬数量极少，目前全球仅有大约400只，但是在条子泥，李东明最多的一次就观测到了60多只。滩涂上浅沟深堑、一片泥泞，我没能目睹"李大勺"

匍匐在滩涂上拍摄勺嘴鹬时的那副艰辛和潇洒，但看到过一张张凝结着他的汗水与热爱的照片，这些照片在越来越多的人手中传递，成为人们了解与认知勺嘴鹬和整个滩涂世界的温暖的证词。

一个更加巨大开阔的场域，这一片滩涂有那么多的宝贝。

那些生长在海边的植物：柳树、水杉、槐树、芦苇、盐蒿、棉花、水稻、向日葵。它们迎风生长，开花，结果。

那些生活在滩涂上的兽类：麋鹿、河麂（牙獐）、野兔、刺猬、猪獾。凭着留在泥土上的脚印，在滩涂的每一寸土地，它们都能够找到自己的栖身落脚之处。

那些鸟类：秋沙鸭、灰椋鸟、白鹭、苍鹭、丹顶鹤、灰鹤、黑嘴鸥、黑脸琵鹭、小青脚鹬、勺嘴鹬。滩涂辽阔，候鸟南飞，它们在这里停歇、休憩、觅食、换羽、越冬。在条子泥和高泥滩涂，最高峰时观测到的鸟群超过数百万只，最大的单个群体近 5 万只。它们从浪尖上飞起，又向滩涂上落去，抖落一身羽毛，就将这里当作另一个家乡。

那些生长在滩涂和浅水里的鱼虾贝类：泥螺、花蛤、文蛤、海蜇、竹蛏、花蚶、跳跳鱼、鲈鱼、鲳鳊鱼、推浪鱼、黄姑鱼、鸡毛鱼、桃花虾。刚刚捕获的桃花虾，烹饪时只需要放进一碗清水，以及少量的盐。

还有一个个和大海连在一起的地名：蹲门、条子泥、高泥、巴斗村、东沙岛、三水滩、方塘河闸、梁垛河闸、四卯酉河闸、中山河闸。还有弶港、王港、新洋港、黄沙港、陈家港。闸门打开，大海回流；渔船出港，众神高歌。

　　梁垛闸口的巴斗村，有一家名叫"起锚地"的渔村酒店。今天，巴斗村渔民姜阿十和三水滩的师父熊克荣终于有机会坐到了一起。"起锚地"是姜阿十和女儿开的一家网红店，门前的芦苇支架上挂满了各种各样的鱼干。自从20年前在长江口分别，姜阿十即回到了老家巴斗村，盖了全村最好的房子，在家门口干起了近海小取的活儿。师父熊克荣将捕鳗船泊在东海边，在浙江舟山沈家门码头做起了海产品和南北货生意，靠着勤快实诚会经营，很快就将门市铺出去半条街。五年前，儿子考上了研究生，老熊转让掉铺面，和老伴一起搬回了老家三水滩，算是叶落归根。

　　今天，师徒相聚，在"起锚地"吃一碗浇了麻虾的酱汤面，姜阿十开上皮卡，带师父去海边看女儿领着游客跳"海上迪斯科"（一种根据渔民踩文蛤的动作编排的舞蹈），开心的老熊也正要和徒弟说一说自己的儿子。姜阿十的女儿原来是学幼师的，因为一直没有入编，干脆辞职开了"起锚地"。而老熊的儿子，两年前研究生毕业，已经准备去海洋大学做教师了，却突然应聘了老家的一家海产品养殖公司做了"体验师"，兜兜转转又回到三水滩，回到了自己的身边。"说是研究什么滩涂养殖，实际上还是养鱼养虾。还带着未过门的儿媳妇。"老熊看似嗔怪又分明有几分自豪："用电脑，科技养鱼，一只小老鼠（鼠标）就将水底的鱼情看得清清楚楚。还让村里的人都入了股。"

和大海打了一辈子交道，那些干了一辈子的营生总是忘不了的。海堤上，看着徒弟熟练地开着皮卡，老熊也找到了当年站在船头手握舵把的感觉。半年前，他让儿子给自己的手机下了一款叫"大船出海"的游戏，但今天，他好像不太想玩这款游戏了。他要换一款新的。

阿十问："想玩什么？"

熊老说："深海捕鱼。"

江河奔流，大地生长。一片新生的、充满希望的大海，一片海水高举的滩涂。落潮的水边，无数只水鸟追逐着浪花。

这些奔跑着的浪花，这一个个活泼可爱的小海娃。

盐城海，子孙海。太阳与月亮都挂在天上，那裸露的滩涂，正等待大海归来！

西溪的背影

　　吕夷简、晏殊、范仲淹，史上著名的北宋三相。探究其履历，竟然都是从黄海岸边的盐城西溪走出来的盐官（盐仓监）。所以曾经有人戏称盐城西溪是"通向宰相之路的驿站"。在先后长达25年的时间里，三位名相在西溪建功业，修书院，为善举，留下了一阕阕流传千古的美文新词，一首首浩瀚的人生长歌，也在古老的西溪街头，留下一串串永不磨灭的踪迹。

—— 题记

吕夷简：高高的盐仓

　　北宋真宗咸平五年（1002年）仲春。微雨。由长江北岸的泰州通往东黄海的运盐河上，一只木船迎风前行，船舷两旁白浪飞雪。大河两岸，金黄的油菜花呼啦啦开成一片，又被细密的雨丝收住。

　　木船一路向东，一直朝着黄海岸边的盐场驶去。站在船头的吕夷简身着青袍，脚踏长靴，目光看向船舷边那被船头

西溪海春轩塔　佚名／摄

劈开的流水，明显有些兴奋。这个从安徽乡村走出来的刚刚24岁的进士，仅仅在几天前，还只是楚州盐城监的一名小判官，现在，却已赴任东台西溪当盐监官了。

吕夷简撑着雨伞，站在船头，突然将脚尖踮了起来——远远地，他看见了此行的目的地：西溪。西溪乃海边一盐仓，东临大海，西接兴化。小镇中心的西溪河水流通畅，连接起古老的运盐河，并且一直通往商贾云集的泰州和扬州。河南岸，一座始建于唐代的海春轩塔巍然而立，河北岸，盐仓衙门面河而居，塔下，东西广福寺隔着运盐河遥相呼应。盐仓、码头、商埠、棚舍分列街市两侧，人流穿梭，颇有几分热闹。他想起自己在楚州盐城监时，曾经不止一次地听说过这个"淮南第一盐仓"的富庶繁华，今日得见，心里不免有些激动。

下船上岸，吕夷简提着纸伞走向盐仓衙门。一路走去，很快便看出了一些破绽。只见沿途的木枋大门脱漆裂缝，院内院外土墙颓圮，杂草乱生，虽有七眼仓廒正在往外卸盐，但这与泰州海陵监介绍的"淮南第一盐仓"的称谓并不相符。

吕夷简到任西溪盐仓时，北宋已建国42年，五代十国时的战乱创伤渐愈，两淮盐场的生产正逐步恢复，但储运设施与管理并不完善，朝廷寄予厚望的盐税数量，尚未达到唐朝时的水平。国家要盐要税，盐民加紧生产，问题是，此时的西溪，灶团不缺盐，盐户存着盐，但那白花花的海盐收不上来也卖不出去。

经过连续数日的实地走访察看，吕夷简发现，个中原因，竟然是盐仓太破旧，库容量不大，老百姓卖的盐，没有仓库可以储存，因此盐衙只得限量收储，如此做法，终使得盐课难以完成，灶民收入受限。

找到了症结，吕夷简和各个盐场灶团商量，决定在西溪大规模扩建盐仓。他要通过以工代账、以工代税的方式，发动灶民盐丁大规模修理仓库，建造盐仓，扩大仓储。在吕夷简的精心策划下，各个盐场灶团精心组织，短短几个月，西溪一带就建起了近百座盐仓。"土坯围墙，广三百余丈，绵延而立。院内夯土平整，盐囤草毡封盖，墙壁坚固，防水防漏"（朱兆龙《盐官旅痕》）。不仅如此，吕夷简还简化收购程序，在很短的时间内让盐库收储量翻了数倍，不仅节省了工本，也增加了百姓的收入。

盐仓扩建，大储便民，西溪盐仓的仓储在逐步增多。各方商贾的支持更让西溪的盐产量迅速增加，盐税收入直线上升，很好地解决了国家财政所需。

对于西溪盐务之繁华，曾经有过"西溪盐官吕夷简治盐有方、完税有力"的评说，以及西溪盐仓"临水街市叫卖声声，盐河之间船只连绵，岸上役夫来来往往，码头胥吏挨个发货，脚夫肩扛担挑"的描述和记载，只可惜，如此热闹非凡的场景，一段画面逼真的经历，在一部厚厚的《吕夷简传》中，史家们仅仅用了"夷简进士及第，补绛州军事推官，稍迁大理寺宰"不足 20 字的篇幅，就将后来升至宰相的吕夷简这样一段不平凡的经历一笔带过，至于其在西溪如何带领灶民盐丁，用一套土办法解决盐城监漕运中转缓慢的问题，更未提半句，及至明代，相关史书干脆就没有吕夷简"在西溪盐仓任监当官"的记载了。倒是当代文史专家、东台本土作家朱兆龙先生，不舍昼夜，翻遍《四库全书》，悉心研究，终于在张方平所撰之《文靖吕公神道碑铭》中，见到"夷简……榷定盐筴……度署西溪……材与日洽"的记载，从而为吕夷简任职西溪找到了确证。

西溪盐仓的盐税征收与日俱增，吕夷简终于有心思去读书赋诗。他在衙门外精心种植了一株牡丹。虽是海边碱土薄地，但是凭着辛勤的心血浇灌，那牡丹倒也长得风流繁茂，每年春天，红花朵朵，如雾如云，国色天香，煞是好看。

吕夷简曾经为这些牡丹赋诗一首：

异香浓艳压群葩，

何事栽培近海涯。

开向东风应有恨，

凭谁移入王侯家？

吕夷简在西溪待了整整六年。大中祥符元年（1008 年），全国举行"材识兼茂，明于礼用"的科考，吕夷简因政绩出色，力拔头筹，自此告别西溪，踏上升迁的新途。

晏殊：书香晏溪河

凉凉的风雨声和读书声从河畔的凉亭中吹过。

河，叫"晏溪河"。

亭，叫"南风亭"。

前朝时光后世书。宋代著名文学家、政治家晏殊创建的晏溪书院就位于南风亭对面，原名西溪书院，后人为纪念晏殊而改称晏溪书院。当年，西溪盐官晏殊就在这座书院里给当地的盐民子弟们讲学。从最初的奠基创建一直到今天，晏溪书院已经在晏溪河边默默守望了整整一千年。

晏殊的名字人们并不陌生。这位从江西抚州临川走出来的小盐官，7岁就能作诗为文，就此表现出了其文学方面的极高天赋。最让人们刮目相看的是在14岁那年，他和千名进士同廷笔试。小小年纪的晏殊毫不怯场。而有关他在考场上演的那出"这题目我已经练过，请另出新题"的实景剧更是轰动整个朝野。

少年入仕，"神童"晏殊平步青云，至仁宗时终成宰相。但在1015年之前，晏殊所担任的只是一个不入品的西溪盐官。

晏殊是在1012年来到东台西溪当盐官的。西溪盐官隶属于泰州盐仓监，兼管何垛、丁溪、草埝、白驹、刘庄等五大盐场。在由泰州赴西溪的路上，因适逢连续两年的干旱，晏殊一路所见，皆是民不聊生、饿殍遍野。领着晏殊来西溪的是他的老师、当朝红人陈彭年。依靠有向皇帝直接"呈奏"的权利，在老师的支持下，晏殊迅速将当地的灾情报告给了皇帝，最终得以开仓赈灾，让老百姓度过了当年的灾荒。

晏殊年方二十，少年任事，一腔热血，加之有比自己年长30岁的老师的指点，晏殊接下来的几步策略使西溪的局面包括盐民们的生产生活状态迅速得到了改变。

朱兆龙在《盐官旅痕》一文中详细述说了这一段历史：

> 谨行盐法，奏减盐户大税。晏殊将宋朝以来的盐法制度清理出来，对照实施。仓库管理编排的"堆垛记号制""逐库进出货记账法""黄昏入仓周视、封锁仓门制"以及财务管理的"受纳盐货、起置文簿"等制度一一贯彻执行，不过半月，库内整齐，库容一新。而在他的努力下，宋真宗于大中祥符五年四月下诏，"除通、泰、楚州盐帝户积负丁额盐课盐"，更使各场灶民如释重负，生产积极性大大提高，这也从另一个方面大大支持了盐业生产。

西溪地处东海（黄海）一隅，虽不及泰州热闹，但西溪河里盐船相接，街市行人渐密，生产逐步恢复，行业日趋齐全，一切都逐步步入正轨，晏殊也便有了读书写词、游览风景的雅兴。露水闪耀的早晨，他徒步走向户外，满心欢喜地从两旁开着蚕豆花和油菜花的田埂上走过，轻轻吟哦。但同时，一桩重重的心思也压在西溪盐官晏殊的心头。那就是，经过连年战乱，原本书声盈耳的书院都被废弃，当地的教育已处于瘫痪状态。

"办学，在愿意进学的盐民子弟的心里播下读书识字的种子"。

晏殊决定在西溪建造西溪书院。

在仅有的几间海草屋里，西溪书院就这样办起来了。除了亲自任课执教，晏殊还在书院西边的运盐河岸上，修了一座草亭，命名"南风亭"。希望自己能在每天的工余饭后，手持书卷来到亭中，东观沧海，西观桑田，读书填词，演绎一段快意人生。

虽然北宋创建书院蔚然成风，但在大海一隅的西溪，甚至远及泰州、扬州，西溪书院也都是首创之举。这座古扬州辖区内最早创建的书院，比泰州的安定书院更是早了整整220年。

西溪书院绵延着一代文脉，也将那段历史串联至今。在西溪担任盐官的近两年时间里，晏殊除了处理盐监杂事，业余时间基本都在书院中度过。宦海沉浮，百事忧心，但晏殊不忘施仁政，宣教化，开启民智。仅仅因为这一首创之举，宋真宗大喜过望，命令将晏殊兴办书院、教授贫家子弟的做法推行全国。

回头看去，最早的西溪书院已经是一家带有综合性质的书院。它不仅讲学、藏书，同时兼具了祭祀等多种功能，因而一度成为当时的教育、文化中心，在东台千年教育史上占有极其重要的地位。他崇尚"明体达用"，在知识讲学中灌输伦理道德规范，培养听众（学生）的道德品质，注意生活行为习惯的训练，在基本知识讲学上，重视熟读牢记，注重学习态度的培养和学习习惯的养成，如读书强调"刻苦专一，认真听讲，珍惜光阴"，写字要求"姿势正确、态度恭敬、几案洁净"，"书院须知"中对于衣冠穿戴、言谈举止等，也都有具体的规定细则。

"有书院，便有琅琅书声；有书声，便有文化传承；有文化，便有了润泽西溪的养分"。办学兴读，平日落寞的西溪自此文风吹拂。朱兆龙在接受访问时多次提及这句话。

晏殊在大中祥符七年（1014 年）正月进京，晋入六品官阶，最终达到权倾一时的宰相之位。因晏殊之缘，西溪又有"晏溪"之名。西溪书院，也因此改成"晏溪书院"。

晏溪书院到明代已有相当规模，不仅有大量的典籍特藏，而且有傍水而列的书斋学舍。历经多个朝代的损毁，当年的晏溪书院已久废无存。但晏殊在西溪修建书院，播下的读书种子，一代一代开花结果，东台大地也因此文风浩荡，人才辈出。

一曲新词酒一杯。去年天气旧亭台。夕阳西下几时回？

无可奈何花落去，似曾相识燕归来。小园香径独徘徊。

这是作为诗人、词人的晏殊最具代表性的名作《浣溪沙·春恨》。碧水清流，书香氤氲，流水脉脉，波浪渐平。然而，循着晏殊的词意，我们仿佛还能看见那条贯穿整个犁木街的古老的晏溪河，那渐渐消散的浪花，是盐城千年海盐文化由咸变淡的直接见证。

范仲淹：海堰绵长

宋真宗天禧五年（1021年），32岁的范仲淹到任西溪盐官。入仕九年，未得重用，最终又被放逐到东海（黄海）边这样一个海卤穷荒之地，范公心中原本已有几分不悦，而自己刚到西溪，盐税又收不上来，彼时的范仲淹心情真是坏到了极点。

遵循圣命，盐仓监范仲淹组织民工以工代赈，疏浚淮南漕渠，开挖扬州运河。同时，西溪河的疏浚整治也拉开序幕。正当范仲淹艰难地组织并恢复盐业生产，不料中秋节前的一场特大潮汛，滚滚海潮席卷整个淮南地区各大小盐场，淹没了灰亭，荡平了团灶，破坏制盐设施，卷走生产工具，即便离大海尚有十数里的西溪河亦遭遇壅塞，辖区内的灶民们纷纷逃离。

站在刚刚退去潮水的盐田边，范仲淹的脸上布满愁云。几日苦思冥想，范仲淹决定向江淮制置发运副使张纶报一份建议书，建议在原有的唐大历年间李承修筑的常丰堰的基础上修筑捍海堰，他立志要用这个利国利民的根治措施，让盐场灶民再不受海潮洪汛之虐，让黎民百姓安居乐业。

一个从九品小官，冒死建言，足见其忧国忧民的担当。张纶立即向朝廷转达其申请，却不料遭到朝中保守派的反对，他们担心，修好了大堤或将会产生内涝，灾害更多。亏得张纶据理力争，最终让皇上改变了主意。

天圣三年（1025 年），朝廷任命范仲淹为兴化知县，主修横贯三州的捍海长堰，委以如此千钧重担，实乃朝廷对范仲淹的极大信任。

其实，从 1024 年底开始，海堰工程已全面铺开。捍海堰北起阜宁庙湾场，南到南通栟茶场，纵贯淮南中十场，全长约 300 公里，是中国东部沿海最长的捍海长堤。

在范仲淹的调集组织下，通、泰、楚、海四州四万多民众沿着当年李承修建的常丰堰旧址，取土修堰。但见施工现场，挑土上堰泥担穿梭，牵绳打夯号子起伏，牛车独轮车运送物料，铁匠工地炉火熊熊，木匠们随地开作，盐灶改为饭灶，海草编作草鞋。北起盐溪，南至海安，百里工地，人声鼎沸，热气腾腾。考虑到一介县令，主理如此浩大的工程，物力财力之不逮，朝廷又让范仲淹监楚州粮料院，以便其随时有权调用国库粮草，以供修堰。

然而天有不测风云。大堰开工不久，冬季雨雪接踵而至。大雪漫天漫地，海潮扑卷而来，新筑的堤坝被冲垮，夜宿的工棚被淹没，兵夫四散奔走，陷在泥中跑不脱者超过六百人。幸亏有时任泰州司理参军的滕子京在一线工地同问其事，指挥着士兵民工，最终稳住了人心。

是年冬季，一度停滞的捍海堰工程重新启动。范仲淹研究海潮走势，将长堰基线由原址移至潮线以西，使之不再受潮沙侵袭。整整三年半时间，范仲淹所有的时间都集中在了主持修筑这条捍海堰上。一条全程约 300 公里的捍海堰在几朝几代人的汗水和眺望中逐步成形。

堤东烧盐，堤西种粮，一条捍海堰给整个沿海地区筑起一道长长的屏障。

事实上，捍海堰的修筑并非全由范仲淹一个人完成。正当工程顺利推进之时，在距离任职四年零五个月后的天圣四年（1026 年），范仲淹远在家乡的母亲去世，按官场例规，范去官返乡吊孝。范仲淹离职之时，张纶受命亲任工程总指挥，最终推进并完成了整个工程。张纶是个能做事却又极其低调的人，他接手修堤，竣工后，但呼"捍海堰"，不署堤之名，尽显其民众为先、天下为度、功成不计个人名利得失的士人风节。为了感谢张纶修堤之大恩大德，百姓特地在捍海堰旁修建了"张生祠"。而范仲淹去世以后，为了纪念这位伟大的文学家、政治家、思想家，捍海堰被百姓称作了"范公堤"。

时间穿越千年。2018 年春天，菜花金黄时节，我驱车百余公里，行进在这条宽阔的捍海堰上。傍依着这条道路，串

范公堤遗址（丁溪草堰段）　徐行／摄

场河沿岸，菜花金黄，绿树成荫，城市集镇串若珍珠，树枝花影，水中倒映，一群孩子站在花墙高耸的串场河岸，默默吟诵范公当年留下的那篇著名的《咏西溪》——

　　莫道西溪小，西溪出大才。

　　参知两丞相，曾向此间来。

　　穿越千年时光隧道，古老的西溪从岁月深处走来。

　　三任盐官，几代名相。历经千百年岁月淘洗，从古老盐仓走来的三个高大的身影，仿佛三尊青铜雕像，傲然站立在古老的西溪河畔。他们面朝大海，明亮的眼睛正默默眺望着远方那片渐渐高出海水的土地。

长河自有回响

　　我站在夏天的河岸，凝神谛听一条河流盐晶雪白、稻禾碧绿的回响。声音的源头，起自1250多年前的唐大历元年（766年）的某个早晨或黄昏。地处中国东部的盐城沿海，从北方高原一路走来的长江与黄河，那悬在高处的波浪带来的厚重的黄土泥沙，在大海边堆积成一片蛮荒的滩涂地，也高举起一片白花花、亮晶晶的盐。

　　浩瀚无际的海天之间，落日棕红。一座座银山玉岭光芒闪耀，恍若一座座海市蜃楼。阳光下，这些矗立在海边滩涂的雪山盐廪是何其绚烂夺目！盐，那闪耀在滩涂地上的波浪和岩石的骨骼，也是日月星辰从万顷大海中提炼出的时间的精髓。13世纪，一个名叫马可·波罗的意大利旅行家站在苍茫的大海上，曾经目睹了那种奇异的景象。在一篇有关东方的游记里，这位大胡子的西方人用一个词描述了所见所感：惊艳！

　　盐廪如山，皎白成雪。时值5月，江淮大地已经进入了梅雨季。一场连阴雨紧抓着滩涂，那用海水和汗水沥制出来的盐，无法及时运出去。一群腰扎草绳的盐丁灶民被困在低矮的小屋里。一座座高耸入云的巨大盐山，仅仅依靠这些盐工肩挑人背，显然无法完成。面对堆积如山的盐廪，盐工们唉声叹气，一脚将地上的卤水踢得很远。一年四季，盐工们有一大半时间都是脚踏在海盐卤水里的。他们早出晚归，辛辛苦苦地挖沟、引水、淋卤、晒盐，全部的希望就是能生产出更多的盐，让一家人过上温饱的日子。但是这片滩涂没有道路，盐蒿草的表层下都是一些轻质的泥土，只能靠肩扛人背将那些雪白的海盐运出去。这实在是常人无法忍受的体力活。盐工们焦急、无奈，他们一边诅咒，一边走出盐田，爬上那白色的金字塔般巨大的盐廪，任由那无助的目光，越过盐池草滩、越过远处的茫茫大海。

公元766年，春天，沿着一大片野葵花的方向，紧贴海边高大的盐廪，一条条短短的人工河正向他们走来。在南起海安徐家坝、北至阜宁庙湾场的一片业已成陆的滩涂上，人头攒动，一条低低的土坝现出雏形。史料记载，从766年起，时任淮南节度使判官的李承费时三年（一说四年），在楚州庙湾（今盐城阜宁县城）至南通海安之间，筑起一道高不过三尺、全长90多公里的捍海堰——常丰堰（即后来的范公堤的前身），而一条贯通这些盐场的狭窄河道，正就势开挖。在一座座盐场之间，一条条河道，虽宽不盈丈，却由南向北贯穿起海边那一个个大大小小的盐场，一道道僵死的血脉也逐步被打通，这无疑给当地的海盐运输和盐业发展提供了便利。这些穿梭于盐池盐场之间的狭窄河道，应该只是盐城最早兴修的捍海堰所附带的福利。因为这些河道皆为盐业运输之用，所以，盐工们习惯将它们叫作"盐河"，或者"运盐河"。

历史上最为声势浩大的盐运河（串场河）开挖工程是在1027年。其时，由范仲淹主持修筑的捍海堰，工程已历经三年。随着捍海堰工程的逐步推进，工地一侧形成了一道巨大的深水泥沟（复堆河），这使得在捍海堰的旁边再开挖一条盐运河有了较好的基础。是年冬季，朝廷征集数万民工，沿着捍海堰，将这道深沟裁直拉平，最终形成一条与捍海堰平行的宽阔长河。至宋咸淳五年（1269年），两淮制置使李庭芝再次开浚范公堤下的复堆河，至此，海安以北的富安、安丰、梁垛、东台、何垛、丁溪、草堰、小海、白驹、刘庄、伍佑、新兴，以及阜宁庙湾等十多家大盐场被一一串联。及至清乾隆三年（1738年）串场河全线挖通，全长已达180公里（一说200公里）。只是当时，串场河依然不叫串场河，而一直被叫作"官河"和"盐河"。如此命名，一是表明投资方，一是说明这条河流的用途和职责所在。

有盐，有船，历史上的串场河注定是热闹的，这份热闹首先来自河面上那一条条首尾相接、吃水很深的运盐船。作为一条专门用来运输海盐的盐运河（空船返程时也会带来一些粮食、布匹、木材和日用品），南北走向的串场河从海安一路向北，蜿蜒穿行于一个个雪花飞白的盐场。堤东煮海为盐，堤西植种桑麻，天上的云朵因为河里水波的晃动有了呼应。"河东淮盐胜白雪，堤西桑麻羡甘棠"应该是串场河两岸风光的真实写照。

千年盐渎，风雨盐仓。一条绿色的琴弦置于大地，串场河是黄海之滨、盐城大地上一条匆忙行走、不停歌唱的河流。千百年来，作为一条离盐城人最近的河，它吞吐、吸纳，用奔涌的河水将一船船白花花的海盐，从遍布于苏北大地的各个盐场，运送到运河和长江边的码头。它用结实的波浪完成一次次艰难的承载，也用甜蜜的流水滋养身边的土地，用磅礴的力量将一条条运盐船从此岸领向彼岸，从脚下带向远方，用翻滚的波浪丰富并且完成一部关于海盐、关于一个城市生长的千年传奇。夏天的傍晚，我喜欢站在清澈的串场河边。我注视那些在河面上垂钓和泛舟的市民。人影沉入夜色，星辉跃入河流，只有那千年不停的流水，才能让他们感知他们拥有的那种知足和快乐。春夏秋冬，日日夜夜，串场河讲述的不仅是东部黄海沧海桑田的日月变迁，更串联起一个个正在消失的地名。沿着古老的串场河，那生养我的村庄，那长留于历史的人物和事件在我的记忆中一字排开。一条丰富的河流，正呈现这片土地最为生动的历史，那盛开的水波和浪花，倒映这片海滨大地的天上人间——

登瀛桥。盐城古八景之一的"登瀛桥"一直存留在我们的记忆中。生活在盐城，我总是愿意把"登瀛晚眺"和"浠沧明月"作为这个城市两个最具代表性的文化符号，那是一座已经有两千多年历史的老城里时光日月的交错与回响。当年，站在串场河的登瀛桥上，清代诗人高岑写下这首《登瀛晚眺》："绿杨芳草花边路，红杏青帘柳外城。日落长歌连辔返，隔烟遥听卖鱼声。"在登瀛桥头，最让人欣喜的还是鱼市口码头那带着水湿气息的一声声叫卖。从前的串场河边，登瀛桥下，有一处轮船码头和水产品市场，有卖渔网和竹器的铺面，有吃食摊，有金铺、银楼、茶坊、酒肆、布店和一脚就能跨进去的客栈，站在登瀛桥上，脚下就是千年串场河。落日浑圆，渔歌晚唱，我曾经写过这一声声叫卖。还有串场河对面的先锋岛，岛上的泰山庙，一排高大的廊檐，上面停着鸽子。抗日战争时这里曾经是新四军重建军部所在地。只是几十年过去，先锋岛已经成了一处商贸繁华的网红打卡之地。但这并不妨碍"登瀛晚眺"继续成为一种风景，一种文化符号。每天傍晚，依旧有人站在桥头，在氤氲的登瀛夕照之下，一边听一曲淮剧，一边议论着，那清冽的串场河水，是否真的能让潘黄的虎皮豆腐外焦里嫩，渎上·老西门的老登瀛茶馆，时时留有木刻一样的斑纹。

枯枝牡丹。牡丹是国中名花，有"国色天香"之称。天下牡丹，究其历史和影响，当以河南洛阳、山东菏泽的牡丹名气最盛。但如果有人告诉你，在黄海之滨的串场河畔，竟然有一束牡丹在枯枝上盛放，而且那花朵比姑娘的脸盘子还

水街初雪　宋从勇／摄

要大，这样的牡丹，是否称得上花中"贵夫人"、水边"真国色"？"四海牡丹二分半，半根枯枝在盐城"。地处盐城城南的千年古镇便仓，有一种特别的枯枝牡丹，谷雨时节，花开满园，那些枝干却光秃秃地干枯可燃。而愈是干旱之年，那花朵偏偏开得愈加艳丽，且历700年而不衰。牡丹园门前的亭子里记载着这样的传说："元朝末年，随张士诚起义的卞元亨兵败隐退便仓，途中马鞭丢失，遇一花鹿，口衔枯枝，跪倒马前，元亨取其枯枝，策马而归，至便仓家院，插枯枝于地，遂为枯枝牡丹。"枯枝牡丹园离市区20余公里，据说，写过《桃花扇》的孔尚任在盐城治水期间曾多次造访。我也曾经无数次去过这个园子，看过卞元亨写的那一首《牡丹诗》。诗云："牡丹原是亲手栽，十度春风九不开。多少繁华零落尽，一枝犹待主人来。"有道是"海水三千丈，牡丹七百年"，那枯枝牡丹年年绽放，是否因为生活在潮动水响的河边，日日享受串场河水的沐浴和浇灌？

站在千年串场河边，我想到了几个人。

范仲淹，北宋时期著名的政治家、文学家。时间回到北宋天禧五年（1021年），32岁的范仲淹在串场河畔的西溪做盐官。清风吹动明月，冷雨敲打窗棂，串场河的流水声中，范仲淹在西溪兴办书院，执教兴学，带着盐民子女在雨声里晨课晚读。天圣二年（1024年），范仲淹主持修筑捍海堰。将海潮卤水挡在海堤之外，稍后，在捍海堰边的复堆河上开挖串场河，将沿河十多个盐场像珠贝一样串联在一起。他的"宁鸣而死，不默而生"，他的"先天下之忧而忧，后天下之乐而乐"，经典的文字，早已如身边的串场河水，融入人们的心中。

张士诚，一个带着故乡白驹口音的盐民领袖。因为不屈从盐霸的欺凌，带领17个壮汉揭竿而起，建立大周国。其割据范围，南到浙江绍兴，北到山东济宁，西到安徽淮北，东到黄海之滨。张士诚出生于亭民之家，从10岁开始就跟乡亲们一起，在白驹场的官盐船上"操舟运盐"。"少有膂力，负气任侠"。当初，张士诚把起义地点选在白驹场附近的草堰场，堤东堤西，是否考虑到可以借着串场河的掩护？如今，在串场河两岸，民间还有清明节前后制作酒酿饼的风俗。这风俗来自张士诚。据说，当年张士诚身负命案受官府通缉，只得带着老母逃到苏州。钱粮用尽，母亲又饿又累，奄奄一息。幸亏一位老人将家中仅剩的酒糟做成饼，救回张母一命。张士诚称王后，因感念这份恩情，下令，每到清明节，各家各户都要吃这种酒酿饼（"救娘饼"）。

施耐庵，一个曾经担任过钱塘知事的进士，因不满朝廷而愤然辞官。那年，他着长袍，携诗书，坐着马车，从苏州的阊门，来到地处偏僻、交通不便的兴化，最终隐居于白驹场的花家垛，并在此著述千古名著《水浒传》。在花家垛，施耐庵结识了不少盐民农夫，记录下了他们生活中的许多故事。《水浒传》是我少年时就读过的书，只是，在以宋江为首的梁山 108 将里，是否有打小就生活在串场河边的那个愣头小子？

串场河穿街而过，伴着水声我来到西溪的犁木街。

犁木街，串场河沿线最古老也是保存最完好的古街。和安丰、伍佑等古街的青瓦飞檐不同，犁木街上多是木屋、木门、木格花窗。一棵高大的榆树下，河水倒映着一个人的影子。擎一束火红的石榴花枝，坐在犁木街的女孩一身汉服。一只茶盏倾斜，那是上午 10 点阳光的角度，也是她长发飘动的角度。5 月初夏，犁木街附近青禾遍野。女孩一边煮茶，一边侧耳谛听远方的布谷鸟鸣。女孩，你的祖辈一直住在犁木街吗？ 那光滑的犁耙上是否有他们手掌抚过的痕迹？我曾经为犁木街写过一首《木刻光阴》，诗中的女子，晨起后会在青草池塘照一照美丽的影子，出门前，会在小包里放上一支口红，只为了每天都能用热烈灼烫的嘴唇，对她的犁木街说出那热烈的诗句——

在雨声里加酒，浅霜中加雪

除了摇动，纷乱的花影不会言说

大海东去，城市生长。清澈的河流从城市中心穿过。

盐城是一座生长在水边的城市。"瓢城"这个比喻说出了盐城和河流之间的密切关联，而这水就是串场河。明代杨

穿过市区的串场河　宋从勇／摄

瑞云有诗云："夜读不堪问，萧萧风苇间。绕城唯见水，临海故无山。"古人对文字的驾驭是奇妙绝伦的，"城形似瓢，若浮于水"，一个城市，如果仅仅形状如瓢，倒也不足为奇，奇就奇在这个"若浮于水"——一座城，以河为脉，以水为基，傲然独立。一个"若"字，这看似平常的一只葫芦瓢，美丽的盐城，随波荡漾。

　　我站在河边，站在孕育我生命的串场河的身边。

　　被称为"百河之城"的盐城，绿水环绕，千年串场河一直流淌在城市的中心。清澈的河水浇灌海边的土地。相比起盐城大地上那些著名的河流，包括皮岔河、子午河、斗龙河、川东河、梁垛河、黄沙河和新洋港，串场河的历史无疑更加古老。历经千年风雨冲洗，经历无数次水患和海啸，串场河，作为盐城境内最长的河流，只要它不被堵塞，不被填平，就一直会在这片大地上自由自在地流淌，一直会用它绿色的衣袖，护佑生活在这片土地上的人们。哦！一条河流只为一个城市、只为一片土地而活，古老的串场河有福，生活在串场河两岸的盐城人，我们有福。

　　串场河，一条美丽、繁华的河，一条历史、沉思的河。一道流水，千年不息，从海风咸雨中走来，带着绿色的波涛，也带着激荡人心的回声。

"大鱼"过河

　　春夏季节，水流丰沛，漫到一半的灌河被一下子抬高。阳光下，一条条虎鲸冲进了入海口，沿着蜿蜒的河道一路上溯。故乡喧腾的大河之上，即将上演一场气势恢宏的实景大剧——"大鱼"过河。

　　这是灌河上难得一见的壮阔场景。沿着河床，几十条巨大的虎鲸一路翻腾跳跃，宽阔的尾鳍拍打河水，河面瞬时爆发出雷鸣般的回声。"大鱼"每年都来，具体什么时候出现，没有人能准确地预测。但无论是哪一年，不管是春季还是秋季，当鲸群到来，数十公里的灌河两岸，沿途的堆堤一定黑压压地站满了人，从燕尾港、小蟒牛、陈家港，一直送到上游响水县城西侧老县中后面的那片大河湾。

　　高三那一年的秋天和春天，我曾经两次看见过"大鱼"过河。

　　水波与水波挤压，浪头与浪头碰撞。巨大的风暴席卷而至。追逐着翻滚的波涛，巨大的鲸群忽隐忽现，若沉若浮，探头摆尾，欢跃嬉闹，其浩荡之势，壮观不已。虎鲸体型庞大，长达数米，最大的有近十米，鲸群游动时，不时将埋在水下的身体抛出水面，掀起的浪头常常使泊在岸边的渔船一阵阵晃动，随时都有倾覆的危险。整个灌河的水位也会急速上升。那时候，沿岸的人群断然不敢大声说话，只是屏住呼吸，或远或近地看着那被巨大鲸群吆喝着直立起来的水。

同乡的一位小说家写过一篇小说，名字就叫《大鱼过河》——

> 河，是响水河，小城最大的河。在我的记忆中，好像小城的许多故事都与这条河有关。
>
> …………
>
> 上午十点，响水河面上出现了由三百多条鲸组成、绵延达两里多地的庞大鱼阵，劈开水波向大海行进。大鱼黑黑的脊梁在阳光下闪闪发光，拍打浪花的声音起伏交汇，响成一片。它们不时翘头喷出高达丈余的水柱，似小城中心广场的喷泉飞溅。为首的头鱼凌空一跃，如跳高运动员在空中画了一道弧儿，又斜刺入水中。如是反复，煞是快活。

小说写的是一对中年人在响水河（灌河）边的草地上男欢女爱的故事。夜晚的潮水落下去，潮湿的淤滩上趴着中年男人的尸体。这个情节很令人费解：一个多年生活在大河边的人，怎么会如此不谙水性，刚走向河面就轻易被淹死了呢？莫非他的腿脚纠缠着一堆乱草或者碰上了一只水怪？流水带走时光，却带不走一个人的身影。"大鱼过

"大鱼"过河 薛恒宝／摄

河"，本来就是一种暗示和隐喻。

高高的灌河大堤上，父亲正在弯腰锄地，芝麻，绿豆，高粱，一大片庄稼齐刷刷地迎到面前，健壮，茂盛，仿佛是他的一群儿女。将一副冒着热气的翻毛耳套（耳焐）挂在高高的树杈，父亲，你听到了什么？

灌河堆上的这片空地最早是由我母亲开出来的，开始时父亲并没有加入。母亲是个裁缝，从前在农村，这份手艺可是帮了全家大忙了。自从进了城，母亲的手艺再无用武之地，于是，不甘寂寞的她在拾掇好门前屋后的菜园之后，跟着住在家属院里的教职工家属，到校园后面的河堤上开荒，种上一些懒散闲适的庄稼。父亲最早是很看不惯那些家属整天拎着锄头铁锹在校园里到处跑的，但舍不得体弱多病的母亲，在那里用铁锹挖，用锄头刨。一天下午，父亲终于忍不住了，一边嗔怪说"没事找事"，一边接过母亲手里的农具，扛着锄头，提着铁锹，拎着水桶，几步就将母亲甩在了后面。这样一天天日出而作，日落而息，不到两个月，父亲和母亲竟然在一片碎砖瓦砾中刨出一大块新鲜潮湿的土地来，足足有好几分。在这片新开垦的土地上，第一年，种上了玉米、山芋；第二年，开始种土豆、花生；第三年，又种上了山药和黄花菜。父亲曾经做过体育教师，身高一米八二，一把好力气，种的地不仅比别人多，庄稼也长得格外好，常引得邻居们实地考察取经。父亲也不抬头，继续手中的活儿。其实，种庄稼，哪里能有什么诀窍，种子落地，汗珠开花，及时浇水、松土、施肥、除草、治虫，全凭"勤""快"二字。这其实和教书差不多，只要你愿意付出汗水和心血就行了。事实上，这些话，父亲即便是说了又有什么用呢？他种的是劳碌地。每隔十天半月就给地里的庄稼蔬菜施一次从学校厕所里挑来的人粪肥，每周用木桶到灌河里接上几十担水，这样辛苦的体力活，一般人哪个吃得消？

　　响水县中在1991年秋学期搬到新校址，老校区随之成了职业中学，学生也就越来越少。为了管理方便，职中关闭了后大门，就此阻断了从校园抵达灌河边粮田菜地的唯一一条道路。因为图方便，个别家属在围墙上扒出了一个椭圆形的窟窿，弯着腰，直接钻过去。父亲没钻过那个窟窿，他毕竟是个老教师，磨不开那个面子。有两次，父亲曾试图在厕所边的围墙临时架上一副梯子，提着取水的铁桶从墙头上翻过去，但很快觉得不妥（随着岁数的越来越大，要翻过那道围墙也不那么容易）。于是，父亲只好踮着脚用一根扁担把两只铁桶送过围墙，然后骑着电瓶车，从校园的正门沿着灌河大堤绕行过去，沿着那座废弃的土窑一直走到河边，这样要比从后门直接过去多绕行近两公里。绕道的父亲希望这段路没有白跑，也许，走过那段河堤，他能够再一次看见那些虎鲸，看见那些汹涌奔腾的浪头。

　　河水蓄满了河床，父亲一桶一桶挑着河水，一瓢一瓢浇灌那些由他亲手种下去的庄稼。那天，父亲绕过围墙，走到河边，不小心脚底一滑，竟然连人带桶滑下河槽，亏得下面有一些芦苇阻挡，才没滑得更远、更深，但最后已经站在了大半人深的泥坑里。这件事传到我们的耳朵里，几个儿女都被吓得不轻。大家一起赶回家，找来几个邻居，硬是逼着父亲，将已经开垦多年的熟地送出去大半。但父亲并没有就此离开那片土地。一脚踏在岸上，一脚探在水里，父亲站在灌河岸边，踮起脚尖朝远处眺望，他在期待一场热热闹闹、蔚为壮观的鲸群的聚会！

只是，一次一次，走在高高的河堤，父亲并没看到过虎鲸。

我从1982年底离开家乡就再也没有见过"大鱼"过河了。父亲说，那些"大鱼"后来又来过几次。

1987年，灌河上出现了第一座大桥，宽阔的河面霎时被阻隔，加之两岸一座座船厂和大小码头的出现，灌河昔日的宁静被打破，沿河的生态也在改变，那些活泼的虎鲸渐渐远去，"大鱼"过河的故事也变得越来越遥远。

最后一次是2000年，我已经从部队回到地方，进了一家电视台。5月下旬的一天上午，办公室的值班电话突然响了，竟然是老家灌河边的群众打来的。电话中，老乡报料，多年不见的"大鱼"又从入海口游上来了，希望我们能到现场，拍下这个难得一见的瞬间。市区到响水有100多公里，临时赶往现场已经来不及。于是我们请县台的同行帮忙。县台的同志持续跟踪了近 5 个小时，终于用镜头记录了那最后一次"大鱼"过河的场景。更幸运的是，当天下午，在灌河入海口响水县陈家港镇的小蟒牛水域，人们再次见到了鲸群戏水的场面，而且这一次的数量更多，场面更大。20 年过去，当年拍摄的画面早已模糊不清，但那一条条"大鱼"掀起的浪头仍在我的眼前翻滚，多年以后，面对着那些生动的画面，我们依旧能听见那一片轰隆隆的潮声。响水，那是真正的响水。

　　一条鲜活的大河在心底流动。我们是否也正是那一条条在水里游泳的鱼、那追潮逐浪的鲸群？而父亲母亲，他们身边的家，就是我们的源头和归宿，是那浩瀚无边的江河与海洋！

　　从我居住的城市到响水县城，距离大约 120 公里。走高速，也就一个小时。平时，只要一个念头，立马就可以奔向老家，回到父亲母亲的身边。上路之前给老人打电话，说：出发了。那时候，两位老人一准站在后面的灌河堆上。父亲问：午饭想吃点什么？回答：面疙瘩、山芋粥、焖南瓜。放下电话，汽车启动，上高架，上高速，存储的几首关于故乡的歌曲还没放完，一抬头就看见了那个写着"响水"的蓝色路牌。车下高速，进入县城，没到家门口，那面疙瘩或者山芋粥的香味就远远地送了过来。我其实是不怎么喜欢吃山芋的，因为小时候吃得太多了，脆弱的胃早有些承受不了那带着根须的食物的撕扯和挤压，但父亲母亲喜欢的我就喜欢。下一次，再问我，想吃点什么，我还是会说山芋粥、面疙瘩、焖南瓜，而且，那山芋粥里最好还有一些胡萝卜和大白菜，那是小时候母亲经常做的食物。前几年，两位老人站得起，做得动，每天都起早贪黑地泡在菜地里，自从都生了病，才略微消停一些。前年，在儿女们一而再，再而三的督促之下，老人终于答应从城西灌河边县中的老屋，搬到了位于城中心的公寓，就住在弟弟的楼下。但每隔三两天，两位老人还是悄悄地要去县中一趟，去灌河边那一大片已经转给别人耕种的土地边走一走，看一看。一次次重回老县中，只是为了能够看见那些绿色的菜蔬和植物，听一听那条河的潮涨潮落，能够一遍又一遍重温那在他们的生命中奔腾流淌了几十年的水声。更重要的是，期待着鲸群的出现。母亲说，自从我们几个子女陆续离开了家乡，离开了灌河岸边的那座校园，父亲真的好几次梦见过那群大鱼，它们从下游出发，趁着涨潮顺水而上，只是到了老县中身后的那片河湾，那些鱼迟疑了一会儿，拐了一个弯又游向了大海。

带着露水的花朵围绕在身旁。每天早晨，住在水边的父亲起床后的第一件事就是在河水中找到自己的影子，然后，带着母亲，一边沿着河边行走，一边踢腿甩臂。在健身器材上，父亲不需要任何辅助，竟能平稳地迈着大步，如履平地，那引体向上的姿势，很像我在前面写到的在潮水中不停跃动的虎鲸。父亲出生于 1936 年的重阳，母亲出生于 1938 年的农历四月二十一（1938 年 5 月 20 日），两位老人都是八十好几的年纪了，两棵高大挺拔的树正在渐渐失去最后的一点点体能和心力，一双扶持庄稼和菜蔬的手正在微微颤抖，他们已经完全不能再像从前那样辛苦劳作了。尤其是几年前，母亲因为中风，导致语言功能丧失，基本说不出一句完整的话。父亲因为胃疾也动了一次大手术，元气大伤。母亲年轻时心气旺盛，是一个连唾沫星子也希望比别人飞得高的人。但此刻，她已经连清楚地说一句话、一个词、一个字的能力都没有了。从过去终日口若悬河、滔滔不绝，到说不出一句完整的话，母亲变得如此孤独、无助、绝望。唯有父亲态度坚决，说起话来还像年轻人那样血气旺盛，仿佛他不是我们的父亲、孙辈的爷爷，不是那个打开腹腔切除了大半个胃的 80 多岁的老人，而依旧是那一个手抬球出，在球场外就将篮球直接扔进篮筐的热血中年，是一片惊涛轰鸣、回声不绝的滚滚"前浪"！一次次，一回回，父亲一边弯腰劳作，一边望着潮涨潮落的大河，片刻没有歇下来的意思。那些生长在灌河岸边的时鲜的瓜果菜蔬从家乡出发，来到城里。它们是绿色的、新鲜的、有机的，打开时还带着早晨的露水和夜晚的星光，有着河水的声音、父亲母亲血液流淌的声音。我们将这些鲜嫩的菜蔬接过来，请进厨房，带上灶台，用半锅清水慢慢煮熟，这些平常的食物，不需要蚝油虾酱，只要简单地配上葱姜、食盐、三伏酱油，便成为餐桌上最亲切的美味。大地上的食物杂糅在一起，一直粘在我们的唇齿之间。吃着那些浸透了灌河水和父母汗水的食物，我会觉得，我的父母还没有老，我离开多年的那条轰鸣的灌河并没有远，几十年了，我和那个叫作响水的故乡并没有走散。

去往故乡就是一条条"大鱼"面向源头的回溯与拜望。

最近一次回家，父亲母亲依旧在老县中的那片菜园里弯腰劳作。围绕两位老人是否还要再种最后那一片小园子的问题，我们准备和老人做一次深入的交流。

可刚刚走到老人身边，还没等我们开口，父亲抢先抛出了这样一段话：

"孩子们，谢谢你们一片孝心，知道你们是舍不得我们。我们也知道自己老了。可是，你们都在外地，身边有个老三，也忙，老县中的那块菜地，那片河滩，哪块泥土不比你们陪伴我们的时间长？我们每天过去，也就是想去看一看。我们都 80 多岁了。这个年纪，不忙，不做，也不动，留着两把老骨头，我们总不能就这么等着老啊！"

一段话戳到痛点和泪点，几个兄妹不再说任何话，随着父亲母亲再次走向那片河湾。

汹涌的灌河依旧在喧响，奔腾。

夕阳里，母亲坐在一张马扎上，花白的头发梳得整整齐齐。晚风中的父亲正在给庄稼和蔬菜浇水，渐渐稀落的白发，宛若一杆半降下的人生的旗。我拍了一组父亲母亲站在菜地边的照片，所有的角度都是他们的背影——暮色里，高大的父亲一寸寸地萎缩、变矮、变小，小得像一颗星星、一块石子、一粒小小的萤火虫。

"大鱼"过河，昨夜有梦。涨满潮水的河流，一个巨大的鲸群劈开水面。

大河湾，龙王庙，那曾经属于鲸群翻身落脚的地方。那从波浪中昂首跃起的太阳和月亮。它们的身上，披着云彩和浪花。

诗人说，"每一滴水都有奔跑的欲望，哪怕是一粒汗珠"。而我们就是那些迎向希望的水和汗珠，一直不停地奔跑、流淌。

只是，当我醒来，那河床早已经干涸得没有半滴水。

响水的水声

　　世界上许多地名都自带响声，比如地处苏北的响水。横亘于县城北侧的灌河，一天两次潮信，潮起潮落，一条流淌于故乡大地的轰鸣之水，一条依偎于母亲怀抱的喧响之河——响水，黄海岸边的大地，空荡荡的河床正在等待远方的波涛和水声。

　　沿着与废黄河平行的东干渠大堤，一辆东风牌手扶拖拉机突突前行，我和两个弟弟坐在堆得高高的车斗里，正跟随工作调动的父亲去往老家的响水县中学。道路坑坑洼洼，高低不平，拖拉机的车身上下跳动，像一只吐着黑烟、不停摇晃的磕头虫，随时都可能将我们从车斗里掀出去。父亲在一个多月前意外骨折，锁骨上的石膏还未拆除，身体尚未完全康复，但因为到新单位报到的截止日期已到，父亲不得不吊着一只膀子，带着我们，从废黄河边一个偏僻的乡村，举家搬迁到100公里外灌河岸边的响水——一个人口不足20万的小县城。响水为什么叫响水？灌河为什么又叫潮河？响水的水每时每刻都很响吗？我们想着这些已经问过无数遍的问

横跨灌河的高铁大桥　宋从勇／摄

题，一边紧抓住身边那几根粗实的绳索，用力护着那些被五花大绑的物件：桌子门板、床铺被褥、锅碗瓢盆、长条板凳、一辆凤凰28的旧自行车。秋日的天空在头顶上摇摆，晃动，仿佛那就是即将到来的新鲜而不确定的县城生活。

这是我第一次走近响水，走近灌河。时间：1978年9月12日。

越过废黄河大堤，土地由黏土渐渐变成了沙地，一路飞扬的沙尘从半空返回到拖拉机的尾部，灰蒙蒙的泥土扑进眼睛，灌满了我们的鼻子和耳朵。离开沙石路，沿204国道刚刚进入响水县境，我们便感觉到了一些变化。首先是身边景况的不同：这里的道路上竟然有了马车、驴车和骡车；车把式大多穿黑色布衫，手抓煎饼大葱，听口音就是卖生姜的山东人；老百姓的房子也很少砖墙瓦屋，多是土墙草舍，那些丁头小屋，人从屋子一端弯腰进出，头一抬就碰到了屋顶。

响水的地势南高北低，除了贯通平原大海的灌河和另一条颇有些年代的中山河（废黄河）呈东西向，其他多为南北走向，张响河、黄响河、运响河、响坎河，莫不如此。这种倾斜的地势，给当地的农田排灌带来了方便。雨季来临，雷鸣电闪中，位于下游的大大小小的节制闸随时有人值守，大家密切关注全域内大小河流的水位，一旦上游的蓄水超过了警戒线，等到落潮，所有的闸门都会被高高提起，那样，即使是再多的积水也会很快排完。听着这些故事，看着路边的一条条河流，坐在拖拉机车斗里的我们，似乎是坐在了一只巨大倾斜的簸箕里，随着拖拉机的一路前行，我们的身体正沿着簸箕的边沿一点点往下滑，这种感觉十分奇妙有趣。继续向北，过小尖，道路两边出现了一块块盐碱地，白花花的，像癞痢头。父亲告诉我们，因为靠近大海（灌河就是一条潮汐河流），响水的土壤盐分很重，在这片土地，水稻和麦子轻易是长不住的，倒是那些耐盐耐碱的盐蒿草和刺槐，见缝扎根，见土生芽，一年四季，生机勃勃。

下午5点半，灌河正在落潮。随着阵阵水声奔腾而去，位于灌河南岸的响水县中学来到了我们的面前。学校碰巧放学。伴随着铃声响起，县中的大门像一道闸门被打开，一簇簇人流便潮水般涌向校门。这是灌河的又一波潮水。县城和乡村的孩子明显不一样，单从衣服的色彩上就可以看出来。城里的孩子总是显得格外明亮，乡村的孩子明显灰暗。上百个学生鱼贯而出，引人注目的是那些骑自行车的男生，几个人一排，一手扶着车把，一手搭着另一个人的肩膀，摁着叮叮当当的车铃冲开人流，锃亮的自行车一路飞驰着带出漂亮的弧线。印象最深的是他们都穿着军装，装满书本的黄色帆布书包一律吊在胸前，潇洒又时髦。他们都是住在县政府法院检察院或者武装部大院的公子哥。几个没穿军装的，夹克衫白色的衣领朝外翻着，车铃声要弱一些，他们应该是县城一些机关干部的子弟。

我们的拖拉机停在了县中家属区。位于倒数第二排最东边、门前长着一棵无花果树的屋子就是我们的新家。

这是一幢建于 20 世纪 50 年代的砖瓦房，房顶的砖瓦略显破旧，但屋内还算整洁。门敞着，前后的窗子都朝外推开，很明显刚有人给打扫过。每间主屋前面，各家还有一小间对应的简易厨房。父亲转了一圈，目光很快停在了门前的一块菜地上。搬迁到县城，除了父亲，我们的户口还在农村，我们依旧是农村人。几天前，母亲就说："去了县城，那校园里会有菜地吗？一小块也行，省得将来吃什么东西都要买。"父亲不敢肯定，但是上车前一天晚上，还是让母亲缝了一只纱布口袋，装了一大把红萝卜和大白菜种子。

来了几个人。教导主任，分管后勤的副校长，还有校长。

校长姓马，身形高大魁梧，看上去比我父亲还要高。

见了来人，父亲递烟，三个人都摆手，说不吸。马校长的嘴唇有点厚，说话走低音："姜老师，欢迎你回老家，你的简历我们都看了，你的工作情况，文教局那边也和我们说了。你是老响中毕业的，虽然没在重点中学待过，但业务能力强，语文、政治、历史、地理、音乐课样样拿得起，还会打篮球，响中正在发展，我们正需要你这样的教员。"对于这套刚刚腾出来的房子，马校长向父亲打招呼，新学期，一下子调来二十几个教师，现有的宿舍实在匀不开，你家四个小孩，挤这一间房确实太紧张了。副校长接话，说，几个校长已经考虑了，就先安顿下来，等将来有条件了，再想办法调剂。

马校长叫马虎，可他和父亲的对话一点都不含糊，考虑事情更是细致周到。倒是我的父亲，一只脚门里，一只脚门外，有些局促不安。确实，暑假到现在特别是最近这大半个月来，因为锁骨受伤而延误了正常的报到时间，他几乎每天都在歉疚和自责。所以，尽管两位校长说了一大通，父亲也只是"嗯嗯嗯嗯"，却忘了应该道一声感谢。

翌日清晨，天刚亮，我们就被父亲叫起来。他要带我们去看"大潮河"。

大潮河就是灌河，当地人称之为"潮河"，或者"灌江"。之所以有人称其"大潮河"，这与灌河的水面宽阔、涌浪巨大、水流湍急不无关系。县城大街东首煤球厂旁边的轮渡，即便是顺风顺水，往返一趟，最快也得40分钟。

响水县中地处灌河南岸，是一所初中两轨、高中三轨的省属重点中学。父亲对县中和灌河有着一份特别的感情，20年前，他曾就读于老县中的初中部，后来正是从这里考入了邻县的师范学校。他本该在十多年前师范刚毕业时就回到家乡，但因为当时正值县域区划调整，响水刚从当时的滨海、灌南以及涟水三县的部分乡镇划分过来，一个刚刚成立的小县，地少人稀（直到20世纪90年代，响水全县人口还不到50万），经济落后，仅有的几所学校实在无法接收更多的教师。所以父亲只能暂时留在邻近的县，一边教书上课，一边结了婚生了孩子，一待就是16年。1978年暑假，通过一个在老家县文教局工作的老同学推荐，父亲终于从邻县的一所普通中学调回，并且一下子落脚在处于全县教育金字塔顶的县中。能够顺利调回到老家并且进入县城，对于父亲这样一个长期待在异乡的普通乡村教师来说，真是抬头接住了一个馅饼，并且是猪油芝麻馅的大馅饼。那天早晨，父亲正在屋后锯树搭鸡窝，突然接到调回老家的喜讯，立即撂下手里的活计，借了一辆自行车，冒着大太阳，骑行了整整70多公里，到老家县文教局取回了调令。下午6点多钟，父亲怀揣着盖着鲜红印章的调令满面红光地回来了。经过小学校的操场时，一帮学生正在打篮球。看见我父亲来了，一起喊，姜先生，来打球！姜先生，来打球！父亲的心情本来就激动，听见学生们叫他，也不下车，一只脚点在地上，远远接过学生们扔过来的篮球，手起球出，呼呼风声里，旋转的篮球直接就送进了篮筐，引得现场一片欢呼。"再来一个！再来一个！"学生们接着喊。父亲太兴奋，有些人来疯，车子已经起步了，半空中又去接球，还准备来个"海底捞月"，不料车身一歪，龙头一拐，坚硬的车把直接顶上了前胸，父亲躲之不及，锁骨瞬间断裂，最后不得不打着石膏，在木板床上平躺了整整七七四十九天。酷暑盛夏，打着石膏，缠着绷带，在高达40多度的暑热里，住在抬头就能碰到屋顶的茅草小屋，父亲的情绪一直焦躁、不安。

这种情绪在父亲写于1978年8月24日的一份说明中可见一斑。

这是父亲为了请求推迟到新单位报到而写下的情况说明。在这份简单而特别的"说明"里，遭遇了意外事故的父亲在介绍了自己的相关情况之后，在"身体健康状况"一栏，写下："有残（骨折）"。

"家庭经济状况"一栏，父亲写下的是如下两行大字：

窮。窘。上有父母，下有四个小孩。

本人工资低，无劳力。过一天少一日。

父亲写得一手好字，但从整个笔迹来看，他写这份说明时的心情显然是极其复杂的。在"身体状况"栏，"有残"后面的括号里，"骨折"二字显然是后加上去的，因为颜色明显有些偏重。"家庭经济状况"栏，"穷"字写的是繁体字的"窮"。还有那个"窘"字，笔力也明显是有意加重。至于下面的几个字尤其是那个"过一天少一日"，就更是激流暗涌、悲凉之至了。父亲平时是一个极其乐观的人，幽默，风趣，爱开玩笑。想当初，刚刚接到调回老家县中的消息，父亲是何等高兴，奈何一次贸然莽撞之举，最终是乐极生悲。所以，不能如期报到的父亲才会在写给新单位的请假条中，意外地附上了这份"说明"。"有残（骨折）","窮。窘。""过一天少一日。"2020 年 5 月，这份诙谐戏谑得近乎玩世的"说明"，在封存了 40 多年以后被我的弟媳在县教育局档案室意外发现。一连串问题便也接踵而至：当年，父亲是出于何种考虑才写下了这样一份"说明"？当时的他到底用了多大的心力、顶着多么巨大的压力，才熬过那样一段灰暗的日子？对此，父亲已经完全记不清。

20世纪70年代末的响水县中规模还不像现在这么大。全校从初中部到高中部总共才十来个班。师生加起来也不足六七百人。

这种状况在1978年有了改变。

这一年，响水县第一次在全县实行高中招生统考。全县排名前150名的优秀初中毕业生，几乎都被县中网罗。响水县中高一新生一下子扩招到了六个班。其中，两个城镇班，招收县城学生和乡镇干部子弟；一个文体班，招收文体特长生；三个农村班的学生，清一色来自各个乡镇。

1978年的县中，相比起家庭条件相对优渥的城镇班和活泼好动的文体班，三个农村班的孩子一个个出身寒门，身材瘦小、营养不良是他们的共同特征。这些来自农村的孩子，过着极其艰苦的生活，饭盒里永远都是粗糙的大麦糁子饭，上面偶尔有一些米粒，往往也是数得出的几颗。但这些学生一个个刻苦好学。和来自城镇班的同学不同，这些来自乡村的孩子，早早就明确了读书的目标，那就是能在两年之后的高考中脱颖而出，考入大学或者中专，最终跳出"农门"。

每天早晨和傍晚，宽阔的灌河南岸，那片爬满蟛蜞、跳着弹涂鱼的河边，成了同学们读书的好去处。常常是早上4

点多钟，天还没完全亮，伴随着树林里最早的鸟叫，那个最早起床的同学就拿着书本，蹑手蹑脚地到河边读书去了。天色渐渐变亮，安静的河边聚集起越来越多的人，整个河滩上读书声一片。那些读书、背书的孩子，基本上都是几个农村班的学生和教职工子女。他们三三两两，成群结伴地来到校园后面的河边，一边大声背诵着英语单词和历史地理名词。他们的声音被身边的流水一点点修饰，起伏的潮音成为最好的伴奏。这些河边早读的人中，要数我们班的男生来得最早。因为我们班的学生宿舍处在整个校园的最后一排，别的同学往往要等到管理员开了铁栅门才能走出校园，而我们只要轻轻推开宿舍的窗户，随时就能踏上那高高的河堤，走到那一排排高大的枫杨树下。县中后面那一棵棵枫杨树，枝干粗大，两个人才能合围。

20 世纪 80 年代的响水县中还开有劳动课。

校门口的操场那时还没有塑胶跑道，每个星期六下午，各班级的老师都会带着学生集中除草。但每年暑假，那些草便没人除了。于是，学校每年都会拿出一笔钱来，新学期开始前，去找附近村庄的那些农民来除草。

那年暑假，刚刚接替马校长的田校长提出了一个新方案：今年除草，住在校内的教职工家属和子女都可以参与，是在读大学生的，每割 50 公斤草还可以比农民高一块钱。田校长说，都是平常人家的孩子，暑假里闲着干什么，让他们"勤工俭学",出几身汗,也体会体会劳动和挣钱的辛苦和不容易。

通知一出,一下子来了20多户人。

跟着父亲母亲,我们四兄妹也加入了"勤工俭学"的队伍。

那天,正在操场上割草。田校长来了。后面跟着体育组长施老师。田校长身形清瘦,细胳膊细腿,全没有马校长那般铁塔身材。站在操场边,田校长对父亲说,老姜啊(田校长一直管我父亲叫老姜),新学期的课已经分好了,还是请你继续带初三。两个毕业班的语文、班主任,还有两个班历史,每周有16节课,工作量很大了。父亲说,不多,还可以。田校长正等着父亲说这句话。"不过——"他话锋一转:"老姜,和你商量个事,体育组朱梅华老师抽到市里带运动员集训参加省比赛,估计要一段时间,这样,高中部就缺个体育教师,你是不是可以再兼一个高中班的体育课?一个星期就两节。如果忙不过来,可以将历史课抽掉一个班。"父亲想了想,说:"历史课我已经教了好多年了,备课量不大,没必要减。如果体育组这边需要,我来带一个班。"父亲那时刚40出头,身体素质好,多一个班的体育课,不是问题。

"那就太好了。"田校长说,转身让体育组长交给父亲一把钥匙:"这是校门口体育器材仓库的,我一直在考虑,你孩子多,一间房子也真是太拥挤了,学校今年还是腾不出多余的房子。你如果兼着体育组的课,有一把器材仓库的钥匙，你可以考虑在里面放上一张床和桌子，让两个大孩子住过去。"

父亲摩挲的手停了下来。几年来，父亲一直希望能够有机会再分得一间屋子，哪怕是半间也行，但一直未能如愿。而这把钥匙的确是他想都没有想到的。

灌河日夜奔流，每天两次潮信，岸边的小城一直高举那个沉雷滚动、风声飒飒的名字。响水。灌河。几十年来，我的眼前常常出现那条河流，我的耳畔，总会响起马校长和田校长那温暖干净的声音。在安静的夜晚，那熟悉的声音被落潮的灌河一次次放大。

西哲说："在天为星，在地为流。河流就是远方的水。"

由此说来，一路追逐河流的父亲和我们，就是奔着远方去的。

而那最平凡简单的流水，正展示着它那穿透大地的速度和奔腾流淌的思想与力量。

鹤影记

在你辽阔的天空和大地

十月晚秋，碎花点染，广袤的滩涂正在沉睡。

轻轻起伏的潮声里，辽阔的大地上荻花翻飞。万顷滩涂，天空中飞着一只只长颈朱顶的丹顶鹤，还有那些叫作白枕鹤、白鹤、灰鹤、东方白鹳和灰椋鸟的鸟儿。

防波堤。捍海堰。串场河串联着隐没在史书中的一座座古老的盐场，紧挨着串场河的则是1000年前范仲淹带领民众修筑的阻击海潮水患的范公堤。盐池破旧，盐场衰败，土地高耸，卤水沉降，随着海水的不断退去，这片滩涂所能提供给人们的白花花的海盐已经越来越少，许多制盐的场景也只能在博物馆里复原重现，但在盐城滩涂，那绵延漫长的海岸线，长江黄河泥沙的冲积带给我们的土地在一点点增加。风车脚下，绿色的草原漫无边际。千年岁月，沧海桑田，今天，和任何一个海滨城市一样，古老又年轻的盐城，楼宇林立，广厦巍巍，面朝大海，大地花开。

首先开出来的自然是迎春花和野荠花。每年的3月底，当那些随风而生的野柳林轻舞婆娑，春到溪头，盐城的沿海滩涂上，满地白色的野荠花碎如飞雪，馥郁芬芳。4月初，一丛丛一簇簇的迎春花在春雨的浇灌下缀满大地，金黄透亮。然后就是大片大片的油菜花和洋槐花了。菜花金黄，槐花洁白，放蜂人戴着阔大的斗笠站在滩涂的槐树底下，头上身上挤满了密密匝匝的蜜蜂。蜂群嗡嗡。花香里，那些正在安静反刍的牛群被那洋槐花的浓香所吸引，它们抬起头，用尾巴轻轻拍打自己的身体，一只白鹭飞起，复堆河的流水也被一寸一寸抬高。

夏天的滩涂必定是野荞麦花和向日葵的海洋。那些野葵花在太阳底下一刻不停地旋转、旋转，还有野蔷薇、苦楝树、蒲公英。夏天的滩涂上，野蔷薇开白色、红色的花，苦楝树开紫色细碎的花。碎花弄晚，点染的是一个守滩人手中孤独的蓝印花的大海碗。那碗不大，正好盛这浓而黏稠的花蜜。那些车前草和蒲公英，它们将小小的梦想顶在头上，还有那些不同颜色、不同姿态的花朵，或许没有人能够说出名字，但我们都知道它们的内心所持有的秘密，那海边滩涂地上青青芦苇的幽香，一阵一阵，此消彼长，在它的引领下，脚下的道路一直延伸向更加安静的秋天。

秋天的沿海滩涂，每一条小路都缀满了野菊花的花边。白色、黄色、紫红，还有那淡蓝色的野菊花。那些花边是镂空的，仿佛蕾丝一般，更像可以随手采摘的满天星。日月星辰！大地天空！这秋天的阳光，就是这样让大地不紧不慢、一点一点收回它在春天里播种下的那些颜色！一大片一大片阳光落在火焰燃烧的盐蒿草上，落在一只只丹顶鹤的肩头。洁白的丹顶鹤，它们站在滩涂，就是这片滩涂地忠贞的爱人，就是这片土地的图腾。它们守候，它们凝望，它们追逐，它们歌唱。还有那些白枕鹤、灰鹤、白鹳、白鹭、秋沙鸭和黑嘴鸥，偌大的水禽湖成了成千上万只鸟儿欢聚的天堂。盐城，太平洋西海岸最大的一块滩涂湿地，世界上最大的一片野生丹顶鹤的越冬之所，世界仅存的3000多只丹顶鹤，每年来这里越冬的超过一半。每年的深秋季节，一只只丹顶鹤从北方出发，它们穿过茫茫大野，一路来到盐城，来到这片水草丰沛、辽阔广大的滩涂湿地。丹顶，白羽，黑翅，在这片开阔安静的家园，仙鹤齐鸣，百鸟欢唱，大自然便也在熟悉的歌声中开始了又一个温暖的冬天。

走过那条小河／你可曾听说／有一位女孩／她曾经来过……

这是一支许多人都熟悉的歌。一片芦苇举着沉重的花朵。走过小河的美丽的女孩，让一片片白云悄悄落泪的是她激情飞扬的青春和一首生命的歌。那一年，宁静的滩涂上秋风乍起，剪着齐耳短发的东北姑娘徐秀娟为了寻找一只受伤的黑天鹅，不慎滑入黄海岸边的沼泽，将她23岁的青春留在了这片滩涂的最深处，更将一缕精魂永远留在了这片叫作

绝唱　宋从勇／摄

盐城的异乡的土地。"走过这片芦苇坡 / 你可曾听说 / 有一位女孩 / 她再也没来过……"再也没来过的娟子，再也没来过的女儿，片片白云落泪，阵阵轻风诉说，这千古英名，悠悠鹤魂，举目远望，无限辽远的天际，一群丹顶鹤翩翩飞起，那一个关于"鹤娘"的故事，已成为一个凄美动容、令人落泪的传说……

秋天里的鹤鸣鹿影

来这里，应该在秋天。菊花黄了，芦花紫了，丹顶鹤的尾羽一片洁白。

芦荻萧萧秋水凉。就像有一只手轻挽长风，那细长的芦苇身体弯曲却绝对不会倒下去。走过棕红的水杉林，远处是落叶缤纷的杨树林，树影下，高高的狼尾草一棵棵矮下去，露出一群麋鹿渐渐瘦削的脸庞，那麋鹿的脸似马非马，蹄似牛非牛，角似鹿非鹿，尾巴似驴非驴。正在缓缓慢下来的，是曾经跑在最前面的那一只，夏天里英姿勃发、不可一世的鹿中之王，如今，竟也蹄花黯淡，斑纹消隐。

无论如何，这是一片充满魅惑的土地，辽阔，广大，神奇，隐藏着无限秘密。许多年，在大海边生活，我一直记得这滩涂上的四季春秋。3月里，赶在暖暖的地气升腾之前，那一棵棵新鲜的芦笋在一夜之间就都冒出来了。小路蜿蜒，

牙獐　宋从勇／摄

日丽风和，一支芦笛，吹响了幽幽小径，吹响了整个滩涂。而夏天，满眼盛开的向日葵，那金黄喷洒的颜色，几乎要将整个滩涂覆盖。

滩涂小路上满是去赶海小取的人。男人骑着已经有些破旧的摩托车，他们的女人就坐在身后。海风吹起女人们五颜六色的头巾，四周空寂无人，她们可以将自己软软的身体使劲贴着自己的男人，那种热烈和美便只有身边的大海可以看见。生活在大海边，这群勤劳的男人和女人，他们就这样从海堤这边走到海堤那边，一直走向滩涂深处，走到那泥土和海水相吻相接的地方。年年月月，世世代代。

潮落潮起。大海的潮沫一波一波地涌上来，掩埋了滩涂上密密匝匝的脚印，也遮掩了赶海人额头上的汗水。黄昏来临，背着一天的收获，赶海人有说有笑地离开了大海，离开了滩涂。茂密的芦苇深处，猛然飞起一两只巨大的野鸟，可能是一只苍鹭，也可能是一只灰鹤，当然偶尔也会蹿过一只牙獐或者野兔，但大伙儿绝不会去伤害它们。连绵数百公里的盐城沿海滩涂，分布着两个国家级自然保护区，一个是江苏盐城湿地珍禽国家级自然保护区，一个是大丰麋鹿国家级自然保护区，所以人们习惯将这里称作"仙鹤故里，神鹿故乡"。生活在这里的人们都知道，这片滩涂上有上百种鸟类和野生动物，每一种都可能是国家级的保护动物。它们在这片土地上生息，也护佑着这片土地的圣洁与安宁。

多么安静！多么好！我感叹这鹤鸣鹿影，也感叹这滩涂上迷人的秋天。日渐紧凑的秋风轻轻吹来，那流水就在风声里变凉，变暗。

一只只丹顶鹤正在秋天明亮的阳光下翩翩起舞，引颈欢鸣。从春到夏，从秋到冬，和丹顶鹤一起飞舞的还有东方白鹳。环太平洋西海岸，在盐城沿海580公里漫长的海岸线上，一群东方白鹳正从一棵树上飞起，追逐着远方那一片盐蒿草的火焰，追逐那海边风车转动的金色阳光，追逐着那一座座小山一样白色的盐廪。它们向高处飞，向远处飞，向草木树林最茂密的地方飞。翅膀掠过一片丰沛的水泽，古老的东方白鹳，它们就这样缓缓降落在一座碑林一侧。碑的正面，刻着从英国归来的39头麋鹿的名字，背面，则是一个并不久远的年份：1986。时光经年，麋鹿和日月同生。从1986年夏天到新世纪的第二个十年，一代一代传播承接，如今，江苏大丰麋鹿保护区的野生麋鹿种群已经超过了5000头，广袤的滩涂，火红的盐蒿草丛中奔跑的麋鹿，大多都是当初那39头麋鹿的后裔。和那些草木飞禽一样，它们也是滩涂的孩子、大地的孩子、自然的孩子。

沿海。滩涂。那滩涂上的船厂和盐场，那海边的深水码头和深水大港。蓝天白云下，一只只麋鹿在滩涂上奔跑，一只只仙鹤在蓝天下高飞。秋凉水薄的万顷滩涂，风韵迷人的鹤鸣鹿影，在它们的身后，在全国唯一一个以盐命名的城市，驻足在宽阔的路口，那盐晶剔透的海盐博物馆和古老的盐镇水街，我将它们看作美丽仙鹤的两只翅膀，翅膀下的两条道路，一条叫鹿鸣，一条叫鹤翔……

飞过天空的鹤群

一场薄霜覆满远处已经收割完的芦苇草坡，天凉水薄，我知道，那些美丽可爱的丹顶鹤又要飞回来了。

丹顶鹤是我生活的这座城市的象征。很多时候，这座城市干脆就叫鹤城，这片土地就叫鹤乡。市区内的两条大路，鹤翔路和鹿鸣路，还有那座丹顶鹤的城雕，它就立在高速入口的那片绿地上。和仙鹤一起翩然起舞的是生活在这座城市的人们，他们站在这座塑像旁边，用深情的语调轻声诵读一篇有关鹤的文章。

这是燕华君的《鹤在盐城》："夜深人静的时候，丹顶鹤常常一声不响地飞过天空……"鹤翅带雨，鹤鸣惊风，此刻，这句看似平常的话语却让我的心头久久难以平静。从天空中匆匆飞过的丹顶鹤，你为什么这样哑默着一声不响？是因为漫长的跋涉太过辛苦劳累？每年秋冬，丹顶鹤从遥远的北方飞来，落在我脚下的这片芦苇草滩上。待到来年春天，待到滩地上的芦苇蹿出嫩笋，路边的柳树爆出新芽，它们又张开翅膀飞向不再寒冷的北方。八千里路云月，八千里路霜雪，丹顶鹤就这样靠着自己的一对翅膀一寸一寸地量过来了。这不由得让我想起当年，想起那个美丽的驯鹤姑娘，她

越冬的丹顶鹤　戚晓云／摄

也是在一个秋天里从北国来到南方的，只是她从此再没能回到故乡，而是把自己仙鹤一样飘逸俊美的身姿永远地留在了盐城，留在了黄海岸边的这片滩涂上……

在丹顶鹤的心中，这片滩涂是一片最神奇结实的土地，这片草滩是它们在寒冷的冬季里最温暖的梦乡，要不，它们为什么年复一年、不远万里地飞来飞去？可是有一天，双翅如一对木桨一样在天空中划动，这一只又一只丹顶鹤却迟迟地不肯落下，它们的眼中甚至透出一种惊惶和恐惧。啊！它们是不是发现了埋伏在芦苇深处的黑衣人？凶狠、残暴、狡诈的黑衣人，滩涂上的盗猎者。我曾经亲眼看见过一群偷猎者，一个十多人的盗猎团伙。在一个月白风冷的初冬的夜晚，那十几个黑衣人从一大片茂密的芦苇草丛中钻出来，他们在那片平阔的浅水滩上张开一张张罗网，那些被他们捕获的天鹅、大雁、鸳鸯和野鸭，塞在一只又一只鼓鼓的麻袋里，那滩地上的一摊淤黑的血就像是从我的胸口吐出来的，而那一只只野鸟的哀鸣，悲凉、肃杀，更像我的亲人，在哭泣，在喊叫。

美丽可爱的丹顶鹤，它那一身洁白干净的羽毛。此刻，它的神色是狐疑的。它的翅膀难道就这样永远地定格在天空中了吗？有这样一个故事，年代并不太遥远，最多也就在20世纪90年代吧，在我们生活的这座城市的边缘，在那片秋天的棉花地里，一个少年突然发现地里有两个白色的身影在晃动，他以为那是两个系着白布围裙弯腰摘棉的棉农，可待他走过去，才发现那是两只绕颈嬉戏的丹顶鹤，它们火红的朱冠在秋日的阳光下像两顶鲜艳的小红帽儿。少年被这一幅安宁和平的场景惊呆了——看见有人来，丹顶鹤并不害怕，反而把头高高地抬起来，伸长了脖颈向着天空发出一阵长长的鸣叫，鹤与人，鹤与自然，一切竟是如此的和谐与默契，而那一声穿天透地的鹤鸣就是它们送给人类的最美妙的歌声。让少年意想不到的是，仅仅相隔了30年，今天，当他再一次抬起头仰望天空，他却不得不写下这样的句子：

> 我在秋天的夜晚听见过仙鹤的叫声
>
> 像一道闪电或是一声叹息
>
> 这闪电是固执的
>
> 这叹息是寂寞的
>
> 我知道丰满的鹤羽
>
> 会在一个夜晚稀疏下来……

胸中的热血被岁月抽空，整齐的牙齿被日子一颗颗拔掉，那飞过天空的鹤群曾经是他一生一世的梦想，可如今，它成了一声叹息，一道渐渐暗下去的光，丰满的鹤羽也已经在这个秋天的夜晚渐渐脱落。

一场薄霜已经覆盖住不远处的那片收割完的芦苇草坡。天高水寒，仰起头来，在这个静谧得有些吓人的夜晚，我在天空中努力寻找着那匆匆飞过的鹤群，久久期待着那一声划破夜天的仙鹤的长鸣……

有12只鸟窝的水杉树

　　平原。滩涂。有 12 只鸟窝的水杉树生长在平原与大海接合部的这片林子里。在早春的阳光下，12 只鸟窝停在那棵早已落光叶子的水杉树的枝头，那树枝挺拔，干净，小小的鸟窝逐步被放大。

　　我在通向滩涂的路上看见了这一幕。

　　有 12 只鸟窝的水杉树。这种情形我即使在画上也没见到过。12 只鸟窝，我并不是先看到了某一只，而是一下子就看见了五六只。然后，我开始一只一只地数过去，当我数到第 12 只，那第 13 只竟然砰地扑棱起翅膀飞走了。原来那是一只长着一身美丽羽毛的花喜鹊。临飞去的一刻，它所发出的几乎就是一只仙鹤的叫声。

　　这真是一个让人惊喜不已的发现。喜温喜湿的水杉是沿海平原上常见的树种，我所住的楼房门前就长着几棵。它在春雨中爆出的叶芽像一张张嫩嘟嘟的小嘴，说出的尽是活泼泼的春消息。还没等你把耳朵靠过去，它已葱茏着绿到了你的跟前，绿到有三四层楼高的树梢。但今天，这片林子不在我的窗前，而是在通往海边的公路旁边——在离道路近一千米的地方。在远处。

我带着几分好奇与激动走近了它。一株株水杉密密匝匝地挤挨在一起，那棵有着 12 只鸟窝的水杉树显得格外惹眼。刚过早春，去年秋天落尽叶子的水杉树，新叶还没长出来，12 只鸟窝停在高高的枝头上，像 12 只被谁特意安放在树上的纸灯笼，又像意味深长的 12 句话。正晌午，没有风，整个林子静悄悄的，阳光滑过水杉树的枝条，那声响有些奇怪。水杉林里铺着厚厚的陈年的叶子，红里带紫，紫中发黑，有些已化作软软的泥土。更让人惊奇的是这些叶子上还沾了一些鸟粪，白白的，灰灰的。幽静的林子人迹罕至，这个刚刚过去的冬天，那些雨雪竟然没能覆盖住它。

这让我不由得抬起头看着那些鸟窝。一只又一只鸟窝，在那个已经过去的春天、夏天、秋天或者冬天里，小鸟们把那一根根树枝摆放得那么整齐，可见这些鸟儿是多么勤劳又富有耐心。12 只鸟窝筑在同一棵水杉树上，它们是 12 个互不干扰的小家庭还是一个同祖同宗的大家族？它们会不会像我家乡那些居住在一条河边上的十多户人家一样沾亲带故？一年四季，这幸福的一家人会唱着一首怎样的歌？也许，这 12 只鸟窝本就是由一个家庭建造的，春夏秋冬，寒来暑去，这幸福的一家人每个月都会换一座房子居住，每个月都要换一个地方歌唱，但飞来飞去，又永远都在这一棵树上。

几十年来我从未离开过脚下这片土地，这片平原和滩涂，就像我的文字从未离开过我朴素的内心。有 12 只鸟窝的水杉树。那些鸟的方向也许是不固定的，那一片水杉林因为鸟的叫声枝条发黑，而我，还有那一只只小鸟，它们的眼睛，我们是不是也从一根根软软的枝条上看到了满地的绿草和繁花？

大地深红

深秋的条子泥，辽阔天空下万鸟翔集。滩涂的另一边，大地深红，一大片碱蓬草滩"久待深闺人初识"，我且用"红云三十里"来形容这片大地的开阔和惊艳。

世界自然遗产地——条子泥。我是最近才发现并且走进那片红草滩的。几天前，与家人朋友一起去看条子泥。正午时分，大海正在涨潮，海浪汹涌，呼啸的海风几乎要把岸上的我们直接吹进大海里。狂风中，没看见太多鸟，转身，却遇见了这片碱蓬草滩，一大片的火焰红。按捺不住内心的激动，我立刻将这一片红草滩的照片发在了朋友圈。并且写上："红云三十里"。消息发出，几秒钟后就接二连三接到朋友们的电话，都是急切地询问："这是在哪里？""在东台，在条子泥！在条子泥的旁边！"风声里，我大声呼喊，声音乘着长风，传得很远！

已经有一段时间了，我的生活每天都和这一片黄海滩涂尤其是"条子泥"三个字联系在一起。事实上，我对滩涂和条子泥的关注显然不是因为这一次的"申遗"。作为一个写作者，20多年前，当我决定将我诗歌写作的方向定位于滩涂，我已经在这片土地上行走过许多次。1997年，我拿起一度搁置的笔重返写作，第一首诗歌就写给了滩涂，写给了一个蓝天碧海、盐蒿火红的秋天。20多年来，我为滩涂写下了上百首诗，这些诗发表在国内各种文学杂志上，我也就此被朋友们认定是一个"滩涂诗人"。诗人是不需要标签的。我内心排斥却无法拒绝。我一次次走向滩涂，走进身边这片不断生长的土地，也在持续的行走和考察中目睹了原本美丽宁静的大地正发生着变化，滩涂被挖开，成了鱼塘，盐蒿草被挤走，成了造船的工厂，工业废水已经爬上了海边芦苇的胸部。2008年春天，当我写完那首题为《铁锈红》的诗歌时，我想，我延续多年的滩涂诗歌是否应该告一段落了？但是，这种质疑与逃脱毫无意义。几十年来，辽阔的滩涂早已经住进了我的生命。我问自己，对于滩涂，对于滩涂诗歌，是否还能以一种新的方式进入？所以，当我再次铺开稿纸，我写下的已然是一组新的滩涂诗歌——《白芦镇》。一个开满白色芦花的滩涂小镇，一个精神的乌托邦和生命的乌有乡。

是条子泥，是这片滩涂大地上万千只候鸟的歌声拯救了我——当然，也包括条子泥边这一片"红云三十里"的滩涂红！滩涂大地，我在一个特定的时刻和它遇见，持续的田野考察让我遇见了它的大海、白云、蓝天、草滩、飞鸟，但没想到的是，在这个夏天，我会接受邀约，为这片名叫"条子泥"的土地写一首歌——《遇见条子泥》。蓝天下，滩涂上，无数只鸟儿南来北往，一个个可爱的精灵在这一片净土上繁衍生息。美丽的条子泥，美丽的滩涂，我在你干净的土地放慢脚步，却万万没有想到，就在我们掉过头来的那一瞬间，一大片红色的草滩铺在了眼前。十多年前，当那些填海者用汗水在这片浅海垒起一道高高的堤坝，他们断然没有想到，在海堤的另一侧，在这片已经不再被称为海的地方，有一天，会生长出这样一片火焰奔腾的红草滩，好似一块神奇的阿拉伯魔毯，无声无息地飘向人间！

太阳底下的滩涂，那一片新生长出的土地，一片连绵无际、望不到边的红。一只只白鹭飞过天空，草地巨大而又旷远。因为涨潮和海风海浪，那一天，我们的脚步慢了下来，恰巧让视觉和精神都受到了一次巨大的冲击。这样看来，有时候，慢未必不是一件好事。就像生活在这片土地上的人们，对于这片滩涂大地的久久守望和深情呵护。我们不妨设想一下，当初，如果这里也像周边的其他地方一样，在这片从大海里捞出来的土地上开挖鱼塘、建设起厂房，或者干脆引进一些被外地所淘汰的企业……真的那样，还有今天这片干净的滩涂吗？还有今天的这片条子泥吗？还有这片无边无际的候鸟栖息地吗？

回答是肯定的。

当然，那样，也就没有了此刻，没有了现在这样的一大片大地深红。

大美湿地，一幅幅美丽的图画闪耀着绚丽的色彩和光亮。一切并非从天而降，条子泥边的这一大片火焰喷涌的碱蓬草滩，也是当年的建设者用汗水一寸一寸堆垒和浇灌出来的。"红云三十里"，这一片海边草原，这一片火焰飞扬的大地。条子泥，一片面向大海的土地。在你的身边，在这美丽滩涂的另一侧，我躬下身体，轻轻匍匐向这片温暖厚重的大地，匍匐向河流奔涌、候鸟飞舞、草籽炸裂的滩涂——

这一片美丽的红！

下辑

大河边

告别桃花源，以阜宁北沙和滨海大套为界，黄河故道便由西向东改变了方向，由此，穿越了大半个豫皖和整个苏北的古黄河，也就进入了它的最末端，最终驱赶着清澈的波涛，一路进入万顷大海。但那桃园树林、牌坊塔影、春风冬雪，那沿着大港顺流而下的遍地野花，甚至那埋葬亲人的墓园、乡音乡恋、乡情乡愁，都会让河水情不自禁地回过头。

出沙淤村记

麦苗青绿，薄雾氤氲。

清晨，跟着河水和堆堤下高大的树林，我从这个名字叫作"沙淤"的村庄出发，一路向北。20 世纪 70 年代的苏北阜宁县羊寨公社沙淤大队（自然村落叫沙淤村），这座已经在黄河故道边站立了 300 多年的古老村庄，这里，曾经是我童年和少年生活过的地方。从出生 9 个月一直到快满 16 岁，我在这里待了整整 15 年。

沿着春天微微旋转的风向，古老的废黄河水渐渐变得暖和，一道道波纹在水面上接成一片，闪烁着鱼鳞一般的光亮。河这边，杂树丛生，野蔷薇夹岸。对面的河滩，是一片宽阔的杨树林和柳树林，树枝上站着各种各样的鸟，靠近水边的芦苇洼地，一只只白鹭乱飞。

渐渐暖和的还有堆堤底下的那一条东干渠。作为农业灌溉河道，干渠是乡村河流中相对较大的河流，接下来还有支渠、斗渠、农渠和毛渠。月照花影，春天的东干渠水静波平。不过，进入 6 月，麦子进仓，秧苗漫绿，上游的腰闸开

沙淤村　宋从勇／摄

始放水，这时候，用作灌麦浇秧的灌溉渠道——东干渠的水流就明显有些湍急了。干渠的东面是绿油油的稻田，清冽的河水越过东干渠，通过那些支渠、斗渠、农渠、毛渠，一点点流进那些碧绿的秧田。在一块块整齐的秧田旁边，那些大小不一的河流，仿佛是大地上的一根根毛细血管，新鲜，活泼，充盈。干渠的西边是傍水而立的村庄，贴着村庄再往上走，高堤之上，正是我曾经写过无数次的带着一些坡度的川田（当地人称之为"官田"），再往下就是废黄河滩，当地人称其为"小滩"。小滩地势平缓，一直接到水流滚滚的废黄河边。"堆上沙土堆下泥"，这大概就是"沙淤"这个古老村庄的地名的出处。

傍依着一条东干渠，两条河汊环抱一片土地，形成一个三面环水的半岛。当年，我的家就坐落在这座半岛上。从这个小小的半岛走出去，必须穿过河中间的一条仅仅能够容下两个人并行的小路。下雨的日子，整个鞋帮会被淤泥包裹得很重。我家的屋后长着五棵树。四棵泡桐树和一棵楝树。印象里，楝树在5月里开着紫色的小花，星星一般。泡桐的花也是紫色的，也开在春天，但花朵会大许多，有成年人的手掌那么大，能遮盖住一个小孩子的脸。最早，这四棵泡桐树是父亲准备将来给四个儿女结婚打家具用的。泡桐属于速生型树种，长得非常快，几年就能长得比腰粗，但是泡桐的材质太软太轻，不太适合做家具，父亲就准备改种其他的树种，比如楝树，但不知什么原因，终于没有栽成。家的北面紧靠水边的地方，还有两棵桑树，其中的一棵有一半伸到了水面。桑树在 4 月里会长满紫色的桑葚。桑葚成熟的时候，我们站在树下，扯住那些树枝轻轻摇晃，那些成熟的桑葚会扑簌簌地掉落一地，将那些桑葚捡拾起来，走到河边，先用清水简单冲洗一下，再用盐水浸泡一刻钟，就一颗颗塞进了嘴里。也有人不洗，直接手掌一抹，都塞到了嘴里，那味道甜中带着一点酸，甜蜜又刺激，有些受不了那一份酸的，直接一口吐了出来。

一水之隔的那所乡村小学，是沙淤小学，是我父亲曾经任教的学校，也是我们上学的地方。每天早晨，已经响过预备铃，我们才拎着凳子，拿着书呀本呀从家里出发，到了中午和下午，当下课铃声响起，我们会飞快地从教室里跑出来，一路蹦蹦跳跳，燕子一般地，翩翩着跑回家。有时候，回来的脚步稍微有些慢了，到家迟了，母亲就会从沙沙转动的缝纫机旁边站起来，对着那扇巴掌大的窗户，大声喊："喂，你们几个，还不回来呀？"

"你们几个"，说的是我、两个弟弟，还有最小的妹妹。母亲让我们回来的目的，不是让我们写作业，而是让我们快点到河堆上挑猪草，圈里养着的几头猪崽，正饿得嗷嗷叫唤呢！

来不及擦干净嘴唇上桑葚深紫的汁液，我们就这样爬上高高的河堆，走向了废黄河边的川田。

从堤下到坡上，进入川田，有好几个路口。其中数五队和六队交界的路口最近。这里坡平路缓，麦收时节，运麦把的大车，一辆接一辆地从高坡上缓缓冲下来，就像一片金色的流水。但我们往往喜欢从稍远一些的七队的那个路口进去。之所以选择从七队的路口上坡，在于沿途将要经过一段开满野蔷薇的河岸，那路口上有一小片青翠的竹林，上坡的时候，我们可以在那片竹林里捉到蜻蜓，还有受伤的嘎咕子（野斑鸠）。当然，还有一个更重要的原因（也是最根本的原因），前几年的一个早晨，五队和六队的那个路口附近，一户人家的屋后突然堆起了一座新坟。而那个坟主正是我们熟悉的乡亲。他们家的孩子都曾经是我们的少年玩伴。春天里，青黄不接，为了给四个面如菜色，饿得眼睛翻白的孩子弄点儿吃的，那家的男主人半夜里去偷了队上的一篮青麦，不想被巡逻的民兵抓了个现行，生生就给堵在了现场。几个戴着红袖章的民兵哪里讲什么客气，当场就给打了个鼻青脸肿，第二天，再五花大绑地捆了，押着游遍了整个村庄。那人本就是一个极其胆小怕事要面子的老实人，平时走到哪里就在那直直地杵着，三棍子都敲不出一个屁，哪里经得住这样突如其来的刺激，结果，第二天五更就上吊死了。也买不起棺材，芦席一卷就埋了在了屋后的土坡。我的家就住在东干渠的边上，站在几棵泡桐树下，越过河汊，直接就看到那座新坟，有好几年，晚上出去尿尿，我和弟弟们是断不敢一个人出来的，出来也是叫上大人远远地站在身后，尿尿时，嘴里一边大声喊叫，给自己壮胆，一边三下五除二地尿完，然后屁股一拎就拔腿回家。所以，有两年多时间，每当走过那个路口，听见那花圈上被风雨打烂的花朵扑扑响动，看见几只黑色的鸟儿在树丫上绕来绕去，我们老是会后背发毛。那一刻，我们闭着眼睛，都不敢朝那个坡口张望，总是害怕不知什么时候，真的会有一个死人从不远处冒出来，站在那风里头说话。

紧靠着这段古老的废黄河，河西是淮阴地区（今淮安市）涟水县的黄营（黄家营）和旗杆（羊旗杆），这两个地名听上去就和战争或者古战场有关。沿着废黄河东岸堆堤的缓坡向下，一片麦田一路铺了下来，麦地底下的村庄就是我说的沙淤村（因为王姓人家居多，也叫沙淤王）。沙淤的南面是姚码和张码，是废黄河边曾经的两个河码头，归属芦蒲，东边有关舍和兴旺二村，再远一些是孔庄、苏舍和殷高。在沙淤，圩里圩外聚居着王、陆、裴、关四大家族。几百年来，四大家族以四条河流为界，集群而居，如四足鼎立，并就此稳稳地支撑起这个古老的村庄，维持着整个村寨的恬静和安宁，安放着四大家族的命运。

但沙淤作为一个已经有 300 多年历史的自然村落，村寨之久远太平，牢不可破，更多还是因为废黄河的包围托举、滋养润泽。南宋建炎二年（1128 年），东京守将杜充为防御金兵南下，决开黄河堤防，古黄河就此夺淮南下，经豫东、鲁南、皖北，一路走过苏北，经徐州、宿迁、淮阴进入盐城，但到达盐城境内时，废黄河左右摇摆，已经成了标准的南北走向，一直到过了北沙，接近滨海大套和响水云梯关的地界，这条河才最终稳住了方向，挟带着大量的泥沙，一路东向入海。

但生活在村庄里的人是不知道这些的。

现在，我们回到了废黄河边的那片土地。

废黄河堆上的那一片高亢之地（就是我多次说到过的川田），堤上多为沙土，这里生长着麦子、玉米和荞麦，更多是山芋（红薯）、大豆和花生等农作物。沙淤除了"沙淤王"还有另一种叫法：山芋王。沙土地的沙淤村很适合山芋的生长，山芋长得特别大、特别好。特别是堆堤上的川田。一大锹挖下去，刨出来的一塘（一窝）山芋甚至会有十多个，一个个，好像小娃娃一般地躺着，胖头胖脑的。早年，沙淤的沙土地上还有果树，但只是零零星星的几棵苹果树和枣树，并不太多。

我印象最深的还是春末夏初的苜蓿地和8月的荞麦地。5月，背着割草的篮子从早晨的苜蓿地里走过，你的裤腿必须高高挽起，即便如此，当你从那片春天的苜蓿地里走过，带着新鲜露水的草汁依旧会将你的裤管染成墨绿的一圈，脚趾也是绿的。而8月，荞麦花开了，远远近近，一片雪白，整个田野上浮动起一层软软的白雾。人走到地边，已经感觉到是在云雾上走过，两条腿软软的似乎抬不起来。等到荞麦熟了，荞麦三角形紫褐色的颗粒交织碰撞，整个田野都在噼噼啪啪、哗哗啦啦地响动，大地匍匐，只将自己的手掌打开，等待着承接那季节发出的沉甸甸的回声。

5月，无垠的川田上麦浪滚滚，随风翻卷的金黄色的麦子，成了这片大地的主角。

背倚一片芒刺尖锐的麦地，一座看青的棚子一路望向远处那片平静的田野，你如果能这么一直目不转睛地望下去，远方的田野上一定会出现一两棵树，那是平原上的树，然后，是两三头牛，它们戴着轭头，正沿着高低不平的道路，朝川田的深处走去。还会有一两个簇新的打谷场，虽然是刚刚完成，但几只面色冷峻的石碌（碌碡）已经从堆堤下的村子里拖了上来，石头缝里还留着昨夜的露水和新鲜泥土的痕迹。

金黄的麦子已经进入了收割季。一片悄然隆起的专门用来堆放麦垛和打麦子的土场，即便再悄无声息，它的出现也足以令忙碌了一个冬春的乡亲们欣喜万分。一方椭圆形或者正方形的打麦场，仿佛一张巨大的唱片，在广大的麦地中间，轻轻转动。嚓嚓嚓嚓，唰唰唰唰，麦地深处传来镰刀割断麦子的声音，同时也送来一条振奋人心的喜讯，6月，一年里最忙碌的季节，一场金黄丰收的盛典就要来临。

不，它，已经来临。

日上三竿，自带露水的太阳开始有了热度。从高过人头的麦地里抬起头，我最先看见了能将"嘞嘞"（耕田号子，亦称"牛歌"）打到月亮上的铨大爷。铨大爷姓陆，叫陆凤铨，但在村子里，男男女女、老老少少，人们似乎常常会忘记他的名字，直接都叫他铨大爷。铨大爷一手牵着一头牤牛，一边打着"嘞嘞"从堆堤下一路走来。一根鞭子高高扬起，在空中能够"啪啪啪啪"炸开一串串花。他先将手中的牛轭头在土场边上轻轻放下，接着用力地踩了几下土场，然后就坐到一边的石磙上吸烟。铨大爷的烟都是他自己亲手卷出来的，他从不抽别人那种在小店里买的香烟，他说那种烟太淡，清汤寡水一般，抽了半天也抽不出个感觉，不如自己裹的烟卷劲道。他家门前的园子里就种着烟叶。

　　接着出现的应该是裴夕兵和孙兴山，他们两家是屋檐靠着屋檐的近邻。他们是扛着摊耙和木锨来的。他们走到地边，农具还扛在肩上，两个人就都站在场地上分别踩了几下。其实，他们都知道，这样的踩踏并没有什么实际的意义，因为，不管这片土场上的泥土是否结实是否坚硬，一切都已经为时过晚，不必等到晌午，那地里金黄的麦子就大面积地登场了。

　　但是，他们还是要踩一踩。这是多年来的习惯。

　　麦收季。乡村里最盛大的节日在燥热的南风中开始。身上缀着麦芒，天空铺满烟尘，整个麦地和田间的道路上都是收割麦子的人们。一把把镰刀甩动，一只只连枷飞舞，一只只石磙旋转，一把把扬场的木锨在清早或者夜晚微凉的风中举起。一次一次，金黄饱满的麦粒，就这样被送出去，送给了云，送给了风，也送给了高高的天空——当然，属于大地的麦子，最终还将回到土场，回到地上，就像世世代代生活在这里的人们。

麦收季持续而漫长。接下来，连续十天到半个月，甚至是更长一段时间，我的这些熟悉的乡亲，将会一直驻扎在这片麦地里，他们会和那些亲爱的麦子相依相偎，从日出到日落，从黑夜到天明。

在乡村，收麦子、打稻这样繁重的农活都是大人们的事，女人负责收割，男人负责运输和打场，老人负责送水煮饭，孩子们则会在收割完的麦茬地里捡拾那些零星散落的麦穗。小时候，每逢麦收时节，乡村的小学校都会放上十天半个月的"麦忙假"，这个专门为了农时农事所设立的短暂假日，孩子们的主要任务就是帮大人拾麦穗。但地里哪里会有多少麦穗呢。"村中无闲地，难得一粒谷"，即便真有那么几根，也早已被勤快的大人们随手弯腰捡拾起来了。于是，带着金子一般颜色的麦忙假，也早已成为乡村孩子们一次集体的狂欢。

这样的时候，胥龙兵和陆志江往往会跟在运送麦把的牛车或者木轮车的后面，一边跑着一边捡拾着从麦把上掉下来的麦穗。乡村的田埂小路上，一辆辆堆码得高高的麦把车，车夫赶着牛在前面拉着车，一路喊着悠扬的号子，那些略显疲惫的牛似乎突然有了力气，奔跑的速度也明显快了起来。

人勤车欢,路上总会有一些散落的麦穗。这样也便会有调皮孩子紧跟在运麦车的后面,有时候,他们甚至会一路猫着腰躲在车子底下,似乎是想从麦把车上扯下一些麦子来。这时候,只要被发现,这些孩子总是免不了被运麦把的车夫大声呵斥的:"遭炮指的,你们,要死啊!"老家的方言中,"遭炮指"是骂人的话,其意思就是"吃枪子儿",遭炮轰;还有一句,"翘尾巴根的",那应该是更加恶毒的话,意思是:"断子绝孙!"

往往,这样恶毒的话一般是不会被人骂出来的,就是骂出来,大人们也都不敢支吾一声,谁让你家孩子干这种缺德事呢。确实,从车子上扯麦穗这样的事情实在是太危险了。我就曾经亲眼看见过,因为两个孩子的故意拉扯,一辆装满麦把的牛车连人带车侧翻在了麦地旁边的水沟里。赶车的农夫躲闪不及,堆成小山一样的麦把直接就压在了他的身上,直压得他吐血骨折,那头拉车的健壮的牛,硬生生被别断了两条腿。

少年时,我似乎是不怎么拾麦穗的,因为父亲在村小里教书,分给我家的两垄麦子,早已在一群乡亲的帮衬下很快就被收完,拾麦穗的任务也被大一些的学生帮忙完成了。所以,我大量的时间都可以躺在看青的窝棚或者高高的麦堆上,看那几本名叫《林海雪原》《金光大道》以及《艳阳天》的小说。

6月的艳阳天下,高高的窝棚兀立在麦地的中央,在无边金黄的麦浪里，四只脚的窝棚在风中摇摆，就像一条安静的小船。坐在轻轻荡漾的"小船"上，直接就能看见那一口装满大麦糁子饭的巨大的铁锅。

中午的饭，上午9点钟就做好了。

大麦糁子干饭。雷打不动。还有菜，韭菜炒粉丝、辣椒土豆丝，或者洋葱炒鸡蛋。

每天都是固定的几样。昨天是。今天是。明天，还是。

还有那一大木桶的菜汤。停在底下的是冬藏的老咸菜。

没有一粒米的大麦糁子干饭，呈黑褐色，上面还有些细糠。现在想起来还觉得喉咙发痒，难以下咽。但在那样的麦收季节，这些是忙碌的农人们最美好的吃食。用一只能够遮住整个头脸的大撇碗盛着，架起尖来，六队的王大华子一次最多吃过五大碗。

半空里飘着阳光和麦子的香味。那种香，能够按住你的肩膀，让你在打麦场的旁边，安静地坐下来。坐上半天。

还有屁味。洋葱炒鸡蛋发酵出的屁味。最不能忍受的是，矮胖结巴的朱三虱子有时会故意将那个屁弄得特别特别响。而且不止一个，是一串一串的，像一串摔炮。能盖过树上的知了叫。

比这屁更糟糕的是天气。

6月麦熟的乡村并不是时时都会有这样艳阳高照的好天气，或许很快，人们将为一场淅淅沥沥的连阴雨而焦躁发愁，怨声载道。

瞧，雨真的来了。

那一年的雨季真长啊，天空像一个低低的不停抖动的破筛子，一场连阴雨一直持续了将近 20 天。成熟的麦粒停在弯曲的麦穗上，整个麦地都在渐渐发暗。麦穗先是发灰，最后生出了黑黑的绒毛，发出了绿色的嫩芽。站在麦地的旁边，朱家姐妹一边握着镰刀，一边失声痛哭。堆堤下，圩里头，她们的父亲、久病不起的朱二爹，双手紧抓住冰凉的床沿，临死都没能够吃上一粒今年的新麦。

朱二爹的坟，埋在了八队去往川田的入口处。

分别了整整 40 年，我在 2018 年的春天重回沙淤村。原先五队、六队交界处去往川田道路的入口早已被扩开了，那个因半夜里偷了人家青麦而悬梁自尽的男人的坟墓早已不复存在，取而代之的是一条宽阔的水泥路。听说，那一户人家很早就已搬出了这座村庄，在一位远房亲戚的帮助下，四个孩子后来都读了书，一个个都有了出息，老三去了南京，老四一家留在了深圳，留下大哥、二姐陪着母亲住在了县城。父亲的坟墓早已迁移，或许思念亲人的时候，他们会对着废黄河堆堤的方向磕一个头，但他们已经不回来了，即便是清明、中秋和春节，他们，也不再回来。

村庄的道路宽阔，两辆大型收割机都可以并排通过。紧靠路边的一处宅子，是王克建家的；隔壁王坦家的院子，透过砖头砌的花窗看，里面长满了葡萄。但今天，这两家都是院门紧锁。一辆轿车从身边走过，拐弯处，开车的人将车速放慢下来，摇下车窗，探出头向身边的人问路。早在20世纪80年代，沙淤村就和相邻的村庄合并，成了一个新的村庄，沿着东干渠，沿着废黄河，那曾经在梦中出现过无数次的村庄、道路、屋后的大河小港、土场和水塘，一切早已更改。道路改变了走向，房子变了模样，曾经的乡村小学也早已被撤并，留下那几排红砖灰瓦的老房子，做过拖拉机仓库，做过轧面厂，现在成了"沙淤教堂"。我们家的老屋基在20世纪80年代就被开成了一条更宽的河，老屋基的旁边，那片曾经栽着两棵桑树的地方，却偏偏留下了一块小小的空地，仿佛是专门留给我来拜谒的。对面站着的是杨大妈，就是前面写到的铨大爷的老伴儿，一位身高不足一米五的瘦小而年迈的老人。她站在那里，像老家土地上生长的巴根草，历经几十年的风雨，依旧倔强地抬着头。几十年，别人家的土坯房早已换成了一幢幢小楼，她家没砌楼，依旧是平房，大儿子陆志伟随儿子一家去了苏南，小儿子志江自小说话稍显口吃，却勤于耕作，娶了邻村孙家的姑娘，生儿育女，家里头收拾得清清爽爽，房子也越盖越多，呼啦啦围成了一个巨大的院子，门前的菜地也格外地整齐干净。老人家站在门口，4月的油菜花一直开到她的跟前。多年不见，老人耳不聋，眼不花，远远地，我叫她一声"大妈"，她竟然一下子就认出我来。当年，大妈喜欢端着饭碗，一边吃着一边径直走到我家门口。那个年代，庄户人家的房子山头搭着山头，墙根靠着墙根，端上一碗粥饭，上面放两根自家腌制的萝卜干，一路吃着嚼着，一边就跑遍了大半个庄子。有一些事情印象太深，记得大妈家有一个巨大的菜园子，每年的清明过后，新韭菜割下来了，大妈总会包一顿饺子，韭菜鸡蛋馅的，或者韭菜粉条馅的。饺子出锅，挨着个儿，一家一家地给邻居们的孩子送过去。因为是最紧密的邻居，给我们家的饺子往往都是韭菜鸡蛋馅的，数量也最多。夏天时剁猪草，她会端着巨大的剁猪草的木盆坐到我们家门口，一阵"噼噼啪啪"，那菜刀穿过猪草的声音迅速而有力。冬日农闲，每天午饭后，大妈一路捻着棉线走到我们家，陪着我做缝纫的母亲一聊就聊到傍晚。"我就欢喜听你妈妈拉呱（聊天）！黄河（废黄河）西的人，话音都硬，就你妈妈的声音细细的、软软的，听起来真好听。还有你嗲（爸爸），声音特别大，上体育课，叫鸡子（哨子）一吹，号子（口令）一喊，那个声音啊，圩里圩外，整个庄子都听得见。"过年的时候也是整个村子最欢腾热闹的时候，一个庄子上的几十户人家一起蒸馒头，也都会聚拢在杨大妈家里。上午八九点钟开始，第一笼蒸的必然是于大奶家的，那是一个孤寡老人，五保户，然后是老胥家、孙兴山家、王学云家、夕禄夕兵家，再接着是苏州下放户老施和我们家，最后才轮到他们自己。一笼一笼的馒头、包子，一个人都抱不拢的高粱面的卷子，女人男人一起忙，等忙到他们家，也往往是星月偏西的下半夜了。

收花生 姜桦 / 摄

有关杨大妈，有关沙淤，有关废黄河边东干渠下的村庄，那些曾经经历的往事，那些曾经叫得出名字的人，一张张亲切的脸庞，给我留下过多少温暖而新鲜的记忆！但是今天，当我从村庄里走过，和我一般年纪的少年玩伴，除了陆海洋、周为文和陆凤春陆氏兄弟，似乎鲜有人留在那个村庄了。住在河边的胥龙珍和葛步兰嫁到了外地，王士全在县城开了一家汽车修理门市，前年死了老婆，如今去了苏南打工，王光禄在县文化宫放了大半辈子电影，陆志龙去了煤矿，后来到了市里的一家国企做了老总，王晓亭在上冈砖瓦厂跑了一辈子的供销，前几年死于肝病。出生耕读之家、颇有几分文才的王克建母亲早逝，高中一毕业就结了婚，生了新红和光烁一对好儿女，早些年，克建在老家种了82棵果树，长了20多年的红富士苹果，前些年到县城帮女儿开了几年小店，四年前又去了常州，一边照看小孙子，一边打了一份短工。还有我的同桌王兰芬，初中毕业后就去了100多公里外的盐城西乡。30年前我来到盐城工作，一直多方打听她的下落，虽经百般努力，均无消息，却在五年前那个夏天，在一个乡镇采访时意外相逢。面对面的两个人，几乎同时叫出了彼此的小名。一抬头，却都已是人到中年，白发横生。

而更多的人，随着儿女进了县城或者去了更远的地方：陆志伟在无锡，王克龙在苏州，魏友成去了江都。

我们这一批从那个村庄走出来的人，似乎都不可能再回去了。

我们也都已经回不去了。

但依旧会有人留在那里。

川田里的土地属于沙性土壤，很多年前，村民们在这片种植麦子、玉米、山芋、花生的川田里改种了果树苗木，终将一个贫瘠的村庄建成了一个远近闻名的"乡村果园"。整个春天到秋天，川田里都飘着红富士苹果和早酥梨还有巨峰葡萄的香甜。乡贤陆连佳和裴夕进，退休后致力修缮谱志和传统文化的传播；裴夕进的儿子裴曙辉子承父业，在镇中心小学教书；陆海洋和周为文，手艺持家，薄酒土菜，日子过得殷实富足；陆氏兄弟之一的陆凤春，年岁稍长的王克前，一个养猪栽树，一个种桃植梨，生活得更是有滋有味。王克前家的"果树自摘园"，早已成了远近闻名的"故道一景"，每年秋天，沿着果园里的中心路，那些从县城或者更远的地方来的游客，人头攒动，摩肩接踵，来果园摘苹果的城里人的小汽车，足足停出去三四公里。

而更多的人正在离去。

沿着大河堤，走在废黄河滩的河堆上，我看见一排排整齐的墓地。一个个名字被刻在一块块被风雨洗刷的石头上，立在高高的废黄河边。被青青的松柏和麦地围拢，一个个名字，有些清晰熟悉，有些略感模糊。但对于我，只要稍做回忆，那一个个人，他们的音容笑貌都在。生性幽默、喜欢织网取鱼的朱安兵，坐在自家门前的土场上补渔网，有人问他

桃林羊群　宋从勇／摄

用的"是什么线",他回答说是"阜宁县"。那个张士秀,牛歌唱得比陆凤铨还好听,他在小滩上(废黄河边)打"嘞嘞",圩里的人躺在床上就能听到。还有做过村干部的裴夕发,能说会道的妇女队长董秀玲(王克建的母亲,44岁时因患食道癌病故),穿着皮衩捞鱼摸虾的孙兴山,背着药箱巡诊的乡村医生姚少祥,开大饼店的王罗英,过了霜降就拎出一只铜炉暖手捻线的于大奶奶,还有那个睁眼瞎子李学余……一切都像冬夜门口的芦柴席子上那刚刚出笼的萝卜包子和大卷子(长方形馒头),伸手摸一摸,都还是热腾腾的。那些生活,哪怕再久远、再老旧,在我心里,也依然是活生生的。走近那些墓碑,用手指轻轻抹去那一层浮土,我脱口就能喊出那些人,叫出我的裴四舅、陆大爹,我的于大奶、周大姑!

20多年前,因为乡村区划调整,沙淤村和邻近的世明村合并。一个是人口超2000、已经有300年历史的古老村落,一个是以烈士名字命名的红色村庄,在商定新村名的时候,两村人互不相让,最后竟然找到了省民政厅。两个村的群众意见相持不下,最后,据说还真是民政厅厅长提出了一个两全其美的办法:这几年,两个村不都在种果植树发展林果经济吗?干脆就叫"果林村"吧,借着新村名,也可以给你们的果林村红富士苹果打一打广告。从此,那条穿过整个果园的中心路上,一个大牌子赫然写上了三个字:果林村。许多年过去，如今，有很多人都知道了黄河故道上的桃花源，知道了桃花源里的果林村。但我依然习惯管这个村庄叫沙淤村，多少年来从未改变。村庄的名字就是一个地域、一个家族的古老姓氏，是裹在一个人脸上、身上的皮肤，带着祖宗、家族和历史的意志，是我们亲爱的家园。就像我们年迈的父亲母亲，我们永远都只能叫他们父亲和母亲。在我的心里，这座地处废黄河边的村庄，一辈子，我就叫它：沙淤。

沙淤，川田之上堆满了沙土，坡下的水田栽种着稻禾。这些年，生活在这片土地上的人们，那些熟悉不熟悉的名字，一个一个，死死生生，有的站在原地，有的去往远处，但无论在哪里，他们的目光一直都在注视着这片大地。站在这里，向前，能够看见河坡下麦地青绿、菜花金黄的村庄，掉头，就是生长着果树和林木的沙地。那些老人，虽然儿女们大都在外地，不太可能经常回来陪伴他们，但这些生活在这里的人，他们的心境格外平和而安定，因为，他们一直都生活在自己的家里，那些庄稼树木，那熟悉的河流与土地，每天都和他们朝夕相处，相依相恋，相拥相伴。

在这里，他们可以久久不说一句话，也可以随时随地，和邻居们打招呼——

"二爹，这么早就下地啦！"

"三妈，你们家的桃树花点过了没？"

"志虎，晚上没事吧，到我家喝两盅！"

单港流水

东干渠边的大柴塘，茅针钻青，芦苇蹿起。春风吹绿的河滩，一丛紫地丁刚刚钻出来，紧跟着的，还有荠菜、小蒜和婆纳头。拨开那些果树的枝杈，走过田垄交错、花朵盛开的土地，我们要去往一个名叫"单（shàn）家港"的地方。

单家港，废黄河边的又一个村庄，其地形地貌与沙淤村基本相似，也是东高西低，一桶水倒下去，必然向坡地的下面流去，但是这里的河滩，地势比别的地方更趋平缓。堆上堤下人家，桃树、梨树、杏树，还有枣树和苹果树，花朵挤挤挨挨，枝干相互支撑，让人不得不侧着身子才能走向它的纵深。有几棵柿子树，那枝头上挂满了金黄的柿子，去年冬天的大雪里我就见过，如今，已经是春天了，还有几只，依旧高高地挂在枝头上。于是便感觉，那些柿子树，连枝带果，是不是谁站在梯子上给挂上去的？

单家港，也有人叫它"单港"。在废黄河夹堆一带，"港"其实就是一道道深入岸滩的河流水道。"港"的名字多随村庄地域或者河道的宽窄深浅命名，如小窑港、宋码港、朱雀港、浅港、深港、小港、大港。有些干脆就没有名字。我生活的沙淤村，四条大港，就只根据其所在村组，由南向北，一路依次排列过去。堤上大港，一年里好几个月都干涸见底，但在每年的春夏季节，特别是雨季，一条条大港便蓄满了浑浊的流水。天上雨水，堤下河水，大团的波浪摇晃着两岸的野花，一群群鱼儿从下游的废黄河里逆流而上，鱼的背脊往往会高出水面，鱼太多，动不动就会被水中的树枝给挂住，等到河水落下去的时候，那一根根的树枝上就会挂满了一条条鱼，有一些还活蹦乱跳的——这"单家港"里也是。

黄河堆堤下，废黄河滩的另一侧，东干渠边的开阔地上住着更多的人家，并且逐步形成较大的自然村落。村子中心有一条小街，就是今天的单家港街（单港街）。单家港有一条穿街而过的河，叫大沙河。废黄河坡地上的水就是从这条河里提上去的。早先，大沙河的流水，通过两架脚踏水车被送上高高的河堤，一直送到废黄河滩上的果林。20多年前，建起了一座约有五米高的翻水站，清澈的河水被翻上大堤，像倒悬着的瀑布。

大沙河边有一排水码头。隔着一座低矮的砖桥，两个自然村落连成一片又相对独立。桥南头叫港南，桥北端叫港北。港南港北，沿街立有店铺，但热闹的还数港北。桥北头的东西街，过去每逢农历初五、初十，会逢集，一条小街，能聚起街头街尾，堆上坡下，包括附近七里八村，甚至是废

废黄河边的鹅群　宋从勇／摄

黄河西的人。人们拎着鸡蛋，提着鱼虾，抱着鸡鸭，牵着猪羊，实在没有其他值钱的，抓着一把瓜秧和辣椒苗，随随便便也能来赶个集。路窄人多，水灵灵的红萝卜就堆在脚底下，萝卜缨子是那么新鲜、整齐。最忙的要数做烤炉饼的孙二毛子，揉面、撒面，面前一堆香烟，"经济""丰收""玫瑰""飞马"，各种品牌，随意散落。一上午，一直用手掌摁饼，一把火钳伸进炉膛，满头热气的孙二毛子实在是来不及抽，品牌好一些的烟，像"大前门""大运河"，也舍不得给别人，干脆夹在了耳朵上，而且是一边一支。

早年，单港街北头有个单港供销社，一排砖瓦房，坐西朝东，门楼上画着《毛主席去安源》的画像，墙上似乎还写着"深挖洞、广积粮、不称霸"之类的标语。里面的物品，那些布匹，一捆一捆，板实地摞着，柜台上标有刻度，买多少，布匹朝下一放，扯着布边一量，刀尖拉个口子，哧的一声就扯下来了。柜台里更多的是生活日用品，油盐酱醋、肥皂牙刷、又把扫帚、胶靴凉鞋、针头线脑，还有乡村人家必备的农具，蔡桥的镰刀大套的锹、射阳的柳筐建阳的包（蒲包）。白糖、红糖都是上计划的，要凭票。当然，最引人注目的还是印着"工农兵"或者"农业学大寨"字样的草帽，挂在迎面的墙上，金黄金黄的，进门就能看见。那年秋天，做缝纫手艺的母亲，曾经借用供销社隔壁的一间闲置的空房，为徐州的利国煤矿做风筒，前前后后近三个月。由于要加工的风筒实在太多，母亲只能住在那里，晚上也不回来，还带了徒弟——二舅家的姑娘小红梅。周日下午，我带着弟弟妹妹去看母亲，看过母亲，会走到供销社的门口，瞟一眼柜台里面的女售货员——那个甩着两根长辫子的姑娘，姑娘个子不高，白白的脸上有几粒雀斑。她很喜欢笑，笑起来的时候，那雀斑似乎不见了，飞走了。笑声里，那几顶挂在墙上的金黄色草帽，似乎也跟着旋转起来。

那年我12岁，在"戴帽子"的沙淤小学，上初二。

我很想看见她的笑，但往往刚刚停下脚步，就会被小红梅给叫回来："大哥，大姑喊你去嘎（回家）呢！"红梅是废黄河西涟水人，说话侉腔侉调，拖着很重的尾音。

3月，蛰伏了一个冬天的麦苗开始返青。我们匍匐在麦地上，听春天的雷声怎样敲开青蛙的耳朵，看那些蚯蚓，如何一个翻身就走出泥土。走上高高的堆堤，天空中飘着一只只风筝。蝴蝶的、蜈蚣的、青蛙的、元宝的、牛的、马的、龙的、猴的。小时候，扎风筝、放风筝是我们这些乡村孩子最喜欢做的事。在一个春风暖阳的中午，放下手中滚动的铁环（滚铁环，一种游戏），找一张旧报纸，在屋后的柴火堆上捡几根粗细均匀、大小一致的芦花，一只风筝不要几分钟就做成了。双手提着刚刚做好的风筝，选择一块空地，乡村小学的操场、川田上废弃的打谷场，或者干脆就是盖着一层河泥冻土的麦田，几个小伙伴，用双手将那只旧报纸糊制的风筝轻轻举起，一托，一抖，一拽，那风筝就会拖着五颜六色的尾巴，轻轻地飞起来，那么高，那么远。我多希望那风筝一直飞啊。飞呀飞，一路向北飞，最好是落到单港去。单家港，那个门头上画着领袖画像的供销社，我的母亲在那里给煤矿做风筒，已经整整两个月没回家了。风筝落到了单家港，我就可以带着弟弟妹妹去看妈妈了。也许，我还能看见那个站在柜台里甩着两根长辫子的售货员，那个脸上带点雀斑的姑娘。

可是，一次一次，我的愿望总是落空。风筝飞着飞着就摇摇晃晃地落下去了，落向渐渐有些浑浊的废黄河，落向一条大河遥远的对岸。一只断了线的风筝，它再落也落不到单家港去，单家港太远了，离我们的村庄足足有五里地。

一只风筝是无法决定自己停留的位置的，出于某些不可言说的原因，它在降落。那是宿命。一只风筝的宿命。

牛驮马拉的车辆在大堆上碾过，留下了一道道印辙。跟着那深深浅浅的车辙一路向前，古黄河的流淌和消失也是宿命。一个年近千岁的老人，挂着拐杖，从中原大地一路走来，在淮北平原上与流经皖地的古泗水交汇，然后，继续南下，经苏北四市，最终在盐城的阜宁和滨海、响水和淮安地区涟水县石湖镇附近的云梯关转身流入黄海。大河东去，这一路的河水淹死过多少庄稼，一路的沙土埋葬过多少尸骨？作为中华民族的母亲河，黄河从高高的黄土高原飞流而下，一路缔造了多少风景，又经过多少次决堤改道之患？从公元前 602 年至公元 1938 年间，黄河下游先后决口 1590 次，大的改道就达 26 次。清咸丰五年六月十九日（1855 年 8 月 1 日），黄河在河南兰阳（今兰考）北岸铜瓦厢，再夺山东大清河入海，原本穿越豫东、皖北经苏北汇入黄海的大河迅即化为遗迹，成为一条再难得到恩宠、乏人问津的废黄河。这也是近代黄河的最后一次改道。今天，要不是被人们在地图上标示出来，恐怕连它是否存在过，都有人怀疑。

天地日月，禾田土岗。单家港的流水，同样有着属于自己的宿命。

身体贴向一座砖桥，就像一片叶子贴向大地。一座名叫"单家港桥"的老桥，砖石结构，呈拱形。桥下，就是单家港的流水。当年，这些流水，必须通过两架八踏水车（8 个人同时踩动），才能送上废黄河大堤。

一排 8 个人，16 个汉子站在粗大的木头上用力踩水。踩水时必须将身体高高抬起，依靠两只胳膊支撑起身体。那样才能用上劲。踩水，那实在是繁重的体力活。

土地站在高处，古黄河几乎成了一条"悬河"。当它走过盐城境内阜宁县的芦蒲、羊寨、北沙段，越过高高的云梯关，进入滨海的大套、果林及响水的黄圩、运河、六套、七套，黄河故道实际上已经是整条河的尾闾了。九百年奔流，八百公里风光，庄稼在春天里播种，果树在秋天里采摘。到了冬天，留在这片土地上的，只有那些河底下烂不掉的石头和倒在坡地上的墓碑。

现在，当年的水车房已经改建成一座翻水站。从堆堤下面大沙河里提上来的水，经过翻水站，领着一路青麦、一路菜花，一直走上高高的堆堤，走到那一片片桃梨杏柿的果园中去。正在建设中的古黄河林果小镇，这片土地行走着无数游人，但他们大多都是外乡人，是匆匆过客，他们不了解也不需要记得被单家港的流水带走的那些光阴故事。

而我记得！生活中，有一些时光不再属于我，但那些故事刻在了我的骨子里。

它们的根，它们的茎，它们的藤，还有那些枝枝叶叶，我记得；

那些发生在水边、河滩，那被单家港的流水浇灌的故事，我记得。

上河西

巨大的青石牌坊。一座大桥高架在不停奔流的古黄河上。而在我的记忆里，当初，废黄河上是没有桥的，只有河边的一个个码头和码头边的渡船。

在沙淤，在废黄河边，在阜宁，我从来不觉得自己是一个外乡人。但是我的籍贯的确不在此处。这片土地不曾埋葬过我的衣胞。我的老家在废黄河的对岸。每年的暑假、寒假，我们会跳上那摇摇晃晃的木船，一次次地渡过废黄河。我们要——"上河西"。

"上河西"，就是回老家。

废黄河水道宽阔，两岸的地势，东部高亢，西部平缓，尤其是在大河东岸的阜宁一侧，河岸明显要比河西更为高耸、陡峭。小时候，乘船摆渡，为了抄近道，我们往往会从附近的河堤上斜插着走下去，有时候，一不小心，脚下一滑，就骨碌碌地滚下河坡，滚到了水边。对岸是河西。

夏日的黄河故道河水丰沛，我们习惯在上游的十堡码头上船，因为河对岸有一条贴着河岸的堆堤，我们可以沿着那条道路直接滑下河坡，抄近路，一直奔向西北方向的老家。也可以从单家港和十三堡走，但这两个渡口显然不如下游的外口、王山或者更下游的孟滩和北沙平缓，从那两个码头上岸，过了一片竹林和军马场，进入石湖小街，出了街口，沿着一条开满槐花的河堤，半个多小时就能走到日思夜念的老家，看见亲爱的爷爷奶奶、叔叔姑婶，看见外公外婆、舅舅姨娘。

回到老家，第一件事就是去凤杏四舅家骑羊。一头高大的绵羊驮着我们，绕着门前的土场转圈圈，一身干净的绵羊毛，像软和的毛毯铺在身底下。那几只兔子，眨着红红的眼睛，几十年了，一直在我的眼前，跳过来，跳过去，像一团团白色的光。

冬天，一阵北风吹来，废黄河开始结冰。

河面大面积封冻，行船就成了难题。

要过河，得先破冰。于是看见有人在敲冰。粗大的木头敲击冰面，带出的乒乒乓乓的回响，比原来的声音大上许多倍。

一听见那声响，人们就知道，废黄河上要开船了。

船要天天行，冰要天天破，河面上漂着一块块的大冰碴子，扎手扎脚。尤其是来了寒流，几场冷风刮过，河里的冰层愈来愈厚，再怎么使劲都敲不开。这时候，渡船只得停开。先是九堡和十堡，接着是外口、王山和孟滩，一停就是十天半个月。最长的一年，我记得有 80 天，近三个月。

最后，只剩下了北沙。虽然没停，但一周也只能有半天。

住在单家港附近的我们，倒是很少有这样的担心。单家港旁边的一处天然河湾，背风，几天冷风一刮，那河里便会结上一层冰，敲开来，足有一立砖那么厚。

我们不再乘船。冰层有足够的厚度可以承载我们，孩子们尽可以在冰河里大胆地走过来、走过去，大人们则可以在身子底下铺一块木板。"一、二、三——"在一阵使劲的推送下，那块木板载着我们，从河面上轻轻地滑过去，从河这边，到河那边，从此岸，到彼岸。有点像那部叫《林海雪原》的电影。那雪地上的雪橇。

我也坐过那种木板，坐在木板上，双手张开，感觉跑得比风还快。

一条河。一条废黄河。我们住在河的东岸。对岸是河西。

一条河流的诱惑远远不止这些。同样生活于这里的裴曙辉曾经写下过一段文字。抄录如下：

> 小时候，我们就在河东的土沟里玩打仗。靠河的土坡每年都要经受暴涨的河水的冲刷，水大时，河道陡然徒增近百米宽，汹涌的河水肆无忌惮扒开坡堤，顺着撕开的沟槽冲进坡堤下的村庄。夏天暑假，这些沟槽就是我们快乐的地道，打仗游戏的天然游乐场。三五成群，拉帮结派，呼朋引伴，手持树枝杈作长枪，以黄河坡上特有的松软的土疙瘩为子弹，你来我往，玩得不亦乐乎。身上积满尘土，灰头土脸，累了，会冲进齐腰深的黄河冲个凉，洗个澡。那时，河东岸，还有近二十至三十米宽的草坡，可以放牛放羊。
>
> 自从上世纪九十年代末，河西的涟水县在十堡打了水箭，垒砌砖坡以防水土流失，河东的坡就日益少了，夏天发水时，时常会听到轰隆隆的响声，那是东侧峭壁的土坡被浪头冲刷倒塌砸进水中的声音。

他写的是大河东岸。而我写的是大河西。那是我的老家。对岸是河西。

小知青和瞎奶奶

　　无锡知青顾小菊和瞎奶奶的故事，发生在单家港的大河边。

　　1970年冬天。单家港港南大队。连续几天的大雪，整个单港小街都堆在厚厚的雪里。天寒地冻。寒风吹来，家家户户，连那扇芦柴门帘都不敢掀。天那个冷啊。鸡和鸭早已飞回来了（雪太厚，它们根本就没法跑），有人家把猪抱回家放在了锅门口（灶台后面），羊牵回来拴在床头，牛棚里燃起了红红的牛粪火——听说，孙文虎家的那只羊，陷在了雪地里，爬了一夜都没爬出来，活活就被冻死了。

　　一大早，17岁的无锡知青顾小菊到大沙河边洗山芋。没出门她就感觉喉咙有些疼，显然是着了凉。顾小菊是生产队的饲养员，每天必须帮猪场煮几大锅山芋，拌上豆渣、山芋藤、麦麸和米皮糠，几十头猪，要喂上大半天。前一天傍晚，雪大如席，9点多钟，顾小菊给圈里的猪铺完了稻草，可还是担心那些猪夜里会太冷，想来想去，最后干脆抱着被子，睡在了猪舍的稻草堆里。

　　寒气太重，顾小菊染了寒凉，高烧，头撑也撑不住。

　　但集体的猪是不能不喂的。一大早，提着两只大大的柳筐，顾小菊去大沙河的木码头洗山芋。好不容易在冰面上敲个洞，用木耙将一筐山芋洗干净，转身去洗第二筐，不想，木板一歪，脚下一滑，顾小菊连人带筐滑进了冰窟窿。寒冷的河水灌进厚厚的棉裤，转瞬间，顾小菊就被冻得浑身发紫。想呼救，可是一点也发不出声音。就是喊了，这么早，哪里又有人能听见。

冰窟窿越来越大。顾小菊的身体在河水中一点一点下沉。她觉得自己就要死了。是的，她要死了，很快就要被活活冻死了。17岁的她，上个月才没了母亲，她死去的妈妈，是否会沿着这一条大沙河，到苏北来接她回家？

一只手伸了过来，是隔壁的孙大奶奶。孙大奶奶年过五十，是个孤寡老人，一只眼睛瞎了，另一只也是勉强才能看见东西。她一早到茅房里解手，不想就听见了动静。

"没得命了，有人掉下河了！"孙大奶奶一边呼喊，一边从路边抽了一根木棍，连滚带爬就到了河边。她身材瘦小，小脚，走起路来有点晃。真不知道她是怎么努力，才将已经没有半点力气的顾小菊死命拖出了冰窟窿，并且一步一步驮回了家。

屋子里燃起了一大堆牛粪火。

在火堆旁放好湿漉漉的衣服，孙大奶奶脱掉满是冰碴的棉衣棉裤，赤裸着坐在了被窝里，用自己枯瘦的身体温暖着已经失去知觉的顾小菊。"乖乖，乖乖，不怕，不怕，焐焐就好了，焐焐就好了，你可千万千万不能有个三长两短啊，你那死鬼妈妈要是晓得，肯定要哭死的！"

整整大半天，孙大奶奶一边紧紧地搂着顾小菊，一边不停地叨咕："乖乖，焐焐就好了，焐焐就好了！"

带着青草味道的牛粪火，从早上一直烧到下午，烧到夜里。

入冬以来一直舍不得烤火的孙大奶奶，那天，烧了整整两大筐牛粪。

冷进骨头的顾小菊终于被焐过魂来，而孙大奶奶却就此躺倒在了床上，低烧，咳嗽，一直到第二年的开春。

顾小菊于1979年5月最后一批返城。在无锡北塘区河埒口附近的街道纸箱厂，做了一名工人。

返城后的几年，顾小菊曾经四次回到单家港。前两次独自一人，第三次是和新婚的丈夫。

几次回来都有三四天，每一次，都住在孙大奶奶的家里。

最后一次是1987年。这一次，顾小菊带着丈夫和女儿，在孙大奶奶家里住了整整十天。十天后，一家人带着快要失明的孙大奶奶，一起坐上了一辆开往无锡的大卡车。

自此，孙大奶奶再没回过单家港。

2019年1月28日。腊月二十三。再过七天，就将迎来农历己亥年的春节。

距离单家港大约300公里的江南，无锡惠山脚下梁溪公园边的一座公寓里，此刻，67岁的顾小菊正为孙大奶奶上香。孙大奶奶三年前就去世了，一家人几年前拍的那张全家福，端端正正地挂在客厅里。

照片上，穿着红绸缎棉衣的孙大奶奶坐在正中。

孙大奶奶被接到无锡以后，顾小菊一直喊她"妈妈"。

顾小菊说，拍照那天，正好是妈妈95岁生日。拍照的时候，老人的眼睛已经失明多年。但她很高兴，摸着身上的缎子棉袄，用地道的苏北方言，连着说了几句："雪滑（很好）！雪滑喽。"

孙大奶奶名叫孙大玉，生于1920年。丈夫在1943年春天的单家港保卫战中牺牲。那一年，她23岁。刚结婚不到半个月。

丈夫是被鬼子的炮弹炸飞的，打扫战场时只找到了一条腿。

她的眼睛是一天一天哭瞎的。

老人孤寡一生，膝下无儿无女。

但她有顾小菊。

顾小菊说："无以回报。此生，我很庆幸能以这样一种方式，陪着妈妈，走过了整整28年！"

生活在这个世界，每个人都会有一片收留自己的土地。顾小菊和孙大玉，两个原本毫不相干的人，因为单家港，因为一条叫大沙河的河流，她们的生活，她们的命运，从此有了关联。

被生活掠走的，在这里有了获得。

水流滚滚，一路向北，再一路向东。

单家港，一片流水在奔腾。4 月，高高的废黄河堤上开满了粉红的桃花、白色的梨花、淡紫的苹果花。

沉默的是那些柿子树，只开不起眼的米黄色的小花。

在这片土地上世代生活的人们，他们站在河坡，站在路旁，听着那单家港的流水，废黄河的波涛，问候远去的季节，问候雨，问候风。

问候这一片宽广辽阔的土地。那从古黄河滩上走过的一代代人！

那些墓碑，我的亲人，我的老娘土！

亮月子，上高台

　　一群孩子，都是十来岁，猫嫌狗嫌万人嫌的年纪。一大早，上学的路上，追着前面的人扯起嗓子大声喊——

　　亮月子，锅撇子，找个女人过日子。

　　黄河东，黄河西，杀口肥猪走亲戚。

　　农历，腊月十四五。听到这一声喊，就知道，张码头的胡大六子又出来杀年猪了。胡大六子原名胡长富，是废黄河滩上出了名的"刀客"，一过霜降就背着家伙什，渠南渠北，河东河西，专门给人家杀猪宰羊。他左手有些残疾，干活基本仅凭一只右手，杀猪也是。但他的两条腿很有力，一头300多斤重的白白胖胖的大肥猪，抓住一只耳朵，用一条腿别着猪头猪身，那嗷嗷叫的家伙一下子就给撂了个嘴啃泥。

　　胡大六子杀猪，也卖肉，活干得漂亮，却因为大舌头，说话叽里咕噜的，吐词不清，眼看过了25岁还没找到对象。终于有一回，遇到一个买肉的，河西羊旗杆的，说庄上有个姑娘，比大六子大岁把，虚27，有点胖，鼻子也有些塌。想想自己的条件，还有那一句俗话，"一块馒头搭块糕"，胡大六子还是决定过去相亲。不想兴冲冲地过去一看，那女人不仅半截树根的身段，胖得连两条腿都分不开，还是个麻子。"落局人呢！（戏谑、糊弄之意）给我介绍豆（个）麻子。我说话口铁（口吃），但也不缺胳膊少腿，还有豆（个）手艺，还怕倒（找）不到个女人？"遂愤愤而还。说媒的也不乐意，冲着胡大六子喊："你也不撒泡尿照照自己，一个杀猪的，还大舌头，这么好的女人你不要，还想怎么地？"一口吐沫吐出三丈远。一帮孩子追着喊：

做豆腐，包包子，做过豆腐杀猪子；

猫伢子，狗伢子，找个女人大麻子。

做豆腐，包包子，蒸馒头，杀年猪。一幅多么生动美好的乡村风俗画。废黄河滩上，日子天天过，肥猪年年杀。但白刀子进，红刀子出，今天杀的绝不是昨天的那头猪，那杀猪的也再不是胡大六子。大六子20年前就已经死了，就葬在废黄河堆下面的刺槐林旁边，河对岸，正是当年的羊旗杆。

只是，杀猪的高台，依旧是那少年时的高台。那一年，相亲不成反倒被人耻笑，从河西羊旗杆回来的胡大六子又气又恼。"那媒婆把我当猪耍呢，哼！"提着一把剔骨刀从屋后砍一根长长的竹子回来，他在自家的屋山头上竖了一根旗杆，上面挂了个猪头，引来很多人看热闹，他杀猪的名声也因此迅速传遍十里八村。后来，还听说，每天晚上，那杀猪的高台，会有白白的月亮坐在上面。下雪的夜里，有人听见过，那血水流淌的高台上，有猪在哭。

胡大六子杀猪的高台，果真会有一头猪坐在那月亮底下哭吗？无人能够给出答案。

农历戊戌年腊月二十四。一大早，带着家人，我去废黄河的河滩上杀年猪。

春节，去乡下杀年猪，是我每年春节前必须要做的重要事情之一，20多年了，年年如此。每年夏天，托了发小陆凤春，在本村或者附近的村子里选一户实在人家，在一大堆小猪苗里，捉一头嘴唇上翘、体态颀长的汉普夏黑猪（原产于美国，又叫"洋种薄皮猪"），随手扔进露天的猪圈或者一片小树林里。接下来的五个月甚至更长的时间里，在废黄河边这片绿荫森森的树林或者果园里，聘请的养猪户将严格按照我的要求，为这头猪的生长量身定制出一套特别的饲养方案，精心细致地照顾这一头已经属于我的"幸福的黑金刚"。

被我称作"黑金刚"的苗猪一般都不会太大，就四五十斤的样子，肩膀不求宽阔，但身体一定要长。"不能喂任何饲料，只喂从黄河滩上割回来的猪草。喝水，也只喝黄河故道里的水，或者天上的雨水。"这是我给养猪户提出的看似简单却近乎苛刻的要求，十几年不曾改变。用草料喂出来的汉普夏猪，用铁锅或者瓦罐炖制的猪肉，可以扯出细细的丝来，尤其是一碗土法做成的红烧肉，用筷子夹起来，舌尖一带，嘴唇都能滋滋冒油，却肥而不腻，入口即化。但是少年的时候，哪里能吃到这样的美食！家里养了几头猪，白色的，品种叫约克夏，特别肯长肉，一年下来，能长到三四百斤，最重的，超过 450 斤。在圩里的陆凤佩家里，我就看见过那样的大肥猪。尤其是裴夕进家的那头猪，从第一年的年头养到第二年的年尾，足足超过 500 斤。那样的一头肥猪，由于身体过于笨重，不要说走路了，站起来都很困难，只能半蹲半卧在那里，整个肚子都铺在了地上。

宰杀一头成年壮硕的肥猪很不容易，往往要七八个壮汉一起帮忙，旁边还有人举着木棒和铁棍，拎着粗实的麻绳。杀猪的刀客一声令下，几个壮汉，各尽其职，抓猪鬃的，拎耳朵的，操腿搬脚的，没有十个八个回合，根本不可能将这样一个庞然大物顺利制服。当然，那样的一口肥猪，杀出来的肉也多，板油花油就盛了满满的两大盆。杀猪时，几乎整个庄上的人都赶过来看热闹。那一年，生产队会计陆连本家杀年猪，门前的土场上几乎围聚了全生产队的人。正逢农闲，外出挑大河的男人们都回来了，女人们也不再担河泥，闲着无事，大家都到连本叔叔家看杀猪。那样的场面真是热闹啊。男人和女人。老人和孩子。男人们半蹲在猪圈旁边，说话，抽烟，女人的手里抓着鞋底，手里捻着棉线，大家就这样兴致勃勃地看着那一头已经养了快一年的肥猪怎样被赶出猪圈，并且目睹了一个活物的由生到死，从存在变成消失。这样的画面往往有些令人恍惚和惊悚，但同时，大家也借此分享了忙碌一年的收获，以及春节将至的喜庆，更重要的是，大家通过这短暂的相聚，传递了更多的信息。在山东当兵的裴四舅要回来过年了；五队的学环大姑春节后就要随军去大连；河东关家的大姑娘生了一对双胞胎；六队王坦家的苹果今年估计挂了多少果。当然，那个杀猪的刀客是不会由此分心走神的，他正在全神贯注地忙着为一头被宰杀的肥猪剖膛开肚。一头400多斤的肥猪，翻身，褪毛，一把亮霍霍的杀猪刀从雪白的肚皮上划过，就如一张裁纸刀从云上轻轻走过。取完了内脏，卸下猪头，也不叫帮手，将整个猪身朝大腿上一横，手起刀落，那么一个大块头的家伙已经被卸成了两大片，然后一块块分割，前夹，后座，肋条，慢慢成为一堆。水过无痕，刀过无声，书上说的"庖丁解牛"，大概也就是这个样子。

当然，最后还会有一大桌杀猪菜，除了参与了整个杀猪过程的人，在现场的，每家都会出一个代表。村里的长辈们也会被喊过来，陆连佳、王学双、王学耀、裴夕兵，当然，村小的几个先生，卢校长、嵇达远、陆凤佩、裴夕进——包括我的父亲，他们都不会缺席。

天空开始下起雨来，淅淅沥沥，还间杂着一些细碎的雪粒。

冷风冷雨中，沿国道、省道、县道越过横跨苏北灌溉总渠的羊蒲（羊寨—芦蒲）大桥，很快便进入羊寨镇。车过大沙河，沿着干草味低回的羊蒲公路继续前行，两边不时走过四里八乡的农民。他们骑着车急急赶路，电动车上一律挂着火红的爆竹、成捆的对联和新鲜的牛肉、羊肉，一路欢声笑语。羊寨地处苏北灌溉总渠北侧，废黄河南岸，东部河堤树木成林，西边高冈处处桃花，中间的夹沟地带，渐成平缓宽阔的蓄水槽。春天，宽达两公里的平缓地带，种满了小麦、大麦等作物，但是每年的5月，雨季来临，上游的水流汹涌而下，麦浪金黄的入海水道便成了一片泽国。河堤外，入海水道沿线的黄谢、孙河、李舍等村，包括羊寨周边的团结、建设、生产，一直到最南端的吴扬、安陈，一路皆是水患之地。但河堤上的高亢之处，一定四处奔跑着雪白的羊群。羊寨之为"羊寨"，倒真的是恰当。

今年杀年猪的现场，选在了废黄河大堤上的张码头，与沙淤村地头搭着田头。6月，果园里早酥梨成熟的时候，我托凤春在这里的宋姓人家订了一口猪崽，养在了废黄河边的树林里，到现在正好有七个月。猪崽入圈以来，我前后来过四次。这一次，是第五次。当初之所以选择在这里，主要是想起小时候，放学后割猪草，穿过七队的柴塘、八队的竹林，爬上高坡，一抬脚就走到了这里。七角菜、芙秧子、乌端端……我们在这里割猪草，割累了就在草地上"推龟"或者"砸菜窝子"（又称"砸小锹"）。这都是乡村孩子们经常玩的游戏。先说"推龟"，在松软的地上挖一个土坑，刨起来的土在坑边堆成一个馒头堆（形似乌龟）。一人做庄家，其他人拿猪草玩输赢。庄家把一个柳枝或草编的小环放在土堆前端，一边大喊"看好了"，一边猛地将土堆和小环推到坑里。其他的人拿树枝去插掩埋在土里的环，插中了就赢，庄家要拿等量的猪草来赔，插不中的就输了，下的猪草就归庄家。还有"砸菜窝子"，在河滩上的平阔地带挖一个小小的土坑，半尺见方，将花了小半天割来的猪草放在土坑里，几个人，轮流用小铁锹儿砸向那土坑，锹头、锹身、锹尾完完全全地落了进去，便算赢家，那堆猪草便也可以拿走。这很像"猴子套圈"，是一种近似"博彩"的游戏。要赢得这样的比赛，技巧是第一位的。技巧好的自然赢得多，差的就常常输。头脑一根筋的输了还想翻本，就越输越多，直至将篮子里的猪草输光，怕回家逃不了大人打骂，急得哇哇大哭。"推龟"或者"砸菜窝子"的过程，总是掺杂着赢家的嬉笑声和输家的叹息声，得意失意全都写在一张张充满稚气的脸上。我虽然个头不高，经验不足，但是凭着扎实苦练，几次尝试，最终也都有惊无险，胜多负少。

　　穿过村庄，上坡。不停地遇见从外地回来的人。春节将近，那些在外地讨生活的人陆陆续续从远方赶回家过年。沿途的车辆和行人便立刻多了起来。一个个大包小包，左手提着，右手拎着，米面粮油、糕点茶叶、水果鲜花，都是过年的东西。那些远远就送过来的招呼，让平日寂静的村庄，一下子恢复了久违的热闹，多了许多的活力与生机。古老的阜宁西北乡，废黄河边的土地，这浅水轻流、麦苗青青的村寨，充满热情的己亥年的春节，正在走来。

在树林里养了整整半年，现在，那头壮实的汉普夏猪正从干净的树林里摇摇晃晃地溜达出来，并且一步一步接近那座矗立的高台。这头已经被张码头的宋姓人家饲喂了近七个月的年猪，是一头多么漂亮、多么让人喜欢的家伙啊！小头，招风耳，尾挺嘴硬，像一只翘起的铲子，一身毛色乌黑雪亮，背脊健壮又宽阔。按照当地的风俗，杀年猪的鞭炮主人家一早开门时就已经放过了。杀猪的刀客，是凤春特意找来的，张码头的，也姓胡，人称"胡三爹"。算起来，胡三爹应该是胡大六子的晚辈，但是也有 60 多了。胡三爹白发，小个，两根粗实的布绳束着裤管，面部有常人不具的冷峻。几句话一说，竟然是我父亲的学生，高兴得我的父亲将他的肩膀直拍。本来不怎么愿意出门的老人家，这会儿竟然连声说："来对了，来对了！"胡三爹一辈子杀猪无数，手中的一把刀却少见血腥，皆因为在胡三爹的眼中，这杀猪不算杀，是"送"。在一座新鲜泥土的高台上，给平常生活的人家，给天空和大地，给日神和月神，送一个"洁净之身"。

在高高的废黄河堆上，在河流的两岸，年猪的宰杀曾经有一套固定的仪式，而所有的仪式都必须在一座高台上完成。采来废黄河滩高亢地上的泥土，在门前的果树下搭一座高台，支一口大锅，一大清早，鸣鞭放炮，知会鸟兽。待一切完成，刀客会坐在一条长条板凳上，喝一大碗放了盐的温开水，最后还会留下半碗洒在手上，然后迅速立起。杀猪时，刀客手起刀落，一刀解决，绝不多说半句话。若是分神失手，血淋淋的肥猪满院子乱跑，则被视为"不吉"，即预示主人家来年祸多福少，这样的事情，断不能发生。

现在，胡三爹就坐在那张长条板凳上喝水，盐水，可能不够咸，他叫主人往碗里再撒了一点盐。一头200斤出头的猪，高大，壮硕，身材匀称，刚刚从猪栏里出来，圆滚滚的屁股几乎翘上天。可胡三爹一个欠身，抓耳，掐尾，那头肥硕的大黑猪已经被他的一条左腿猛地压在了胯下。再指挥身边的助手，将一只早已准备好的铜盆送到自己的右腿边，胡三爹臂挥手起，刀进刀出，那头有着壮硕身体的汉普夏便很快停止了喊叫，被送上了冬日下午废黄河边张码头村宋姓人家门前那一座高高的土台。

接着便是除毛剥皮。这种场景我小时候就见到过，印象极深。今天，胡三爹依旧是按此步骤，不离分毫。只见他弯下腰，用手中的刀在猪的两条腿上各理出一个小口子。随后，两根长而雪亮的钢钎便沿着这两个口子，慢慢转动着插入猪的表皮，左扦右插，循环往复十数次，再用细细的绳子绑结实，然后，嘴巴对着那两个被划出来的小口子使劲地吹气。随着一次次地吹气、吸气、吹气，三爹爹满身满腹的力量逐渐化成了一种不可描述的生动场景：刚才，倒在乡村土场上那头屁股滚圆、毫无声息的猪，因为皮下被吹满了气，更像一只鼓足了气的气球。不过到这里，杀猪的活儿依旧是序幕，接下来，刀客胡三爹会挥起棍棒，匀力敲击圆滚滚的猪的身体。一边的助手则会抬上一只倒满开水的巨大木盆。水汽弥漫，三爹爹紧握两把亮而无锋的平板宽刀，两只手就这样从一大盆近乎滚沸的热水里不断地取出来放进去。嚓嚓嚓嚓，上下翻飞。随着胡三爹那把刀不停运动，那一头肥大的汉普夏黑猪也迅速改变了颜色。再接着，弯腰起身的三爹爹双手一抬，那头已经被屠宰干净的年猪，简直像一根白胖胖的柱子，就要从那只巨大的木桶里猛然站起来再飞出去。

腾挪翻转，将一头猪整个烫过，除尽皮毛，接着便是整个杀年猪过程中最最隆重盛大的仪式了——敬年神、土地神和菩萨。过去，所有的仪式都在高台上进行的，现在不那么讲究了，但今天，这个仪式依旧留在这座高台之上。首先有一套程式要做。主人在自家正屋的门口摆了一条宽大的木头条凳，三五个壮汉齐齐用力，将已经被整理得雪白的一头猪（当地人称作猪壳子）抬离地面，锣鼓家伙随即欢快地响起。这时候，年猪的主人站到高台正中，对着遥远的南方长长作揖，再背转身来，一边说着祝福天地丰收太平的话。刀客胡三爹也一边用一把尖刀在猪的脊梁处剐下一小块里脊肉，然后脱鞋，赤脚，手托着尖刀，碎步走近条台，将那一小块里脊肉放入一只用作供奉菩萨神像的果盘。通常，主人走向土台的脚步要细碎缓慢，但又必须确保在九步之内抵达。更讲究的是宰杀的高台，高五尺，象征着五福临门、五谷丰登、五子登科，更为了那月亮一步就能跨过满地暗暗的血迹——经过一场屠宰，人群散去，这座土台总得有人照看的，否则，废黄河滩上这么大一片土地，谁能将那些灵魂送出去？

头顶上，粗大的雪粒越来越密集。大骨白肉，肝肠肚肺，将一头猪做最后的肢解、拆分、切割，胡三爹早已忙得大汗淋漓。今年的春节，胡三爹前后杀了二十几头猪，但黑猪不多，今天的这头汉普夏是第七头。做刀客多年，见过很多热闹非凡的场面，但是能像今天这样操办出这么大一个场子的，真是好多年都没见过了。胡三爹说，现如今，随着过年的气氛越来越淡，杀年猪的仪式感也愈来愈不如过去那么充分，杀猪的手艺也在渐渐失传。但胡三爹并不失落，自己的年纪渐渐大了，早已不想像过去那样不管晴天雨天地辛苦地跑了，再说，有一些东西总归会失去。就像一个人，是啊，人，一个个不也都是这样老的吗？

胡三爹收拾好所有的刀钎绳索，和父亲打招呼，发动起电动车，今晚，还有两户人家在等着他。

临走之前，他没忘记走上土台，从一挂小肠上切下来那么一截，挂在了土台旁边的旗杆上。农历腊月二十四，今晚的天上没有月亮，但随着一滴滴血水注入大地，那生命和土地之间，依旧会再次建立起某种神秘的联系。

一只大鸟拍着翅膀从废黄河滩上飞过来。那面竖起的旗杆上，一滴滴血水在流淌，渐渐融入飘舞在半空中的雪。

绵绵密密的雪花更加密集。

河堤下的村庄里已经有人家在放鞭炮。

在这片看似无限寂静，却又不尽欢喜的废黄河滩，一阵童谣再度响起：

　　杀猪菜，杀猪酒，大鱼大肉天天有；

　　南羊寨，北羊寨，跟着亮月上高台——

在一条河的东南岸

河流背负着天空，由高处走向低处。在辽阔的平原上一路飞行，那只沉默不语的鸟儿，就是——我。

—— 题记

长河北望

这是黄河故道最高亢明亮的部分。河东岸的堆堤和河西的树林隔水相望，那些草木春秋，那些人间故事，那绵延几十里的桃花梨花，甚至那站在村口喊孩子回家吃饭的声音……高高的河堤，茂密的树林，一个智者正默对千百年不老的往事云烟。

相比起这条黄河故道，这片土地的历史应该早了许多年，只是那时候这里并不处处栽种桃花。古时的桃花源，最北端的北沙、大套已是入海口，其北垒土城，东临海水，汉、唐、宋皆有陈兵屯役。相传唐初秦王李世民东征，就在桃花源东五里的地方安营扎寨。元末，当地豪绅羊成父子揭竿而起，自立"东海王",建立南北二寨（北羊寨和南羊寨），并与史上著名的"十八条扁担起义"的盐民领袖张士诚部联合，扼守古黄河下游地区，一时威震一方。至明朝朱元璋洪武赶散，大批江南百姓从苏州阊门流散苏北，黄河故道上便多了人家。那些从姑苏城来的人，虽然生活百般贫苦，但内心的桃花开得旺盛。于是家家门前栽种桃花，借这片桃花，他们希望在心里保留下一个亘古不灭的烟雨江南！而从此，蜿蜒连绵的黄河故道，也就成了一个桃花盛开的地方。

黄河故道桃花源，一片安放春风的所在。且不说那连绵不断的桃花梨花，仅仅是芦笛吹响的岁月，黄河滩上飞舞的风筝，那冬天时屁股底下坐一条小板凳，滑过巨大河面时留下的雪白的冰痕，那场景和声音就会让人浮想联翩。每年桃花盛开时节，整个桃花源成为一片粉红的海洋。风吹过来，吹落掉花瓣却吹不尽浓郁的香气。到了果实成熟的夏天和秋天，除了丰收的果农，我们这一群调皮孩子也将在这里迎来一次集体的狂欢。小时候生活在乡村的男孩子，偷瓜摸枣的事情大都干过。走在乡村，举着粘知了的竹竿，顶着摸鱼虾时遮阳的荷叶，我们知道哪家的桃子最早成熟，哪家梨园在东北角处有一个栅栏，我们还能准确地说出，哪一家的木头栅栏是用一根布条还是铁丝捆绑着的。当然，我们也知道怎样以最快的速度，从哪一条道路，逃出那片迷宫似的果园。当然，万一被发现，你除了像一只兔子一样迅速逃跑，或者纵身跳进河里，一个猛子扎到对岸，剩下的就只能是被主人扭住，除了"一世英名"不保，你还得准备挨爸妈的一顿狠揍。不过，抹掉泪水，一个更隐秘、更刺激的行动计划也已经酝酿完成——在一个月明星稀的夜晚，带上一把割草刀或者锯子，将果园主人搭在半空的瓜棚底下的某一根柱子锯掉一小半。陆小武家的棚子就是这样被我们锯掉的。那一天，看果园的陆小武来到瓜棚，刚爬上去一半，就连人带棚一下子从半空翻落下来。接下来的几天，陆小武颠三倒四，说自己看见黄河滩上闹鬼，他还被鬼踩了一脚，差点摔死，结果被他的父亲一个巴掌掴过去："黄河滩上哪有鬼？那是桃花仙子给你提亲，你该娶媳妇了！"

长河北望。苏北桃花源留下过我多少记忆！由南向北，沙淤、世明、港南、港北、果园、外口、王山、李舍，这一个个地名已成为刻在我心里的神秘密码。黄河故道上沙土深厚，小时候从河东的家去河西老家看爹爹奶奶（爷爷奶奶）和舅爹舅奶（外公外婆），我和弟弟妹妹会沿着黄河堆堤，一路徒步走到外口的十三堡码头乘船。十几里路下来，鞋帮裤脚一片尘土，晚上用毛巾洗脸，木盆底已是厚厚一层泥沙。其实，我们是可以从另外几条路走的，但每次我们都舍近求远，多跑十几里地，就因为穿过桃花梨花，对岸的石湖有一个部队的军马场。每次经过那里，我们都能看见一些当兵的骑着高头大马，有时候，军马就从我们的身边走过，那高扬的马鬃，高高的马鞍，那粗壮的身体，大大的眼珠，那嗒嗒的马蹄，那对着地上突然打出的响鼻，真是帅气又有派头。那天，我在草地上端坐良久，眼睛里一直湿湿的。那一刻，我知道，除了朝阳的光芒、落日的火焰，除了那正在逝去的少年时光，我的眼睛里再不会有别的……水底深流，岸上泥沙，桃花源还曾经是一片轰轰烈烈的旧战场，1943年发生的单家港战斗就是一次经典辉煌的战例。盐阜大地上的三次反"扫荡"，这一次歼敌最多，但新四军也有23名将士壮烈牺牲。如今的桃花源，正南，那座盐阜区抗日阵亡将士纪念塔，正是为纪念在这片土地上牺牲的勇士而立。少年时清明扫墓，一群群孩子穿过桃花源，一路唱着歌曲，站在墓碑下，仰望高高的纪念碑，感受着英烈永在，浩气长存，那胸前的红领巾，已成为和平岁月里一根根火红的飘带。

长河北望，一架云梯高悬。告别桃花源，以阜宁北沙和滨海大套为界，黄河故道便由西向东改变了方向，由此，穿越了大半个豫皖和整个苏北的古黄河，也就进入了它的最末端，最终驱赶着清澈的波涛，一路进入万顷大海。但那桃园树林、牌坊塔影、春风冬雪，那沿着大港顺流而下的遍地野花，甚至那埋葬亲人的墓园、乡音乡恋、乡情乡愁，都会让河水情不自禁地回过头。2018年春天，沿着古黄河东岸的大道，我的脚步停下来，我想我应该在这片土地上栽一棵树，不一定是桃树，是桃树也不期待它能够开花结果，我只想能够像一棵树一样一直站在这里，站在高高的河坡，承接那春风夏雨和阵阵牛歌，一直听着这900年不断的河水的深情呼唤。一年一年，年年岁岁，那样，我便能感知，相隔再久，我依旧是一条活在母亲身边的生命，我脚下的土地，还是从前那片土地，它的名字，也还是从前的名字。

那个名字，叫——故乡！

高高的桃花源

出了老淮安府的楚州，古黄河就进入盐城境内。在阜宁芦蒲一个叫作童营的地方，河水拐出一个弯，留下了一片宽阔的河谷，再向北，过双码，就是苏北桃花源了。700多公里黄河故道，就此展开一段最精彩的华章。

省略上游下游的那些故事，700多公里的黄河故道，我只取其中的一段，一片全长37公里、宽约1.5公里至4公里的宽阔河滩；沿途村落重叠，我只取其17个临水而居的村庄——牛歌遍野，春风吹拂，艳阳朗照，那是我花朵盛开的苏北桃花源。

4月的黄河故道，一段匆匆而过的岁月，一条已经进入下游的河流，我应该以怎样的笔墨来描摹它？它又会为一个乡村少年留下怎样的记忆？平原如砥，麦地如烟。绵延数十里的黄河故道，从最南面的村庄出发，沿着古黄河堤一路向北，双码、沙淤、世明、单家港，还有王山、外口。裴高陆王，孙李张杨，都是当地的大家族。在堤坡高耸的黄河故道，几百年来，几个大家族占地为营，格局分明。姓氏对于中国人而言是一种特殊的代号和情感密码。近百年来，故道上的几个大家族，因为地界、婚嫁、屋基、墓地等敏感话题，难免发生过一些矛盾，甚至有过几次声势浩大的火拼。但30公里长的桃花源，那一片盛开的花朵偏偏不管这些。无论这人间如何风卷云飞，这世相怎样交错更迭，年年春天，那枝头的花儿依旧赶着趟儿开，那土地上的果实也都争着熟。于是我们看见了那些桃花、梨花、苹果花、豌豆花、油菜花，看见那些鸭梨、油桃、核桃、水蜜桃。村落与村落之间，那世代生长的庄稼，将大地连成一片。傍晚时分，乡村人家的女儿坐在门前用晚饭花儿点指甲，花朵旁边，一直低头不语的植物，是与我一样不起眼的灰条菜、紫地丁。

4月，花开桃花源。一阵春风吹起，将河中的波浪从远方接到近处，又将东边的歌声送到西边。横跨古黄河堤，埋着我衣胞的大地是我的故乡，熟悉的村落，是我抹不去的胎记。

还记得许多年前，每到夏夜，一帮乡村孩子会踩着月光，去相邻的庄子追露天电影。那种感觉和现在的"追剧"有相似之处。一路上，我们一边叫着一个个村庄的名字，一边唱起一首熟悉的童谣——

拐磨拐，辣豆彩，亲过舅爹亲舅奶；
七角菜，灯笼泡，月亮背个大书包……

唱完《七角菜，灯笼泡》，再来一首《十二月谣》：

> 年初一，歇一歇，我上沙淤走亲戚；
>
> 二月二，起大早，家家撑船带女儿；
>
> 三月三，周小三，把个婆家在王山……

沙淤、王山是桃花源的两个村庄，周小三亦确有其人。将内心的激情全部挥洒到震耳欲聋的呐喊上，那样的集体吟唱是有穿透力和震撼力的。试想一下，一群乡村少年，仅仅为了能看上一场露天电影，月光下，十几个人，每人拎了一只小马扎，一路奔跑，一路喊叫，一路大汗淋漓，那露水湿湿的集体狂欢，真的能将整个夜晚都带动起来。但也真是有那么一两次意外，一口气跑上十几里地，快要到目的地了，却被告知放电影是个假消息。大家先是原地"踏足踏"，接着再来个"向后转"，内心的快乐似乎并没减去多少。当然，大家不会忘了接着刚才的喊叫，再"打摸"（戏谑）一下提供了不实消息的光头朱小四：

> 四月四，朱小四，找个老婆会放屁。

有关朱小四的这句话显然有一些低俗，你就只当是一群乡村娃娃的嬉闹吧。你瞧，刚刚到家，这帮孩子又都扎堆到一起，去圩里的柴荡（芦苇荡）边捉萤火虫去了！

黄河故道桃花源，从最南面的双码一直到最北的李舍，17个逐岸而立、临水而居的自然村落，手持桃花，一路牵挽，就像一群从未分开的兄弟姊妹。那些桃花风、桃花雨、桃花酒、桃花露、桃花糕、桃花茶，那些桃花胭脂桃花蜜，桃花戒指桃花结，时光过去了多年，那曾经的一切，依旧可触可感，可吮可吸，可听可闻。在那桃花盛开的地方，那黄河故道，碧水清流，岸边森林，还有那熟悉的村庄、熟悉的人，都会一个个走到你的面前，微笑着和你打着招呼。早些年，桃花源交通不便，如今，随着一座座桥梁架起，一条条道路开通，从外面的世界来到这里，再远的路，仿佛也只是一念之距，或者说，中间仅仅隔着一片桃花。站在高高的河堤，向东，河坡的正前方是抗战时期华中局第一次扩大会议的旧址；脚下，是著名的单家港保卫战的战场；向西的码头，则是当年新四军三师参谋长彭雄西去延安的出发地。当年，彭雄和爱人带着一批战士星夜启程，由此乘船经大淤尖入海，却不料在赣榆小沙东海面遭遇海战，最后，16名官兵壮烈牺牲。这当中还包括新四军另一名高级将领、旅长田守尧。帆樯虽破，壮士未已。躺在妻子的怀中，彭雄用最后一点力气，要求一定要将他葬在这黄河故道边，只因为这条古老的河流连着他的老家，那黄河故道上连绵不断的桃红梨白，将一直照亮他梦中的世界。

4月，多么美好的春天。黄河故道桃花源。古黄河，这900年奔流不息的河水，30多公里桃林的千万亩桃花。那沉淀于生命里的凝脂醇香厚重，走到哪里，都忘不了，化不开；那点亮在我生命里的灯盏，灼灼火红的桃花歌谣，你搬不走，也撤不回……

人生百年，万水千山走遍，唯悠悠黄河故道的桃花长在，唯桃花源里的故乡永存！

遥望川田

黄河故道走势平缓的那片土地，当地人称作川田，意在形容它的平阔坦荡、一望无际。试想一下，沿着古黄河边由南向北绵延上百里的土地，最宽处达六七公里，狭窄处也有1.5公里，如此辽阔的况貌自然应该解读成"川田"了。

川田太辽远，在川田上，偶尔看见用于排涝灌溉的水泵房，从这一座走向那一座，需要花去你半晌时光。白日高远。安谧的夜晚，当你在川田上走动，月亮一步不让地撵着你，幽蓝的星光早已落上你那沾满露水的眉睫，凝成你沉重的呼吸了。

川田上，每隔数公里就有一条深水沟，当地人把它叫作"大港"。大港宽十米余，深极，把川田切成平行整齐的一大块，雨季时，从川田上流来的水把大港灌得很满，但从斜坡的川田上穿过去，大港的下游便是宽阔的废黄河，倒也一切无妨。

土地上有麦堆的地方必然有我的亲人。麦收时节，辽阔的麦地上会垒起无数麦把的山丘。川田太广大，乡邻们很难把沉重的麦把拖下河滩，只能提前十天半月在麦地深处刨出一大块地，从远远的地方挑来一桶桶水，浸透后再用石磙压出平平实实的一块，这就是我们所说的打麦场。

说到川田我不能不写到这片土地上的"嘞嘞"（牛歌），在这里，让我把它写成川田里的又一道景致。许多地方的耕田号子都有歌词，而川田上的"嘞嘞"，只有几个极简单的字，比如"哎嘿咿哟嗬"之类。铨大爷的"嘞嘞"打得极好，许多年过去，即便是身居城市，这"嘞嘞"还在我的耳际缭绕，"哎嘿咿哟嗬！"几个简单的音节还回响在废黄河边方圆数十里的川田上。20世纪90年代的某一天，几位朋友在家中小聚，我曾经学唱过这个号子。坐在宽敞阔大的书房里，关了灯，让大家安静下来，在黑暗之中听我放开嗓门猛一声吆喝，唱完之后，我的这些朋友许久都不想开灯，他们还沉浸在那"嘞嘞"所营造出的空旷、高远、辽阔的情境之中。但我解释，我的脚板没能真正触及这片土地，我没能在这片川田上流汗、流血、流泪，我吆喝不出圈伯的那种古朴、自然和沧桑，那种穿天透地的精、气、神。

日月高远。写到这里，我不过是在向川田作再一次的遥望。我应该说出这片土地的位置：它在苏北灌溉总渠以北，在古黄河边，在那个叫"沙淤"的地方。当那片川田在我浮躁的生命中愈走愈远，1999年的夏天，我曾经不远百里独自去寻找它。令我惊讶的是，我记忆中辽阔的川田早已栽上许多的果树，梨、桃、山楂或者白果等。这片农田改种果树的事我早有耳闻，但我不知道这果树的叶子已将这片川田遮掩得这么深，叶子上那白白的石灰水会有这么重。最后我找到了一条大港，这是仅存的一条大港了。我看见那些星星闪亮的野花，一丛丛一簇簇，堆满了一整条圩子，当然，还会有水流从浓云般的花丛下流过。水声汩汩，像深谷中沉重的泉鸣。我还遇到了几个上了年纪的村里人，他们告诉我，会打"嘞嘞"的铨大爷早已于六年前离开了人世。

在大港尽头，在那丛花开得最密、水流得最响的地方，我回忆起下面这段文字，这是那次聚会时我对那"嘞嘞"的描述。今天，在铨大爷面前，在这片养育了这劳动歌声的田野上，让我把它轻轻地念出来：

秋天的夜晚，一轮又白又大的月亮升起来了，南归的雁阵突然止住了鸣叫，卧在地上嚼草的牛站了起来，拖起轭头，带动起背后那一片黑油油的土浪……

梨花辞

去乡间看春景，原本想去看看那满枝的桃花，奈何已近谷雨，桃花有是有，但已接近尾声。便想起废黄河畔的苏北桃花源,桃花红过梨花白,十里香雪海,这应该是观赏梨花的好季节。

花沾细雨,柳携轻风,每年春天,桃花沸沸开满了整个春三月。到了4月初,满眼粉红的桃花落了,接着便是梨花。走在梨园里,那梨花一朵朵,一片片,那一大团一大团的带着奶香味的白,就这样像一个个白胖可人的小人儿,呼呼地涌过来。不远处,果林的旁边有三两户人家,一片黄黄的油菜花扎成一道金色的篱笆,就这么沿着那干净小院的红色砖墙,顺着小河浜,朝更远处一路开过去。但无论如何,梨花,是此刻这桃花源里最耀眼的主角。

黄河故道桃花源,因为这桃花、梨花、油菜花,因为它远离城市的繁华和喧嚣,堪称大平原上最美的风景。每年春天,路边田间,这桃花的红、梨花的白与油菜花的金黄总像约好了似的连成一片。好在这些花开各有先后,于是这红白金黄便也处理得错落有致颇有层次。在同一片土地上,桃花、梨花、油菜花的交错相处,说不准最初是谁的想法,但最终肯定是花朵们一致的意思。三月桃花四月梨,还有开在前面的杏花、开在后面的苹果花,它们从来都不会和那泼皮般的油菜花争春斗艳。就像现在,细嫩洁白、如乳似玉的梨花站在这片名叫果林村的土地上,看着早早盛开的菜花却一直默不作声,只由那一片片洁白,慢慢地、自由自在地融进那近乎透明的白云里头去。

欲看春日桃花源,绝美最数果林村。穿行于白色梨花的海洋里，我敢说果林村的梨花开得比任何一个地方的梨花都要白、都要多、都要大。你看这雪白一片的梨花，用云霞来形容显然不够，应该用"雾"或者"烟"。几个朋友，来的时候都带了相机，走进花丛，便"咔嚓咔嚓"一声接着一声地按动起快门。他们拍完了梨花，再拍那梨花园中人。而我却宁愿这么不着五六漫无目的地在梨花园里走。连名字都带着土腥味儿的小村庄啊，我曾经生活了整整 14 年的故乡！叶如手掌花如雪，这里的土地，这里的人，我知道，许多年过去，即使没有几个人能认得出我，但我仍然记得这个原本叫作沙淤的小村庄，记得这里的梨花翩翩白如蝶，记得这里的桃花鲜艳的红以及苹果花的浅紫。这片从来都不需要人提起名字的土地，我永远都记得它是我的故乡。

在果林里，我听说，梨树的寿命一般可以维持到三四十年。眼前的这些梨树都是几年十几年的树龄。因此，在我的面前，这些树也就是些大孩子或者是一些爱穿白色 T 恤和运动鞋的英俊青年吧。这使得我瞬间就对它们产生了某种无可名状的亲切感。从这个村庄里走出来的年轻人，男孩子女孩子，既然他们很有礼貌地唤我"叔"，我当然可以拖长声音，高声地叫他们一声："侄！"我认不得你们，却能猜得出你们的姓氏，我知道你爸叫徐三毛，他爹是朱大欢。那边，辫梢上扎了对趴趴角的，对，就是你，你的姑姑是不是叫兰芬？哦，在那一棵棵梨树身上，我清晰地看出了你们父辈的影子，面前的这些树，这些花，这些草——啊，可爱的，你们，真的就像我自家的孩子一样。

30 年，桃花开罢梨花开，一树一树的桃花梨花像红色白色的灯盏摇晃在春天的风中。偌大的桃花源，正午时分的那一份安恬像一首老歌。老歌，我记不得它的歌词，但是我熟悉那旋律。梨花园中有一片墓地。与梨园只有一条浅沟之隔的桃园、苹果园里也有。黄河滩上人家，果林村很多年前就不搞土葬了，但那些年岁大的，老了，死了，他们仍然希望能在自己的身上盖一层老家的黄土。倒不仅仅是老话说的"入土为安"，只是因为，这果林村的老人们啊，他们一辈子都在这果园里进进出出，看惯了 3 月小桃红，看惯了 4 月梨花白如雪，花瓣上晃着亮晶晶的露珠，听惯了枝头上清亮的鸟叫，所以，即便是老了，死了，他们也希望能将自己留在这一片向阳的缓坡上，天天看见那黄黄的梨、红红的苹果挂满枝头。

梨园里风景绝美，几个朋友穿行于花丛，就像一只只辛勤的蜜蜂，手中的相机"咔嚓咔嚓"一直就没有停过。朋友问我，带着相机为什么不拍一些照片？我告诉他们，这是我的故乡啊。对故乡，我还需要借助其他方式来保存我的记忆吗？故乡故土，故园故人，无论离开多少年，一朝相逢，我都能从她幽幽的泪光中读懂岁月的苦乐；就像对着自己的父亲母亲，无论相距多遥远，从他们那一声轻轻的咳嗽里，我都能听出昨夜的寒凉。站在故乡的土地上，我不需要寻找、等待，那踏着露水走进我的梦境的，必定是我有关童年少年的回忆，是与这梨花香味一样浓浓的有些忧郁的乡愁。

去到梨园，去感受一片无尽的乡情乡韵。花朵欢欢沸沸，梨花园中人家，时间的高处，那盛开的花朵最终幻化成一枚暗绿的果实停在枝头。

只是，这桃花谢过梨花开过，白白一片的花朵的烟雾飘散，再过些日子，等到那 4 月末的暖风少年一般振臂一呼，那小小的苹果花也要登场了。

桃花说话

如此大声说话的一定是故乡的桃花。我的属于绿色系和粉色系的故乡，那些吵闹喧嚷的桃花，一辈子，我都记得你们的名字！

少年、青年直到中年，几十年的人生岁月，那粉如胭脂、软如云霓的桃花一直漫布于我的记忆。我梦里的"苏北桃花源"，我衣胞之地的故乡啊！黄河故道，一片辽远的河滩，那田野曾经流水潺潺，那土地曾经一马平川。高过屋顶的枝头上，年年风雨，岁岁春夏，每一年，我记忆中缤纷的桃花都会沸沸开过。故乡！故乡！这沉落在树荫和花丛中的两个字，无论你将它们连起或者是分开，读起来都是那么跌宕起伏、错落有致。

花开三月，整个黄河故道成了桃花的世界与天堂。桃花！桃花！桃红满地风，无边无际的桃花挤着挨着开在高高的枝头。没有行人，桃花不寂寞，因为有无数的蜜蜂嗡嗡嘤嘤地围绕着它；没有飞鸟，桃花们也不寂寞，因为有小而暖的春风穿过哗啦啦的树林在听它们说话。到黄河滩上看桃花，你一定要选准了时候。来早了，风仍微寒，花苞还陷在树枝里没出来；来晚了，阳光搭在花枝上，那些花又都开爆了，像爆竹一般地炸了出去，只有在某一个特定的时辰，瞅准了那些花儿，说开没开，初开未破，这个时候，你乘着风，携着雨，披着一缕早晨或者傍晚的霞光，装扮成一个用柳枝儿轻鞭春水的少年，这时候，你来，站在不那么高大却是异常健壮的桃树底下，你把头轻轻地抬起来，你就盯着其中的那么一枝，那么一朵，静静地，轻轻地，你说："花儿，开！你开！"就那么轻轻一句，那一树的桃花或许就真的哗然打开了。

在3月，在3月的故乡，我所见到的风总像调皮的少年，有些踪迹不定，有些不着边际，甚至有些似是而非，但是嘴巴总是那么嘟着的，似乎，只要用那么一点点的力，只轻轻地那么一吹，那粉黛的桃花就会落在故乡的河滩，落在荷锄村妇紧绷的衣襟上，在整个天空下弥漫。其实，故乡河滩上的桃花一开始开得并不那么茂盛，也不那么完整，只是她开得很整齐，很直接，那蓦然之间的一回首、一顾盼，宛如身影颤颤的美人，让人好生怜惜。

因为有了白天里的那么一种热闹与喧腾，夜晚的黄河故道孤独又冷清。月光之下，静谧的田野之上，偶尔的虫鸣放大了本该是落地无声的露水的声音，也放大了桃花灼灼的心思。于是，那些白天里不曾打开的花，不曾说出的话，便一股脑地涌出来，此刻，她们正在悄悄地想着，明天的自己，将会作一次怎样热烈的开放？少年时候，曾经读过许多歌咏桃花的诗，一口气背上来的就有"犬吠水声中，桃花带雨浓""小桃知客意，春尽始开花"，还有"桃花色似马，榆荚小于钱""桃花爱做春寒信，只恐桃花也自寒"，等等，感觉那桃花从来都是在不经意间就开了。许多年过去，待到自己长大成人，转眼人至中年，那些诗的作者早已经记不得，落日微斜，晚风习习，面对那缤纷一片的万亩桃林，我对故乡的印象，就是沿着那河滩走来的一路灼红！

其实，即便是记得那些诗人的名字，此刻，恐怕也不需要说出来。在这样的时空背景下，所有的话，只应该由桃花独自去说。站在故乡的河滩，听着黄河故道里的脉脉流水，许多年，许多不曾说、不敢说的，都化成了对生活和人生的感慨与感悟。时光化作流水，岁月成了静默的沙漏，细碎的泥土之上，多少亲情回忆，多少少年往事，多少故乡风物，多少桃红李白，风吹过，雨打过，每当想起她、走近她，倍觉熟悉的是她永远的容颜，无限真切的是她的欢笑和眼泪。

田野上，多年前的故乡正以小小的步幅在跑动，满树满枝的桃花，她们到底要说些什么？我到底又能听见些什么？轻薄的细沙从指缝间穿过，我，我就是大地最低处的那一把沙土，而漫天的桃花，就在我的心里一直开着。

想故乡，思故乡，我听桃花在说话。

在绿色中漂流

夏天，古老的黄河故道进入流水最丰沛的季节。一只金黄的竹筏顺流而下，一路削开凉爽的河水，我便在一片绿色的时光中漂流。

竹筏是用一根根原竹做的，每一根竹子都有碗口粗细，露出水面的部分永远都那么金黄、干净，但因为在流水中浸泡得久了，竹筏的四周生满了湿滑的绿苔。筏动景移。竹筏两边，满眼掠过绿色的树林，那一排排的杨树，高大、茂密，一直支持着整个天空；那些鸟，喜鹊、白鹭，大眼睛的鹧鸪，一只一只，忽上忽下，跃动在那些树梢上，或者，在那树林的旁边，飞过来，又飞过去。

绿色的水草缠绕着并排拢起的脚趾。这无声的流水，正如暗哑的岁月，从我的身旁匆匆流过。哦，在平阔的草滩，那头顶荷叶挥动一根牧鞭的是我吗？骑在牛背，那手持一支芦笛从蜿蜒的田埂上走过的是我吗？河边茂密的林荫里，仰躺在一把麦秸草的怀抱，那手捧一本小人书的是我吗？仰头看着天空，神马奔驰，虎腾豹跃，那舒卷翻飞的云朵是否就是我散落的牛群和羊群？狗尾草、巴根草、婆婆纳、紫地丁，这些乡村里最平常的植物，从一只行进的木筏上看过去，它们的姿态和在平地上看明显不同，尤其是那些大叶的灰条菜和马齿苋，它们脚踏大地、脸朝天空地生长着，舞蹈着，多像奔跑在风中的一面面绿色和紫色的旗帜。尤其是那正在盛开的向日葵，一朵一朵，大团大团的，仿佛一只只巨大的洪钟从天空中压下来，压向我，压向脚下世世代代坚持着的广袤大地。而那些向日葵饱满的籽粒，正像一支支暗藏玄机的梭镖，只等着太阳的一句话，就从那宽大的葵盘里飞出来，在蓝色的天空中画出一道道明亮的弧线。

说到葵花籽银色的梭镖，不能不说说发生在废黄河边的那一些趣事。童年时，古老的废黄河沿岸交通闭塞，狭窄的乡村路上，一辆辐条锈蚀的自行车叮叮当当的铃声，也常常让我们这些乡村孩子追着喊着叫上老半天。有一件事情一直让我们这些自小生活在废黄河边的孩子倍感自豪，那就是站在河滩上我们可以看到飞机。是喷气式飞机。晴空朗朗的秋天里，当一只只青郁的大肚子蝈蝈从阔大的蓖麻叶子上纵身一跃，跳向稻穗金黄、大豆摇铃的田野，废黄河边的天空中常常会出现一道道乳白色的云带，那是河对岸驻军的航训大队的喷气教练机所留下来的。随着一阵低低的轰鸣，一条乳白的云带从我生活的村庄一路向北，一直延续到河滩上长满了果树的世明、果园和外口，或者直接延伸到大河对岸的费窑和唐集。其实，很多时候，我们并不能看到那些喷气式飞机，只能看到早已离它们不知多远的一条白色的云带。但那时候，只要听见一声"过飞机"的叫喊，大河两岸所有的孩子都会呼啦啦地跑出门，仰头看着一条白色的云带甩动巨大的尾巴，直到它渐渐消失在蔚蓝天空的深处。

狗尾草、婆婆纳、紫地丁，这些长在大地上的植物，都是牛羊爱吃的。我注视着这些草，眼睁睁地看着它们从我的身边经过。它们经过，却不会消失。因为整个废黄河滩，到处都长满了这样的植物。树林里的鸟也不止麻雀、喜鹊、白鹭，还有那从草丛里一飞冲天的野山鸡。每一个从废黄河边走出来的人，每一个在废黄河边生活过的人，都会记得那些野山鸡的鸣叫。五月端阳，那些野山鸡带着露珠的叫声，清脆，嘹亮，几乎要一直贯穿到树木和庄稼的根部去。坐在废黄河漂流的竹筏上，我将腰身弯向脚下脉脉的流水，将目光投向河滩上奔跑的牛群和羊群，沿着一座几近废弃的码头一直走上河岸。林荫深处，那正是黄河故道上远近闻名的桃源红富士果木基地的羊寨镇果林村。苹果桃梨枣，整个河滩到处都是果树。最靠近中心路的地方，一个果农还种了一大片本地少见的枇杷和油桃，并且特地建起了供游客自助采摘游乐的"自摘园"。一大片果树果实累累，果树下，一个城里来的孩子问妈妈：那果树的枝丫，是被正午的阳光压弯的吗？母亲的回答是，那是成熟的果实，向那深藏着无尽绿色的大地，深深地鞠躬，致敬。

地下天上，苍狗浮云。早已远去的草青色的记忆，因为这个小小的自摘园而愈加真实、历久弥新。静静奔流的废黄河，心底里，我一直记得那些青涩的旧时光，或者说，自从出生的那天起，当我的父母将我的衣胞埋在你的身边，我的童年、少年，我一生的命运便也埋在了这片土地。几十年，一个在河滩上骑过牛放过羊，在涌流湍急的夏天纵横泅渡，在秋天平静的河边打过水漂，在冬天冰封深厚的河面上用长条板凳开过"小火车"的乡村少年，无论走到哪里，身在何处，我一直都记得那些鸟儿绿色的歌声。那些诚实的庄稼，那些麦子、玉米、水稻、苦荞、芥菜、土豆、山芋，还有那开紫色花朵的野苜蓿，那满架秋风的扁豆花……像河里的那些浪花，永远将自己的命运系在废黄河这一根长长的缆绳上，从这里出发，我就是你不离不弃的游子。那些草青色的日子，我所有的亲人，仅仅就是你身边最平凡的树木，他们只知道借着这里的阳光和流水生长，却从不对这片土地诉说什么，更不会向脚下的大地索取、抱怨、隐瞒。

大河旁边，羊群牛群依旧，花开花落依旧。随着一只漂流的竹筏，古老的废黄河连同我的身影，就这样沉浸在 8 月最茂密的绿荫里。仿佛我的童年，那些正在翻卷的记忆，只要走进这条河流，便重新变得鲜活，不会沉没，更不会丢失……

草香味的淮剧

草香味的草是长在废黄河边的紫地丁和巴根草。我的嗓子，我的笔，我的童年、少年时代的诗与歌。我知道，因为靠着家乡的土地，那些紫地丁和巴根草才长得那么茂盛。而那片逼人的草香中，一声嘹亮悠长的淮调牵起的是一个十三四岁的乡村少年一生中最深长的梦。

最早的关于淮剧的记忆留在了乡村的打谷场上。童年时代的乡村的打谷场，两只如今即便在乡村也早已见不到的石磙，几座被我们看成大山的草垛。正是雨季，散落在土场边的麦粒不经意地长出了嫩黄的叶芽。叶芽上的露珠一点一点地晃着，晃着，就像是谁精心安上去的。

我就在这样安宁又干净的春天的下午走近了淮剧。县剧团速训班的一个小学员，一个漂亮的小姑娘，因为她外婆家也在我们这个小村，每年春夏她都会来这个村庄住上一些日子。许多年过去，我已经说不出她的名字了。但正是因为她的出现，我这一生注定与淮剧结下更深的情缘。

小姑娘正在打谷场的旁边练声。张开嘴巴，她的一张脸憋得通红通红。一个乡村少年，我当时是不懂得什么叫练声的。我真的不明白唱歌哪里需要那么大的力气呢，于是，就在她的一句戏文下句接不了上句的时候，站在一边的我毫不费力便接了上去。令我没想到的是，就是这么一句无意间的哼唱刺激了她，她转过身来，看着我，朝我瞪起那一双圆圆的大眼睛，然后，一转身就离开了打谷场。

从此以后，几乎所有人都没见她再来过这里，这个在她的记忆中永远消逝的"外婆的小村庄"。

完全是无意之间的一件小事竟成了一次伤害，成了我少年记忆中最难治愈的疼痛。更没想到的是，仅仅是几天之后的某个下午，放学回来的父亲突然就对我说："你（父亲从来就是这么叫我）不是一直喜欢唱戏吗？听说县里的剧团来招人了，看看能不能准备去考剧团吧。"正这么说着呢，又传来消息，很有影响力的上海人民淮剧团和泰州淮剧团也到本县招人了。三家剧团同时招生，我就有了三次选择的机会。于是毫不犹豫地停下即将完成的初中学业，我记忆中一段最难忘的少年时光便也随之停泊在了废黄河边那条涨满绿水的干渠上。一条大河波浪宽。河面上漂浮着一只用门板绑成的木筏。在夏日清晨薄薄的雾气中，我的父亲在岸边用长长的绳索吃力地拉着木筏，而我就站在木筏上扯起嗓子，对着远方的天空和白云拖起了长长的淮腔，以一个十二三岁的乡村少年的想象勾画着自己的美好前程。

那一年县剧团一共招 8 个人，而报名的人数竟有两千之众。一路过关斩将，从报名时的 2000 人到最终以二比一的比例入选最后一轮考试，16 人名单，我的成绩一直排在前三名，但出于种种原因，最终还是名落孙山了。父亲有些无奈，但还是鼓励我。父亲说：不要紧，县里的不行再考外地的吧，今年考不上明年再来。说完竟又冷不丁地长叹了那么一声。许多年后我还记得父亲站在烈日下焦急等待我走出考场时的情景：一只手摇着已经开了沿的芭蕉扇，一只手拿着

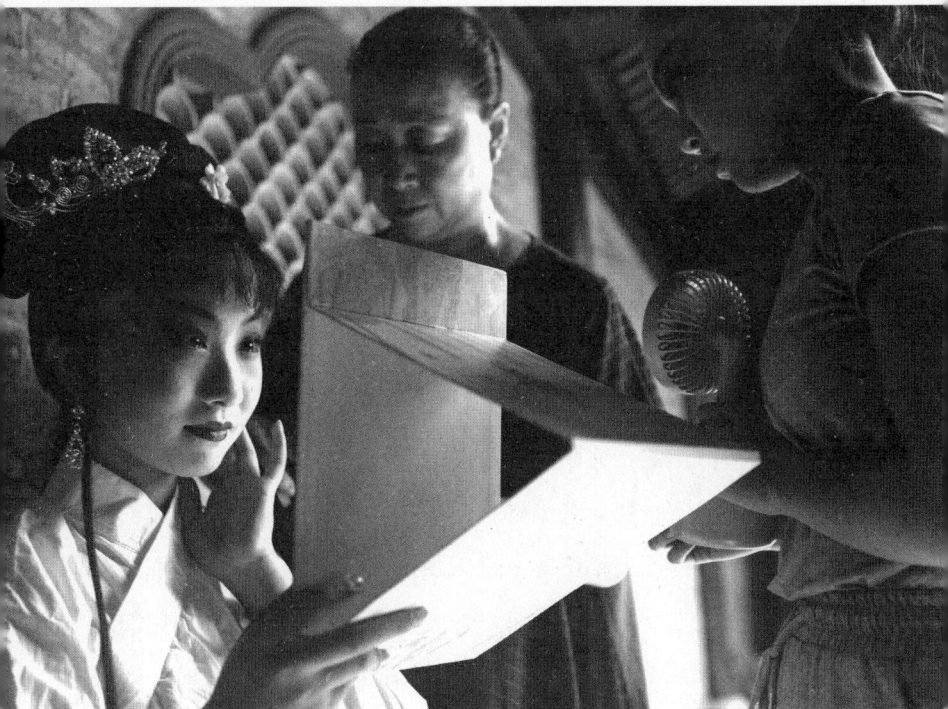

正在上妆的淮剧演员　宋从勇／摄

两只洗好了的西红柿，一条又黄又旧的毛巾就这样耷拉在他的肩膀上。2002年夏天，在事隔27年之后，在一次难得的家常对话中，我跟父亲说起过这件事。我问：当时，除此而外，我们难道就真的没有其他路可以走了吗？父亲说，家在农村，你们的母亲常年有病，你们兄妹四个正是猛蹿身体的时候，我做乡村教师一个月的工资才29块钱，连让你们吃顿饱饭的能力都没有，我没办法不急啊！

我最终没能进剧团，为了这件事我很长时间一直都有些遗憾。当年那个在乡村的打谷场上练声的小姑娘我再没见到过，据说她在剧团里跑了几年龙套之后很快就改行到一家国营商场当营业员去了，而我则回到校园，继续我的半里不拉的中学学业。有好几次我都这样想，如果我当时进了剧团，今天大概也应该能弄个国家一级、二级演员了吧？说不定还能捧个梅花奖、文华奖回来，为淮剧事业争点光呢。当然最有可能的还是做一名编剧，或者导演，这跟我今天所做的行当差不多。几十年，我一直因为没能成为一个职业的淮剧人而心存不甘，但平心而论，许多年来，我心底对于淮剧的热情一直没减少过。某一年的省淮剧节，20多场演出，我硬是破天荒地一场不落地全都看下来了。不为别的，就因为淮剧，我家乡的戏。

因为淮剧，我相信我生命里的每一个日子都会是散发着草香味儿的，那片大地，那片淮腔淮调的大地，也时刻有着紫地丁和巴根草的永不消逝的苦涩和芬芳。

亲人是一座碑

天经地纬。日月苍生。低矮的坟头，是人生的又一极。

人过中年，越来越想念老家。每逢节假日或者周末，只要有空，心里总会跳出"老家"这个词来。其实所谓的老家，说到底也就是父母的代名词。当父母离去，那曾经无限真切无比温暖的家，也将随着岁月的流逝而日渐模糊、消逝。这几年，身边的亲人一个个病老，我的父母也都是七十好几的人了，虽然目前身体还好，但毕竟也已经是夕阳黄昏的年纪，想想这些，不免有几分凄楚和哀伤。

因此，在心底，我越来越希望自己能利用一切的机会，抽时间多陪一陪父母，哪怕，仅仅是多看他们一眼，也好。

年初二。早7点。太阳刚露头。沐浴着冬日的晨光，携了家人直接踏上回老家的路。从我住的城市到老家县城约有120公里，走高速只需要一个小时，而今天，我却舍近求远选择了走国道和省道。倒不是为了省那点过路费（春节长假高速收费站都不收费），而实在是想看一看沿途那熟悉的市镇村舍、河流麦田。少年离家，沿着国道、省道，路的两边有许多我谙熟的景物。而如今，在无限熟悉亲切的风景和阳光里，带着自己的爱人和孩子一起回乡，我觉得那才是真正的"回家"。

上车前就已经给父母亲打过电话。电话是从外地回乡过年的妹妹接的，妹妹还没开口，却听得电话那头父亲在高声嚷嚷："让他们慢点开车，不着急，等他们到家吃饭。"紧跟着，似乎就是鸡狗的鸣叫和锅碗瓢盆的声响。两个小时后，将车停在父母居住的小院旁边，心里不免又生出一些感慨。长大成人，出门在外，儿女和父母之间，游子和故乡之间，这样的道路到底有多长？其实，不管路途多遥远，只要你真的用心，那所谓的距离也就是一个闪念。可平时，我们这些做儿女的，做出这样一个"回家"的决定，有时为什么又是那么困难？仅仅是因为父母惯常的一句"放心，我们都挺好的"的安慰吗？还是我们的内心少了那样一个一旦生出来就拔不起来的根？

中午，父亲郑重地将酒杯倒满了酒。那是一瓶1986年出厂的洋河敦煌飞天特曲。红塑料纸封的瓶口。美酒醇香。父亲说，这可是好酒啊，还是你刚出去工作那年带给我的呢。父亲是个好酒之人，年轻时外出打球，身上还常揣着个酒瓶。但是，这两瓶我参加工作以后第一次带给他的酒，20多年了，父亲一直都没舍得喝。妻子和弟媳陪着母亲在厨房里烧菜，我和父亲、两个弟弟以及妹夫在客厅里喝着陈年好酒，喝着喝着话题就回到了25年以前或者更远。父亲今年七十有七，身形高大魁伟，年轻时曾经是地区篮球队的一名主力队员，曾经多次代表地区队出去打比赛，几乎跑遍了当时的盐城、淮阴、连云港等地的各个球场。但是，几十年过去，风霜飘洒，今天的父亲，身板虽然还算硬朗，但无论如何也已经是一个老人了。白发。谢顶。牙齿脱落。还有老年人常有的病。但每次电话，父亲重复的似乎都是这样一句话："不要紧，我和你妈妈身体都很好。你没看地里的那些菠菜长得多齐整？"

远处，新年的鞭炮声零星错落。午饭后，借着中午的三两白酒，77岁的父亲在挖地窖。就是过去乡村里常有的用作冬储的地窖。满满一地窖的山药、萝卜、大白菜。水湿湿、红彤彤的。弯腰刨土，将萝卜上那些刚刚冒出来的嫩芽摘去，父亲一边刨一边说着这些山药、萝卜的新鲜，说着家前屋后的园子里其他的植物菜蔬。青菜、大白菜、芫荽、葱、蒜和姜，还有那些金针菜（黄花菜），也都是后面圩堆上长的。父亲说的圩堆就是学校后边的河坡。父母亲退休以后一直住在老县中的校园里，因为生活起居的方便，他们宁愿将城中心的房子空在那里，也要待在老校园的平房小院里生活，这一方面是因为在老校园里生活惯了，更重要的是老校园的家属区，每家每户都有一小块菜地。父母年事已高，我一直反对他们过多去田间劳作，而一直陪着父母的三弟却劝我，说："你别管他们，老年人了，多跑跑，接地气，精神。"听着，似乎有些道理。就在那些菜地里，几十年来，父亲母亲绣花似的种了一茬又一茬的菜蔬。还在河堤上种了许多的金针菜。今年夏天的时候，弟弟还告诉过我，为了赶在日出之前到河堤上抢摘那些已经开了一半的金针菜，父亲脚底一滑，差点从河坡上滚下去。"我这些菜可都是浇的水粪，是无公害的绿色食品。"说着这些，父亲难掩自己小小的得意，但我似乎感到他的舌头发硬，眼睛也有些潮湿。我知道父亲的心病。明显低下去的声调，留不住的是他正在消逝的青春和生命。

回家过年，父亲带我们回老家扫墓。

祖父母的墓在老家的黄响河边。车停在黄响河堆上，走下一道河坡，祖父、祖母的坟墓就卧在青葱的麦地里。培土，献花，烧纸，听白发的母亲对祖父、祖母说"儿子、孙子回来看你们了"，我双膝着地将头磕在了麦地里。祖父曾是地主的儿子，身材矮小，祖母却是9岁就进了门的童养媳。我一直记得祖父，留着一把山羊胡子，会写很好的毛笔字，都是繁体的。祖父身长不足一米六，但他死去的那天，当我跟着我的父亲在他的面前跪下，我突然感觉，身材矮小的祖父就是一座山——一座突然倒塌的巍巍大山。

扫墓。在祖父祖母的坟前磕完头，烧完纸钱，掸净衣服上的土，父亲又说："老太爷和老老太爷的坟也在附近，你们是不是也去看看？"

老太爷就是我的曾祖父，老老太爷则是我的高祖。

我是第一次听说曾祖父、高祖的坟也在这附近。

曾祖父卒于1962年的饥荒，享年74岁，生日不详。几十年来我曾经听父母亲无数次谈起曾祖父，而高祖则是第一次听说。一路走过去，杨树，柳树，黄土，一垄一垄葱郁的麦田。走在冬季鲜活的田垄边，看着那散布于河坡或者麦地里的低矮的坟头，想着自己与这片土地如此盘根错节的关系，我的眼睛里噙满了泪水。这就是我家乡的故土啊，这里，曾经生活也埋葬着我的先辈和亲人，但仅仅因为未曾在这里生活过，几十年来，我竟然从来都没认真仔细地打量过它。

在一个向阳的河坡，我第一次跪向我的曾祖父和高祖。一边的父亲脱下帽子，也叩向那两座高高的坟头。就在他弯下腰身的刹那，我看见他发暗的头皮，仅剩的几根头发都白了，那头，磕得比脚下的那一粒土更低。

在曾祖父和高祖的坟前，我和父亲说起我曾经见过的一个叫"姜塘"的地方。2010 年 1 月，一次出差途中，在广阔的中原大地，我曾经见到过一个叫"姜塘"的村庄。后来做梦，那"姜塘"也就成了我的故乡和祖籍地。"姜塘，"父亲说，"我们最早的老家也叫'姜塘'，但不在河南。不过，祖辈的一个支系去了北方，河南的那个姜塘，也许与我们这个家族有关！"

哦，"姜塘"，一个多好听的名字！随手抄录下曾经写下的一首诗，献给故乡，献给我的亲人。

姜　塘

雨水缘着树木细密的根须

爱缘着光阴温润的嘴唇

沿着旧时光，你找到了姓氏

缘着道路两旁葱茏的庄稼

我，找到了久已失散的亲人

在土地上留出一个巨大的土坑

金黄柳条的簸箕，一只平放的碗

多少年，我从不知道自己的祖籍

从那只碗沿上的蓝花，我认定

自己，必是这片土地生长出的粮食

我敢断定："姜塘！"——除了我

从来不曾有人为你写过一句诗

也从没有人为你掬过一把土

因此，我在此跪地请求

请你接纳我！接纳我

像大地，默默接受这千年不断的雨水

　　从来都不知道的祖籍地，平放在那片土地上的一只蓝花碗。许多年，除了我，从来不曾有人为一个叫作姜塘的地方写过诗。浑厚朴实的大地，大地上饱满结实的粮食和千年不断的雨水。

　　亲人，是一座碑。

河流的回声

邻近"苏北小上海"益林的苏嘴是古黄河在淮安的最后一站。800多年前,一个姓苏的盐贩来到楚州,在淮楚东乡、盐阜西域发现了这块广袤肥沃的平川和穿境而过的黄河故道。就像哥伦布发现了新大陆,苏姓盐贩喜出望外,他从淮安、扬州等地组织商贩来此贸易,依靠便捷的水陆交通,经多年经营,商贾云集的"苏家嘴"就此形成,并逐步成为著名的军事要塞和商贸重镇。

沿着堆堤下的蜿蜒水道,黄河故道进入盐城阜宁境内,一条活过900年的河流一路向北。一路的颠沛奔波,古黄河早已少了气势,没有了初下高原时的惊心动魄、波涛汹涌,曾经的轰鸣,也逐步被沿途的村庄、田野、树林所稀释、消解。但它是一条河,身体里流淌着黄河奔腾的血脉,它依然要向前流淌,要倾其所有,用甘甜的乳汁滋养这片大地,给生活在这片土地上的人们留下最后的恩泽,引领那些翻卷的浪花,带着对于未来的期盼,一路奔向远方。

古黄河上,一道温暖明亮的光芒沿着宽阔的河面照耀过来。这道光芒首先投向了身边的田野。青芦满河,蒲穗摇曳,一片水绿家园,那是芦蒲;羊群散落,遍野桃花,一片高亢之地,那是羊寨。每一寸土地都在为一段流水青葱的岁月做着准备。头顶朝阳,身披月光,奔腾不息的古黄河,它要让沿岸的河坡种满庄稼栽上树木,要让平展的大地生长起

淮河入海水道　宋从勇／摄

绿色的果园。脚下的河流一直连着大海，那铺满河面的桃花，是一个个深情颤动的音符。

花香树影之中，古黄河一路流淌，无声无息。芦蒲的张码和姚码合并，双码村如今成了进入苏北桃花源的南大门，全长32公里、总面积53平方公里的黄河故道桃花源，一幅美丽的版图也就此展开。从此向北，在果林村和外口村境内，沿着一马平川的土地，几条灌溉用的沟渠，顺着高亢的河坡，一路流向黄河故道。潺潺鸣响中有花朵一路垂挂在水边，繁茂的花影里有鸟虫的叫声。苏北桃花源长满了桃树、梨树、杏树和苹果树，夏天的傍晚，一场急雨过后，一道彩虹横跨黄河故道，从河东的果园一直接到对岸的树林，仿佛一座飞架在天际的巨大的彩虹桥。而那些鱼，就从那彩虹桥下钻出来，沿着狭窄的河口，逆流而上，一路游进那蔷薇茂密的大港。年年岁岁，经久如斯。

黄河故道，每一条大港旁边似乎都有一座"看青"的小屋，每个小屋里都住着一两个老人。他们姓甚名谁，无关紧要，重要的是住在小屋里的，一定是整个黄河故道的村庄里最德高望重的人。站在那片河堆上，人们不叫他们的姓氏，而一律叫他们"大爹"。不是陆大爹、王大爹，也不是孙大爹、张大爹，直接就叫"大爹"。他们是整个村庄的长者，是在黄河故道守望了几十年的"神"。他们站在那里，一年一年，看着大地上的春耕夏种，秋收冬藏。因为有了这些老人的照看，这黄河故道的庄稼不会被随意践踏，树木不会被随意砍伐，那些桃树、梨树、葡萄、核桃，会年年开花结果。千年黄河故道，堆上堤下人家，可以日不上锁，夜不闭户，大小村庄少了鸡飞狗跳，更少有类似偷鸡摸狗的事情。整个村庄，数千人口，大家和睦相处，明礼谦让，如一个祥和的"桃源家族"。印象最深的是每年的春节，在我曾经生活过的沙淤，每年的大年初一，早上放完鞭炮，吃过元宝（汤圆），拜年的人走出家门，相互拜年贺喜。于是，整个村庄，圩里圩外，堆上堤下，每一条道路脚踵相接，祝福的声音此伏彼起。春酒自然是要吃的，东家西家，南邻北舍，从初一到十五，整个村庄几乎都是摇摇晃晃猜拳闹酒的声音。但一旦过了元宵节，正月十六，家家户户又都扛了铁锹担着水桶，走上高高的黄河堆。欢声笑语之中，大家忙着给果树松土给麦地浇水，新一年的劳作再次开始。

除了古老的桃花源，黄河故道上生长着一排排高高的杨树。它们和古黄河的流水咫尺相望，一起见证了大河岸边的日出日落，草木生长，鸟虫欢鸣，万物生息。但即使再高，那些树木也高不过浇灌万物的故道流水和紧靠着河坡的坟墓。4月春深，菜花金黄，踏着流水平缓的节奏，我来到这里。黄河故道，老树繁花，缀满花朵的树枝几乎碰到地面。果园旁边，那些黄土堆起的墓地被一座座放平了，但那些墓碑还在。在一块块石头上，在一个又一个名字之间，我看见了一排熟悉的名字，裴大爹、陆大爹、王大爹、孙大爹、张大爹。他们的音容笑貌，也就一下子跳到了我的眼前，让我忍不住地两眼发热。几十年过去，儿孙大都离开了家乡，飞鸟一样散落到异乡的城市、集镇，只留下他们，这些"大爹"，怀抱着这些石头，有名有姓、有礼有节地并排站在这里。那川流不息的河流相依相拥，朝夕相伴，默默守望这片古老的家园。

告别这些"大爹"，我要去看望一位"大奶"。大奶名叫杨秀英，今年87岁，老伴"陆大爹"（陆凤铨）很多年前就已过世。杨大奶曾经是我们家最紧密的邻居，也应该是我熟悉的最后一位"大奶"了。穿过古黄河边的村庄，走过一片苍翠如烟的麦地，干渠旁边，在那收拾得干干净净的家门口，身材矮小的杨大奶问我："你没到老黄河滩上看看吗？你们是要去看看的！"老人家嘴巴凹陷，但说起黄河故道上她亲手栽种的那些果树，就像说着被她艰难带大、如今远在他乡的儿女。"留在老家的人越来越少了，你们这些在外面的孩子，要多回家来看看，看看老家，不管到哪里，都要记住，这黄河故道旁边有你们的家！"那一刻，我的眼泪瞬间流了下来。我知道，老人的这番话一定不只是对我一个人说的，她所说的孩子，应该还有她自己的儿女，也包括那些从古黄河边的土地上走出去的每一个人。

大河北去，水流渐远，古老的黄河故道即将融入茫茫大海。

胸膛紧贴大地，700多公里的波涛，平缓的叙说，悠远绵延；

900年的脚步，最后的回声，荡气回肠！

跟着歌声一路向北

过了春分，苏北平原的春天才真正开始。沿着废黄河滩，最早生长出的是荠菜、婆婆纳和马兰头，然后是红色的茅针和紫色的芦青，等到荠菜开出了白花，水边生出野艾、香葱和小蒜，春风收不住的一层层绿，会从河坡，一直延伸到水里去。

背着一只苇篓或者柳条的篮子，我和村里的孩子们一起，从村庄里跑出来，走下河滩，那里，有一头头牛在水边啃草。经过整整一个冬天，大家终于可以扯起嗓子吆喝上一声了。爬上那高高的牛背，追着河边上赶着趟儿的鸭子，身边，一只只燕子背着短短的尾巴，就像背着一把把锋快的剪刀，贴着地面，几刀下去，就把地上的草叶修剪得整整齐齐。

跟着流水一路向北，我努力要追赶上那一只只燕子，因为，二姨告诉我，如果能追上那燕子，就可以追上那阵春风，我就能生出一副翅膀，就可以像那只燕子一样，贴着春天的草皮，一直飞回到"河西"——废黄河的西边，有我们的老家。

几乎每一年的春天和夏天，母亲都会给我们讲起那个"秋莲妈妈"的故事，而且，一定是在给圈里的猪儿喂食的时候讲。"喽喽喽喽来吃食，你养七子七团圆，我养七子叫秋莲！"母亲一边将切碎的猪草倒进食槽，一边给我们讲起这个讲了无数遍的故事。"从前，有个叫秋莲的半瞎女人，生了七个子女，可是七个孩子都长大了，却没有一个孝顺的，都不要他们的妈妈。孩子们吃饭，这个叫秋莲的母亲，只能端着一只破旧的饭碗坐在黑乎乎的锅门口。那一年，秋莲妈妈养了一头猪。母猪，生了一窝猪崽，也是七个。心有痛楚，每当给那头母猪喂食的时候，秋莲妈妈总会触景生情，一边流着眼泪，一边不住地念叨：'喽喽喽喽来吃食，你养七子七团圆，我养七子叫秋莲！'"起初，我很奇怪，母亲为什么要给我们讲这样一个故事呢，而且每次都会说得泪眼婆娑的。我的母亲有四个儿女，可她并不是那个秋莲啊，亲爱的母亲，她为什么要给我们讲这个故事呢，而且是一遍又一遍地讲？"喽喽喽喽来吃食，你养七子七团圆，我养七子叫秋莲！"一年一年，秋莲的故事被母亲反反复复讲了不知多少遍，以至于到了后来，只要母亲领着我们去猪圈给猪喂食，我们就会赶在母亲之前，对着几头肥猪高声唱起来："喽喽喽喽来吃食，你养七子七团圆，妈妈不再叫秋莲！"

　　"喽喽喽喽来吃食，你养七子七团圆，我养七子叫秋莲！"母亲一遍一遍地讲这个故事，绝不仅仅是想教育我们做儿女一定要懂得孝顺，绝对不止这些。母亲的内心，有属于她自己的孤独和忧伤。

篱笆圈起的菜地里，一群鸡在追赶着虫子。门前的土场上，母亲的一条腿平放在一条长板凳上，另一条腿正在吃力地踩着那台蝴蝶牌缝纫机。童年时代，在那一个个安静的傍晚，母亲脚下的缝纫机发出的声音是我这一辈子听过的最好听的音乐。父亲本来一直都在村小里任教，这几年学校不怎么上课了，反而过两年就会被换一所学校。于是就留下母亲，一边干着生产队上分派的农活，插秧，耘地，收麦子，剥玉米，一边带着四个孩子，喂猪，养鸡，还要忙里偷闲地做些缝纫活，否则，仅仅靠父亲的那一点工资，实在无法维系一家六口，还有老家的爷爷奶奶的生活。

缝纫机在转动，声如蟋蟀，充满了节奏感。母亲在一边做针线，我就在缝纫机旁边的门板上写字。6岁的我已经上小学二年级了。那时候，乡村里还没有幼儿园，4岁半，我就被做乡村教师的父亲扔进了教室，和那些比我大了三四岁甚至五六岁的孩子一起读书。我一年级的同学中真有一个12岁的，他已经留了三次级了，会踢毽子、捻线、织手套，站在那里，比我们的班主任王秀珍还高。最小的是一个赤脚医生家的孩子，也比我大了三岁。晚上，父亲在学校里备课，母亲在家里做缝纫活，弟弟妹妹都睡了，我就用父亲没用完的粉笔头儿在门板上练字。宋体的美术字。先练横撇竖捺，从最简单的天、犬、太、大开始练起。可是每一次写那个一横，原本需要右边抬高的那一笔，总是被我拐到了下面。

黑夜，那盏煤油灯有些呛鼻子，手指一挖就是黑乎乎的一团灰。这样的一个简单的笔误最终总会被我的父亲及时纠正过来。他告诉我，美术字的一横，这个拐只能朝上而不应该朝下，只能拐在右边而不能拐在左边。我的父亲写得一手好字，一手漂亮的美术字，尤其是刻钢板，那几乎是全县教育系统的"一绝"，毛笔字也漂亮，那都是从祖父那里传承过来的。我的祖父曾经教过多年私塾，自小就教我父亲写毛笔字，但父亲没教过我，没教过我写毛笔字，也没教过我读很多书。因为那时候大家都不读书。所以我清楚地记得，在读书识字方面，父亲唯一教过我的或许只有这么一件事，写字，宋体的美术字。倒是母亲，会在夜深人静的时候，给我们背起古诗，"锄禾日当午，汗滴禾下土"，或者轻声哼唱起那首熟悉的童谣："风儿轻，星儿静，明月照窗棂哪……"

我就这样坐在母亲的身边写字。母亲一边做着缝纫活，一边看着我写字。每天如此。往往会等到我困得"咚"一声从小板凳上摔到了地下，她才会停下手里的活，将四个孩子一个个抱到床上。一个挨着一个地放好，像朝着春天的地里摆放整整齐齐的山芋种。

可是，那天的情形似乎有了一些变化。整个晚上，我的母亲几乎都没有机会看一看我们。脚下缝纫机的节奏忽快忽慢，一掉头，母亲竟然伏在缝纫机上抹起了眼泪。我知道母亲是因为父亲的事在伤心流泪。因为，明天一早，我的父亲又要到"学习班"去了。其实，因为性情耿直，说话直来直去、不会拐弯儿，父亲已经不是第一次进"学习班"了。那几年，每到麦忙假或者暑假，父亲总是会到学习班去待上几天。有时是一个星期，有时是十天半个月。每年都去，少不了的。这一次，父亲又要进"学习班"了，不是公社的，是县里的"学习班"，因为抄大字报时写错了一个字（其实并不是写错的，而是一只鸡的恶作剧）。第二天，父亲要去县里的"学习班"学习半个月。

"你就不能如实告诉他们，因为一只鸡在纸上踩了一脚，这几个字才模糊了的？而且，现在这只万恶的鸡已经被杀了！"母亲艰难地抽下那条平放在长条板凳上的左腿。母亲患有腿病，是一种叫血丝虫病的慢性病，每年春夏之交，天气由冷变热，这种病就会复发，长时两个月一次，短的十天半个月一次，有时候一星期会有两次，发病时，母亲会发高烧，腿脚浮肿，茶饭不下，一只左腿肿得像馒头。今天，正巧犯着腿病，一条腿肿得像小笆斗。却不料，有人带信来，说父亲又要进"学习班"了。

父亲低着头，不说话，但没忘记纠正我写的美术字。

母亲的压抑最终爆发出来。半夜里，对着坐在墙角抽烟的父亲，母亲终于喊出声来，那么歇斯底里：

"连个屁都不敢放，你，真是个孬种！"

隔着废黄河，父亲那洪亮的声音从乡村小学的操场上传来，整个村庄都能听见。

父亲的大嗓门由来已久。我在10多年前就曾写过一篇文章《大声说话的父亲》，作过记述。父亲的大嗓门应该追溯到他上师范读书的时候。因为家境的贫寒，父亲不得不成为一个半住堂半走读的学生，每周都得从学校回到100里外的家中去拿粮食。可是家里哪里有粮食，但他还是必须回去，因为在学校会更没有吃的，一点没有，回家，起码可以饱吃一顿胡萝卜。为了赶上周一早上的课，父亲往往会在周日的午饭后就踏上返校的路程。返校，除了几根胡萝卜或者黑乎乎的大麦面的窝头，以及勉强可以维持一个星期生活的粗粮，父亲的手里还少不了另外一件东西：渔网。带着两只冷冰冰硬邦邦的窝头和一口袋胡萝卜，我的父亲拎着一挂渔网，从他的老家出发，沿着黄响河、甸响河、响坎河、唐豫河一路走去，一个高高瘦瘦的小伙子，他必须靠着这张渔网，一路撒网捕鱼，才能凑足下一个星期的伙食费，否则他就只能饿着肚子，坐在冷冰冰的教室里。

拎着渔网，年轻的父亲走在上学的路上。从老家出发，一双草鞋，一路见沟下沟，见河下河，沿途，除了河流土坡，还有开阔的盐碱地和坟场。一路走着走着，天就暗下来了。在长满芦苇的柴荡里打鱼，刚刚拾起网，还没有扔出去，冷不丁地从脚底下窜出一只巨大的野猫，或者正在白花花的盐碱地上走，一只野狗跟在他的身后，一步一步就要接近他的脚后跟。如此恶劣的环境下，父亲的内心充满了巨大的恐惧，20世纪60年代初的三年困难时期，人无粮，鸟无食，走在荒僻的乡村道路上，连一只狗都会眼睛闪着蓝光，跟着你连跑几十里，趁着你不注意的时候，或许就能从你的腿肚子上一口撕下一块肉来。路上常常会遇见芦席裹着的尸体，都是饿死的。还有传说中的毛人水怪，走在路上，总害怕有一团黑黑的影子追随在身后，冷不丁地拍一下你的肩膀。这样的时刻，我的父亲只能一路大步奔走，一路放声高唱，不，是大声喊叫。他要用唱歌来排解内心那种巨大的孤独和恐惧，他要用近乎疯狂的喊叫为自己壮胆，他要告诉人们，今晚，在他的家乡响水黄圩大拐到涟水石湖到滨海大套一直到阜宁的路上，穿过黄响河、甸响河、响坎河、唐豫河，那片杳无人迹的荒野，走着一个只能用歌声来战胜巨大恐惧和孤独的人——哦，别人，别人用歌声歌唱幸福、赞美爱情，我的父亲，歌声只用来对抗内心的害怕和孤独。对，还有饥饿。

而现在，应该轮到我了，一阵歌声在我的喉咙里秀穗，13岁，我尚未成年，却不得不用自己尚显稚嫩的歌声和一个时代抗衡——我要说的是我和淮剧的故事。

淮剧是苏北里下河地区的地方戏，已经被列入国家级非物质文化遗产。这种最早由田歌、劳动号子发展而来的地方戏曲，音调高亢粗犷，旋律优美抒情。因为我有两个远房姐姐就是剧团的，加上自己打小就喜欢唱歌，我似乎比身边的孩子更早接触了淮剧。对那些淮剧名段如《小打瓦》《种大麦》《大补缸》《磨豆腐》等，即便是到了现在，我也还能哼上几段。经典的淮剧唱段时常在酬神、祭祀、兴集、庙会或者是喜庆活动中演出，但更多还是用于表达悲伤的情绪。那一曲拉调和悲调，没有唱词一样让人心疼。家庭成分不好，当兵、升学都不可能，对于我，唯一的出路便是去考剧团。只有那样，才能改变自己的处境。因此，去剧团，唱淮剧，做一个淮剧演员，哪怕是跑龙套，对于我来说，都曾经是一个无比美好的梦。

但我终于没能进入剧团。

废黄河由南向北，再由西向东，一路流淌，而在秋天，风，已经改变了方向，留下来的，是一片时光的飞雪。但我似乎没感觉到这飞雪的严寒。立春、春分、夏至，这些看似简单的词语和符号，寒露、霜降、冬至，这些诗意盎然的名词，它们如四季的歌谣，给每个孩子的童年都带来了欢乐。而我最记得的是我的母亲，除了教会我那一首"喽喽喽喽来吃食，你养七子七团圆，我养七子叫秋莲！"还教会了我这样的一首民谣：

立春，挑马兰，吃春卷；

夏至，摘松花，吃麻糍；

立秋，抓知了，吃西瓜；

冬至，上祖坟，吃汤团。

淮剧小镇　赵小青／摄

"冬至，上祖坟，吃汤团。"冬至已至，可是，还有祖坟可以让我跪拜吗？我又会朝哪个方向，磕下我的头？

跟着歌声一路向北，童年时代的一个个画面一直反复出现。

我应该写一写我的祖父和祖母。

祖父留着一绺山羊胡子，他个头不高，但在我的祖母面前，他的目光永远都是俯视的，哪怕祖母比他高了整整一头。祖母，是他踩到脚底下的花，踏到花底下的泥，低于青草，低于泥土，低于尘埃。这就是祖父眼中的祖母。哪怕她为这个家族留下8个儿女（生过11个）。60岁之前的祖母在我的记忆中毫无印象，仿佛从一开始祖母就是那么大年纪，并且一如既往地那么苍老。确实，在一个曾经繁盛昌荣的家族里，出身贫苦、曾经做过童养媳的我的祖母，在她整个的青春岁月里，从来都不曾有过一点点叫作尊严的东西，直到她为这个家庭生下了第一个男丁——我的父亲。

北风悲号。一场大雪，渐渐遮住了苍茫的天空和大地。风雪中站着我的祖父祖母。我一直记得他们和蔼的笑脸。

祖父祖母住在老家，那也是废黄河西。

每年秋收过后，祖父和祖母都会被父亲接到我们家里来住上一阵子。每次到我们家里来，两位老人都会在早晨到废黄河边去抬水，由于身高差别太大，身材瘦小的祖父一直都走在前面，那装满水的木桶基本上都处于祖母这一端。为了防止木桶下滑前移，祖母小心翼翼地紧拽住木桶的绳索不放，但即便如此，仍然时不时地遭到祖父的抱怨。我的祖上曾经是一个殷实的大户人家，但到了曾祖父这一辈，家道中落，到祖父时已经只剩下几十亩薄田了。我的祖父因为是几代单传而备受娇惯，所以年少时，可以入私塾，进学堂，饱读诗书，写得一手好字，直到90多岁还弯腰在煤油灯下写小楷。祖母12岁就进了姜家，做童养媳，一生生育过一大趟儿女，但因为最初的几个都是女儿，吃饭时祖母一直上不了桌子，直到我父亲出生，祖母才敢抬起头来说话。我曾经听祖母讲过父亲出生时的故事。在我的父亲出生之前，我的祖父整天抽烟喝酒，还玩枪。父亲出生那天，祖父正蹲在门前的青石条桌边饮酒，阳光透过芦席凉棚的缝隙照在他那张瘦削如刀的脸上。他喝着酒，一把盒子枪被他拆开了装上，装上了又拆开。祖母在屋里呻吟，那把枪也在祖父的手中拆卸得飞快，许久许久，沉寂多时的祖母突然怪叫一声，那声音像一把镰刀从秋天的向日葵的头上砍过，祖父气急败坏，右手一抬，一串子弹已从祖母住的厢房的木窗上飞进去。窗棂上尘土翻飞，发黄的窗户纸瞬间被打出一排焦焦的洞。亏得祖母当时是躺着的，否则一定是一枪毙命。祖母说，祖父因为生丫头生怕了，听到孩子的啼哭就头皮发炸，可他万万没有料到，惊天动地的一声啼哭，这一胎，偏偏就得了个儿子。

立春过后迎来雨水。雨水过后是惊蛰。一位散文家写惊蛰，他问："什么东西才能启蛰？"回答："是雷。""雷是什么东西，能惊醒万物？"而我看到这里，我说，雷是我的祖父和我的父亲，我的先人。他们就是我生命中的"雷"，是压不住的滚滚雷霆，给我的世界带来惊天动地的力量。他们站在那里，一道闪电是他们永恒的语言，也是我的世界最后的光，哪怕什么也不说，他们也能时刻提醒我们，惊动我们，唤起我们。

　　父亲是三年前查出患了病的。病灶长在胃下左侧。由于病情发现较早，三天后就去上海长海医院做了手术。医生说："老爷子，您哪里像80岁，你38岁差不多。十人九胃，没关系的。你都80了，还打球、撒网，放心，好好休养，您的身体很快就会好的。"但曾经高大健壮的父亲最终还是瘦下来了，像一根歪在墙边的葱，却把目光更多留给了我的母亲，那个年轻时从家里背上一扇门板就连夜跑出来和他结婚的女人。五年前的冬天，我的母亲突发脑梗，经过治疗，虽然勉强还可以走路，却再也不能说话——脑梗导致偏瘫和失语，这情形和当年的外公和舅舅一模一样！

　　父亲出院以后休息了三个月，春天的第一件事就是让我们开车陪他和母亲去了一趟离开多年的废黄河边的沙淤村。苹果香熟的秋天，父亲和母亲又去那里摘苹果。在废黄河边的苹果园和堆堤下的村庄，父亲看遍了前后庄和自己年龄相仿的所有健在的老人，朱安生、陆凤佩、嵇达远、裴夕进、陆连佳、董国梅、杨秀英，等等，他和每一个认识或不认识的人打招呼。当然，他也去看了那些埋在河滩或者树林里的朋友。他用手掌轻轻抚摸那些带着热度的名字。经过半年多的调养，一个经历了一生风雨、身上留着一记长长刀疤的老人，面对衰老、疾病和死亡，父亲已经是泰然自若！站在他旁边的我的母亲，一生怀着无数梦想，曾经口若悬河地说过无数的话，但此刻，她已不能说出半个字了，那个半夜里从家里拆下一扇门板，走了30多里夜路都不曾回头的人，此刻，再也不能开口说一句完整的话，再也无法去唱一首完整的歌。

一边的我忍不住鼻子发酸，身边的风，跟着哽咽。

一年一度，清明节。麦子和油菜花长得就像发了疯。

多年来，每逢清明节，我们都会跟着父亲母亲，一起回老家，去为祖父和曾祖父扫墓。可是从今年开始，我们或许再也不用回老家了。我们只需要在自己生活的城市，在某条水泥路边放上一束花，朝着故乡的方向磕上几个头。

乡村的土地流转，老家土地上祖父祖母和曾祖父曾祖母的墓碑已经被推倒了，就横躺在自己家的麦地里。曾经考虑迁坟，所有的手续也都办完了，但就在我们赶到青青的麦地旁边，准备挥锹动土的时候，父亲轻声叫住了我们。站在干净的麦地里，他让我们放下手中的工具，听他宣布一个重大决定："坟，不迁了。"去世多年，祖父和曾祖父的棺木估计早已腐烂，那些骨头也不能随意翻捡。既然如此，何不干脆在这片已经被推倒的坟地旁边栽下一棵树。他说，祖父和曾祖父，他们一生平凡，所以墓碑低矮一些也没有关系，只要略略高过泥土就行。实在不行，埋在土地里也没关系。"泥土本来就是埋人的，这世界上，有谁能够高过脚下的一寸土？"在祖父曾祖父的安息之地，父亲带着全家人一起拍了一张麦地生长的照片。"每人洗一张吧，将来想起来的时候，随便在哪里都可以拿出来看一看。"父亲说，生命原本就属于大地，逝者离去，儿女们也会走远，故乡终将成为异乡，成为一个名词和一个亲切的怀念，既如此，那已经死去的人，就让他们永远和这片土地在一起吧。你们只要记住，哪怕走得再远，我们的根依旧在这里，我们的亲人依旧生活在这片土地，他们，从来都没离开过这里。

是的，他们从来没离开这里，所有的亲人，都留在了这一片土地。

跟着歌声一路向北，古老的废黄河沿岸，永远都有一座开满鲜花的村庄。

站在云梯看向大海

麦浪滚滚，大地金黄，一只只燕子贴地飞行。

河随水走，淤伴岸长，苏北响水、滨海、阜宁、涟水四县交界处，流淌了 700 多公里的废黄河，因为一阵麦鸟的鸣叫，悄悄留出一个巨大的河湾。河流北侧的土地，一排排状若云梯。因旧时此地曾设立过海关，故此，这片坡地有了个名字，叫"云梯关"。

"云梯关"最早应该是一处热热闹闹的码头。这里曾是淮河的入海口，后来黄河夺淮，又成为废黄河的入海口。两淮地区曾是古代中国最大的海盐产区，沿着海岸分布的一座座盐场，尤其是盐城以北的庙湾场、天赐场、济南场（今江苏省最大盐场灌东盐场的前身）出产的大量海盐，大多是从这里运送出去的。

黄河故道云梯关，我的祖籍地。"云梯关外茫茫路，一夜吟魂万里愁"，这是古人写古云梯关的诗词。追随先人的足迹，2019 年春天，我再度站在了废黄河边的云梯关下。俯瞰大海东倾，漫天潮声已杳不可闻，只有那碧绿的杨树在 4 月的风中拍响。站在云梯关的古老石碑前，我是访古，也是

古云梯关　佚名 / 摄

寻根。遥想千年以前的大河入海口，一条条运盐船首尾相接，南来北往，恍惚中依稀看见一船船白花花的海盐堆满船舱。海面风大浪急，运盐船吃水很深，船工们只能半扯下篷帆，贴岸而行。最初，从岸边的高亢之地（洼地之间的地差足足有12米），人们一纵身就能跨上船舷。自唐代到清代的1000多年间，云梯关曾是历代海防重镇、交通要道、险要河防和商贸集散地，素有"东南沿海第一关""江淮平原第一关"之美誉。然而，随着时间的推移，黄河夺淮入海后所挟带的滚滚泥沙，渐渐淤积了海口，由云梯关出海，这里的海岸线早已一寸寸向东延伸，到清康熙年间，海口已由云梯关东移20多公里，至今日，古云梯关已距海数十公里了。因为失去了关防功能，"云梯关"在咸丰五年（1855年）黄河入海口北徙后即被关闭，只有一块刻有"古云梯关"四字的巨大石碑。旧时关隘，成了大片的平畴绿野。

中国历史上的第一个海关，就这样兀立于滨海大地，默默看向东方，看向大海。

夕阳西下，关河渐冷，一块瘦削的石头站立在风雨中。

云梯关下孝子坊，这是云梯关的镇关之宝，亦是云梯关下千余百姓心中的图腾。云梯关孝子坊是当地村民为祭奠先贤、孝子杨绍先所立，牌楼下，两根高约四米的石柱支撑着一块约三米长的石匾，上刻"孝子坊"，下镌"清故孝子杨绍先"。

石柱上有一副挽联：

生事尽力死后尽思念劬劳于父母
戴仁而行抱义而处遗清白于子孙

　　一副对联，两记闪电，阵阵沉雷就此回荡在云梯关下。旧时的云梯关村民杂居，但多为杨姓。至今日，杨姓还是当地的大家族。2002 年春天和 2014 年的秋天，我曾两次来到云梯关，村里的年轻人大都外出打工去了，留下一些年老的村民，虽说有些耳聋眼花，但说起孝子杨绍先的故事，依旧都能娓娓道来。因为年久失修，孝子坊前碑石零乱，但我依旧没有白来，"文官下轿"，"武官下马"，起码，我知道，这是一个非同寻常、世代流传的孝子故事。坊石虽残，但杨家"孝子"之名世代相传，影响着云梯关乃至附近村庄上的一代又一代人。几百年来，在古老的云梯关下，在整个云梯关及附近的村庄，当地村民，无论男女，不分长幼，人人将"敬贤孝老"作为做人之本分，如此质朴的行为，对杨姓先人的精神，实在是一种很好的传承与告慰。

　　站在云梯看向大海，我看见距离云梯关不远的那一座铁水牛。在云梯关，在黄河故道上游的淮安、宿迁、徐州、皖北、豫东和鲁西南的许多地方，到处都有这样的镇水铁牛。作为镇河之物，这些铁水牛（也有石水牛）遍布于整个废黄

孝子坊　佚名／摄

河流域的各个主要节点，因为潮水冲刷，这些铁牛石牛大多深陷于河床或掩埋于淤泥。而云梯关以东响水县大通口村境内废黄河北岸的二道堤上，那一头铁水牛则坐北朝南，安然笃定，几百年来，一直横卧于高高的河堤，像一个坚毅的士兵立于高处，默默注视着这脚下缓缓流淌的河水。

沿着古老的废黄河，无数的铁牛就是无数个故事，而在坊间，关于大通口铁水牛的故事就有若干个版本，有的竟如神话。在响水，当地有"先有大通口，后有云梯关"之说。历史上的黄河曾经无数次决堤，仅仅是南宋建炎二年（1128年）改道之后，废黄河在苏北大地上就有数次决口的记录。清康熙三十五年（1696年），淮河在阜宁与淮安交界的芦蒲乡童家营决口，河水奔腾，一路漫过射阳河、戛粮河、蔷薇河、蟒蛇河、一帆河、盐河等主要河道，沿途，良田被淹，房屋被毁，遍野哀鸿，苏北里下河地区瞬间成为汪洋泽国。清廷大臣董安国受命到马家港（今云梯关）治理淮河。董安国无视自然规律，刚愎自用，在马家港的淮河段筑起一道长676丈的挡水月堤（像月亮一样的弯堤），又命人挖开淮河，引黄河之水从马家港北上，经灌河入海，不料灌河下游突发海啸，大海巨浪顶托，上游黄淮之水势如猛兽，洪水若野马践踏肆虐响水大地。康熙三十九年（1700年），康熙帝南巡清江浦（今淮安），听说拦河筑坝一事，即命河督张鹏翮在拆坝治水的同时，铸造九牛二虎，分置于沿河险段，以镇洪水，这样，与云梯关毗邻的大通口一带，便有了一尊尊与真水牛相仿的铁水牛卧伏于此。但水患岂能因为几头铁牛石虎就被镇压阻滞？1700年夏天，黄、淮二水再度肆虐，一泻千里，马家港也被洪水撕开了一个巨大的口子，"大通口"就此得名。那九头铁牛守卧在废黄河堤的荒草丛中，也静静见证着历史的沧桑。

　　大通口之铁水牛是当地人心中的"河神"。和村庄上的老辈人聊起来，他们会告诉你"上辈人"或者"上上辈人"说过的那些故事，他们会说，"上辈人""上上辈人"里确实有人看见有铁牛在夜间出来，在河边的草地上吃草走动。至于这"上辈人"到底是哪一辈却没有人能说得清。我的祖籍在响水黄圩，离大通口不远，小时候放假，到大通口去走亲戚，我们曾经一次次走到那些铁水牛身边。我想看看那些铁水牛活起来的时候到底是什么模样，但总是失望而归。倒是在农忙之余，黄昏时分，总看见当地的人们，闲来无事，常常来此驻足观赏，并把骑铁牛作为祛灾避患、祈求全家幸福的一种方式。你瞧那几个穿着红肚兜来此玩耍的牧童，在大铁牛身上蝴蝶一般地飞上飞下，年代久了，孩子们的光屁股竟也能将那铁水牛的脊背磨得铮光闪亮。

　　站在云梯看向大海，云梯关曾经建有望海楼，无奈唐风宋雨，望海楼早已被侵蚀毁坏，现在的望海楼为20世纪90年代所复建。塔尖挑开茂密的杨树枝杈，越过浓密的树林向东望去，我看见更远处的一艘沉船和巨大盘铁。20世纪90年代，考古工作者在废黄河南岸的滨海县大套乡一侧发现一艘深陷于淤沙层中的古代沉船。那是一艘普通民船，船身长十多米，宽三米余，舱内有五道隔梁，置放数十块不规则的几何形铁块，每个铁块重达数百斤，拼接起来，严丝合缝，竟然是"合数角而为一盘"的切块盘铁。"盘铁"乃旧时"聚团公煎"的主要生产工具。宋元之前，制盐技术落后，盘铁煎盐是当时盐民制盐的主要手段。朝廷为防止私煎私煮，相互牵制，平时，铁块分散保存在各家各户，只有在官府规定的地点、时间，方可由几户人家合在一起使用。举火煎盐时，要经过砌柱承盘、排凑盘面、芦辫拦围、抹泥嵌缝等多道工序，只有完成了这些事项，将数角合成一盘，方可盛卤煎盐。

元代浙江下砂盐场官陈椿的《熬波图》诗，说的就是煮海熬波、盘铁煎盐。

方盘虽薄容易裂，圆镬虽深又难热，
不方不圆合可分，样自两淮行两浙。
洪炉一鼓焰掀天，收尽九州无寸铁，
明朝火冷合而观，疑是沅江九肋鳖。

从那条船沉没的地点，可以判定，这是一艘运送煎盐工具的船，在历史上的某年某月某日，因为海潮的拍打而翻沉或者搁浅。而这样的煮盐盘铁，我在中国海盐博物馆里曾多次见到。

黄河夺淮，河水一路冲刷，站在高亢处，抬头看向大海，许许多多有意思的地名，一路飞奔过来。而其中的圩、冲、套，最具代表性，也是举目可及、拔腿可至的去处。

圩

历史上的黄河夺淮入海，是没有现成水道的，加之黄河水来势凶猛，常常泛滥成灾，危害两岸百姓的生命安全，因此，民众只好筑圩自保。这些圩子均为土圩，有大有小，有宽有窄，多以居住地主人或牵头筑圩人的姓氏命名，乃至后来成为地名。

在滨海和阜宁县境内黄河故道沿线的行政村中，这种以圩为名的地方不少于几十处。至今仍被人们熟知的就有张圩、江圩、孙圩、夏圩、钱圩、徐圩、小李圩，等等。在我的老家响水县境内，一直被沿用的就有杨圩、朱圩、周圩、尚圩、洪圩等，我的祖籍地黄圩就是一个面积较大的圩子，我的祖父居住的村庄叫拐圩，二姑奶所在的地方叫季圩，佃昌表哥家在薛圩。云梯关是黄圩的属地，高亢的土地上，每年春天，一道道圩子，金黄的油菜花田和无边麦地的上空，那一只只飞舞的风筝成为最美丽的风景，热热闹闹的庙会也成为当地人欢庆的节日。

圩里圩外的故事说不完。最记得那一年，是冬天，在老家。眼看着快过年了，一个远房的亲戚，家里的猪不知怎么得了瘟疫，一头二百多斤伸手见钱的肥猪突然死了。那个年头，在贫穷的乡村，一头大牲畜的死亡，无异于一场飞来横祸，是一场比天还大的灾难，它将直接关系到一个家庭如何度过这个春节，熬过寒冷而漫长的冬天和春天。忙忙碌碌了一年，一家人眼巴巴地都等着卖了这头猪，好给孩子们添一身新衣裳呢。而现在，猪，死了。实在没有办法。于是，主家请来了四乡八邻，来"吃宴"。所谓"吃宴"，其实就是一次亲戚邻里之间的相互扶持，帮忙接济，大家会随礼凑份子，合力让遭遇不测的人家渡过难关。一众亲友，但凡搭着点边儿的，彼此不必招呼，听到消息就都赶过来了，每家出的份子钱，都不会太多，一块、两块、三块、五块。那时候，大家都没钱，吃顿喜酒也就随个一块或者八毛的，三块钱已经是一笔大钱。那一天，我和弟弟妹妹在奶奶家度寒假，我的三叔、四叔、五叔都去出份子了，我父亲虽然不在老家，但既然我们知道了，必得代表父亲这个门头去参加的。那年我 12 岁，第一次以一家之主的身份，代表父亲参加正式的活动。来吃宴的都是大人，壮年的男人，还有老人。我是孩子，不入正席（其实是对于瘟疫的某种避讳），就在一旁的小桌子边坐着。空旷的乡村土场上，看着几十个亲友坐在门板搁成的桌子旁边，小杯喝酒，大口吃肉，一边还划拳，一场"宴"从正午一直吃到傍晚，原来准备埋掉的半口猪竟然被这些难得闻见肉味的亲友乡邻吃了个精光，剩下一些猪血猪肝猪下水，最后，被深埋到了地里。

冲

旧时的黄河故道，由于经常泛滥成灾，形成一个特别的地域，名叫"冲"。这些叫作"冲"的土地，因为黄河水巨大的冲击力，地貌一般呈锯齿形，那是当时黄河夺淮下泄时河水奔流留下的最初的印迹。"冲"的一边是高高的河堆，另一边是平坦的洼地。大片的"冲"的旁边，偶有水荡相接。比如田荡、马荡、吴荡、韩家荡。

叫"冲"的地方很多。比如大冲、小冲、新冲、旧冲、东冲、西冲、前冲边、后冲边。"夹冲"是夹在两条河流之间的村落，其由来，一说是当年的废黄河于大通村决口，堤北数十里一片汪洋。滔滔黄水泻至中途，竟遇两棵枝繁叶茂的大柳树齐肩并立，遂使水流分岔，向北冲去，形成了中间的一块陆地。而据夹冲当地人说，夹冲是一个老村寨，本名王庄，庄南有石碾，后淮河决口，大水冲来，石碾使水头一分为二，形成两边夹沟，村子便成为"夹冲"。流传最广的要数第三个版本。前述，废黄河边的云梯关，建有孝子坊，嘉庆十三年（1808年），河决大通口，水头高丈余，老百姓纷纷往高处逃命，而孝子杨绍先却头也不回地直向母亲的墓地冲去，站在水中，杨绍先以身护墓，一边大喊："母亲莫怕，母亲莫怕，再大的水浪，有儿在此！"说也神奇，杨绍先话音刚落，那大水竟然突然如墙而立，分道斜行，流向北方，终入灌河，杨母墓安然无恙，那退潮的水道终成今日之"夹冲"。夹冲三说，如梦如幻，如泣如诉，每一次听闻，都有一些甜蜜和苦涩的慰藉在心头，仿佛韩家荡里白瓷碗大小的碗莲送来的一阵阵熏风。

　　因为有太多的传说，夹冲在废黄河滩地的村庄中便也多了些名望。2017 年夏天，为了组织第一届韩家荡诗会（荷花旅游诗会），我曾经走遍这片夹冲之地，包括附近的仇堆、顾庄等村。我还几次深入荷花荡的纵深处。夏天的韩家荡，一片片荷花，层层叠叠，错落有致。它们站在那里，不低头，不献媚，随风摇摆，只为了展示那些沾满露珠的花朵。生长在夹冲水荡的那些碗莲，端着一只只透明的碗盏，用一双双平展展的手掌，接住凉凉的露水和阳光，或者斟满香醇的美酒，迎接来自远方的客人，平静地期待又一个早晨的到来。

　　首届韩家荡诗会，是夹冲村千百年来第一次以诗歌的名义召集的活动。换一句话说，夹冲之地的韩家荡，那些盛开的荷花也是第一次看见诗人。7 月最炎热的日子，庞大的烈日蹲在荷叶旁边，看着一群诗人循着荷花的清香踏歌而来。荷花灯、荷花扇的故乡，莲子茶、莲子饭的故乡，诗人们在凉爽的小雨里奔跑、赏荷、写诗。他们说，来废黄河，来夹冲，来韩家荡，"看荷，就像看望另一个自己"。韩家荡诗会，我为这片夹冲地写了一首叫作《老家的荷花》的歌词。头顶一面绿色的荷叶伞，轻轻摇起绿色的小船，回到这个叫作故乡的地方，每个人都像去看一门老亲戚。夹冲和韩家荡，熟悉的村庄和道路，熟悉的身影和脸庞，露珠滚过青青荷叶，村口屋檐下，亲人逝去，老宅不在，唯有一轮皎白的明月，挂在童年的树梢……

套

黄河故道乃是自然冲刷而成，但堆堤多是人工筑就，堤身较高，就像粗壮的绳索把奔腾不羁的河水围在堆堤里面，当地人称之为"大河套"。这是黄河夺淮入海的产物，也是历史上当地群众抵御黄河灾害最好的见证。

当年，自云梯关由西向东筑堤，根据管护的序次与需要，废黄河堆堤沿线地名分别被冠以大套、二套、三套、四套、五套……直到十套。早年，随着父母返乡，我们多次从阜宁羊寨以北与北沙交界的滨海大套码头过河，所以，大套应当是我见到的"黄河故道第一套"。

"套"的出现，使人们进一步明确各自居住地的所在位置，同时，随着时间的推移，这些"套"也渐渐成为村庄或者集镇的中心。而那些靠近"套"的地方，还相继派生出许多与"套"相关的地名。比如，有王姓人家从外地迁居到废黄河大堤下的大树底下落户，称"树根套"；在树根套附近有棵古树，树干歪斜，则取名为歪枝套（外支套）。此外，两套并列者，成为双套，地处两套之间的某个偏僻之地，取名"夹套"或者"套梢"。黄河故道沿线，人们之所以对"套"如此情有独钟，不仅因为黄河堆堤为他们亲自所筑，更重要的是曾经饱受黄河水患的沿岸民众，心底对这些河套寄予了极大的希望，盼望着依靠这些河套，能够尽快镇住汹涌的黄河之水，让人们早日过上安宁幸福的生活。

作为"沿黄"平原上的开阔之地，自明代洪武赶散，大批贫民从苏州阊门越江北上，来到紧邻黄河故道的高亢之地，耕织繁衍，居住生息。但矗立的大地也铭记着历代朝廷官兵和强虏外寇欺凌百姓的恶行。民国二十八年农历二月初六（1939 年 3 月 26 日），发生在响水县六套小街的"二六"惨案，呈现的更是侵华日军的累累暴行。因为两名密探被设在六套小街的国民党阜宁县十一区区公所保安人员带回盘查，嗜杀成性的日军，竟以日探被扣为名，借题发挥。1939年 3 月 25 日午夜，100 多名日本兵荷枪实弹，从灌河南岸的响水口出发，突袭六套小街。翌日清晨，天色未明，日军即对六套小街的平民实施抓捕，对抓到的群众，不问男女老幼，一律施行屠杀。在小街北侧，15 个青壮年被日军当成靶子用步枪逐一射杀。被带到街南的 38 人，被日军用三挺机枪扫射之后，又用脚踏住尸体，稍有抽搐动弹，即再补上一刀。这场骇人听闻的大屠杀，计有 108 人惨遭杀戮，其中本

大套梨花　汪洋／摄

街 97 人，外地客商 11 人。在这些遇难者中，我的叔祖父姜启模、姜禹模（我祖父叫姜锦模）以及族人姜洪志等亦在其中。血流满地，凄风飒飒，处处哭号，昔日安宁祥和、市面繁荣、热热闹闹的六套小街，被死亡的气氛所笼罩。

2013 年 1 月 28 日。我第一次来到六套。

正午，天色晦暗，一场大雪即将来临。

跪在小街浮动的尘土上，我含泪写下一首献给亲人的诗。最后又把它烧在了"二六"惨案的纪念碑前。

低矮的坟头上蹿起道道火舌，那是被枪杀的乡亲的冤魂在飞舞，跳动。

身边，大河东去，昼夜不息。站在高高的云梯关，脚踏着一片古老的大地，举目东望，越过那一座座千年古墩，我依稀看见，一千多年前的古校场上，负责苇滩和南北岸海疆守卫的苇荡营的官兵们正在操练，呐喊声贴着高大的树冠扑棱棱飞起，潮水一般，压住云梯关望海楼那翠霭流光的塔顶。

天色和云朵连成一片，远处的盐廪，头顶星光，靠着大海。

少年忆

所有的花都谢了，连根都腐烂在了泥里。

愈走愈远的日子，我的青春，支离破碎。

—— 题记

公元 1976 年。春天。

一个少年走过开满油菜花的田垄。青葱的麦子在脚两边缓慢分开，留出来的道路凹凸不平，一直通往我就读的羊寨中学。踏着洒满露水的乡村道路，我的蓝色卡其布裤子接了好长一截。从那布的质地或者色差，一看就知道，这裤子已经接了不止一次。

学校在家的东北方向，沿着四支渠一直朝前走，两边的花一律开成淡紫或者粉白。一个刚过 13 岁的乡村少年，一个已进入高一年级的学生，苜蓿草，灰条菜，野豌豆，或者芦芙秧，植物们五颜六色的花朵带着我早早开始的青春一路向前，我的心，似乎也一直朝向远处，朝向未来，停在前面某个不为人知的地方。

一个乡村少年的忧郁和孤独到底会有多久多长？小河小

路说不清，水边刚刚钻出的紫红颜色的芦笋说不清，青莽味道的豌豆蚕豆也说不清。虽然春季会考（1973 年 3 月，我所记得的小学阶段唯一一次会考）成绩在全公社排名前三，但因为家庭成分，我这个教师子女，仍然险些成为一个连"戴帽初中"都读不上的人。

其实，在那样一个年代，即使你把书读好又有什么用呢？

"天生一副亮霍霍的嗓子，你让他去淮剧团吧。"

父亲听从了与自己情同手足，又同为乡党的老校长的意见，让我去报考县里的剧团。于是初中两年（当时的学制是小学 5 年，初中、高中各两年），我有一大半时间都是和父亲一起，奔波于家乡到县城的路上（好像还去过一趟风车旋转的扬州兴化）。那时候乡村里还不通汽车，自行车也少，于是从我生活的村庄到县城足足 40 里的路途我们只能步行。为了省下过河摆渡的 7 分钱（大人 5 分，一米二以上的小孩 2 分），父亲基本上都是选择一条相对偏远的路，先绕过 10 多里地外的安陈，经总渠腰闸折返东沙港，然后再拐上去县城的大路。你可以想象一下，一个 10 来岁的乡村少年跟在人高马大的父亲背后，在烈日和暴雨中为命运奔走央告的情景。但因为心里怀着一个无限美好的梦想，所以，前后一年多的时间里，只要踏上那条奔向县城的大路，我们都是一路高歌。也曾有过两次不用步行的经历，一次是从射阳河乘小轮船去县城，另一次则是蹲在手扶拖拉机的车斗里一路颠簸，待下车时，两条腿已经麻木到不能着地。

5月。整个校园花开灼灼。夜晚的羊寨中学大礼堂。炫目的汽灯照着宽大的舞台。我正在老师的指导下和一帮同学在排练淮剧《拣煤渣》。勤奋劳动，勤俭节约，一个老旧的主题。但因为是淮剧，一种充满乡情乡韵的家乡戏，多少年过去我还记得那句唱词：

"小小煤渣，作用有多大？拣来拣去也拣不出个啥。"

整出戏中我就这么两句，还是伴唱。而且，就这仅唱两句的角色也是教英语兼音乐的小陈老师特别分配给我的——当时任我们课的老师有两位姓陈，教英语的小陈（坤）和教数学的大陈（永发）。20多年后的一次同学聚会上，小陈老师告诉我，就这么两句唱词当时也还是据理力争来的呢。一次汇报演出前，节目过堂，当时的公社文卫干事问："这伢子不是姜某某家的吗？他可是富农啊。"小陈老师拉了拉我破旧的蓝卡其裤子，说："一条裤子打了六个补丁，你看他还算富农吗？给孩子一个机会吧。"

在晚了足足半年之后，我还能够进入羊寨中学这所渠北（苏北灌溉总渠以北）最好的中学读书，现在想来真的不容易。20世纪70年代，连每个乡村大队都有文艺宣传队，作为渠北最大的羊寨中学，自然也不甘落后，想方设法，要招收几个会吹拉弹唱的学生，充实学校宣传队。这样，1976年1月，我初中毕业在家割草挑菜、养猪放羊"赋闲"了好几个月以后，父亲的几个在中学教书的朋友（包括小陈老师）几经努力，最终以"这个孩子有难得的表演天赋"为由，说

乡村的雪　宋从勇／摄

服了当时的老校长，让我中途插班进入羊寨中学。那天，当小陈老师托人辗转带信通知我下一周就可以到学校报到的时候，父亲正在沙岗九队的小农场带着一帮学生挑猪粪（当年暑假我父亲已调入羊寨中学）。而母亲，一个善良又倔强的女子，听到这个消息，半句话没说，泪水早已如大河决堤般流得稀里哗啦的了。要知道，秋去冬来，那些曾经和我一起初中毕业的同学已经在学校学工学农学军，上了整整一个学期的课，而我对上学也已经基本不抱什么希望了。

那天早晨，父亲用一辆旧式自行车驮着我去学校。前几天刚下过一场小雪，破旧的自行车在凝冰的道路上缓慢行走，除了铃铛不响其他到处都在响，车轮碾过道路时发出的嘎吱嘎吱的声音，让我想到这日子已被时光割破——就在前天，我们敬爱的周总理刚刚去世。

寒风刺骨，大地紧缩。道路两边乡村小学的围墙和农民家的墙头上，用黑色烟灰写成的"沉痛悼念敬爱的周总理""周恩来总理永垂不朽"的标语深深地刻入了泥土。

一个乡村少年，那一天，正好是我虚13岁的生日。

学校宣传队寒假也没有停止过排练。我参加排练的节目，有一出戏，叫《金色的教鞭》，只是出于某些特殊原因，最终没能搬上舞台。

夏天。两排高大的法国梧桐树遮天蔽日。头顶的蝉鸣几乎要把那些杂乱的树枝一根一根给扯下来。

每个星期六下午我和几个同学都要布置墙报栏（最早是

大字报）。高一、高二年级的两排教室，东西山头各有两堵墙，每个星期都会换上新写的批判文章。每周六（当时还没有双休日），刚吃完午饭，一溜好几个人，就这样摆开阵势，挥汗如雨地忙上半天，到傍晚，四面墙已经是焕然一新了。1976年的羊寨中学学生书法组，指导老师：李强、路新岗。参与布置和抄写过板报的一干人马，主要有：高一（1）班的王向东（现居盐城）、高一（2）班的李如亚（军官至大校，几年前转业留在了北京）、高一（3）班的王达问（在上海，一说在无锡，年过60了还在为生活打拼），还有我。鹌鹑蛋大的字。用那一支支狼毫或羊毫笔，我们写过"红旗漫卷迎风飘，革命形势无限好"，写过"深挖洞、广积粮、不称霸"。为了展露一下自己的"文才"，我们偶尔也写诸如"风舞红旗花烂漫，雨打绿叶春满天""波涛汹涌滚潮浪，澎湃洪流激海江"之类（后两句因为偏旁都是三点水，曾经被班主任朱广鸿老师当堂点评）。而两边的大字（对联）基本上都由老校长王厚培和小路老师（路新岗，高中毕业后留在校办工厂的一位学长）执笔。王老校长具笔墨童子功，用扫帚蘸水在石头上练过碑帖，落笔生雷，大字功夫了得。

在那样一个特殊的年代，布置墙报栏、抄写大字报这样一项特殊的工作，让我们"76书法组"的几位同学渐渐成了校园"名人"，走在校园里，一个个都自带光环。也正是因为出板报和抄大字报，我这个年仅13岁的乡村少年，遭遇到了人生最初的不快乐，并且留下了一段永生难忘、心惊肉跳的回忆。

炎热漫长的夏天在花开草长中过去。9月，暑假结束，新的学期开始了。

除了抄写大字报，"76书法组"开始承担起更多庞杂琐碎的事务。学校停课宣讲革命传统的公告、大小食堂里的菜谱，再后来，甚至包括打扫厕所、某月某日下午全校集中灭鼠除草之类的通知也要我们操刀了，搞得大家疲惫不堪以至逐步生出了厌倦。不过最令我烦恼的还是抄写新发展的共青团员和红卫兵名单。从1976年1月到9月这短短几个月里，我先后抄过六批新发展的团员和红卫兵名单，但一批批名单中都没有自己的名字。

说到这里我不得不说到那几个干部子弟，他们大都是公社革委会主任、文卫干事、人武部长的亲属，起码也是大队书记或者民兵营长的子女、亲眷，有几个就住在当时的公社大院里。因为一个个"根正苗红"且父母"大权在握"，很长一段时间里，他们几乎完全操纵了羊寨中学青年团员和红卫兵的发展。我的"政历"本来就不"清白"，少年气象里偏有某种猖狂，因此，即使我干得再卖力，贡献再大，在我加入组织这个问题上，依旧不会那么顺当。即便真的有人存心要帮上一把，但只要哪一个干部子弟随便哼一声也就基本没戏了。因此，别说将我吸收进青年团组织，就是发给我一只用黄色油漆写的红袖章也绝不可能。

一次次打击对于我来说就是一次次剥皮抽筋。到最后，我甚至每一次都是眼含泪水在抄写这些名单了。

1976年9月7日中午，在一阵凉风夹杂微雨的暖湿氛围里，在我抄写完新发展的又一批红卫兵名单以后，一向对我欣赏有加的团委徐老师（爱好篮球和文学，刚兼任校团委书记，一个月后做了我们半个学期的班主任）面对着我，重重地叹了一口气。他先是犹豫了那么一会儿，最终拿过我手中的毛笔，在"阜宁县羊寨中学1976年秋学期第一批红卫兵名单"的最后一行，加上了我的名字。现在想想，徐老师的这一次擅作主张还是冒了一些风险的，好在其后不久，一个特殊时代结束，学校再没有发展过红卫兵。我也因此成为羊寨中学历史上的最后一位"红卫兵"。

1976年9月9日，一个让每个中国人都感觉天塌地陷的日子，一代伟人、伟大领袖毛主席与世长辞。巨星陨落，举国哀伤。翌日，中午饭后，利用午休时间去集镇的小店里买牙膏肥皂的我的班主任朱广鸿老师，与住在小镇上的顾丙仁先生偶然相遇。朱系当年国立中央大学（南京大学前身）中文系毕业的高才生，国学底子深厚，顾丙仁熟读四书五经，满口之乎者也，且写得一手好字。伟人辞世，街头上，两位同乡挚友忆及20年前一起为羊寨中学奠基担土，如今，虽桃李芬芳，事业欣荣，但天昏地黑，世事艰险，哀之忧之，不禁感慨多多。两个人竟从正午一直聊到黄昏，从街畔叙至顾先生家中。小窗前，月光下，一碟花生米，半斤猪头肉，外加一盘韭菜炒鸡蛋，两个年过半百之人，借酒浇愁，情至极处，不禁痛哭失声。

是夜，两人烂醉如泥，遂各取其势，席地横卧。

醒来，已是天光欲晓，东方既白。

翌日上午，朱顾二人半醉半寐，各吟七绝一首。

因朱老师与我父亲同居一室，中午，两位先生的诗词被我第一个读到。当日的晚自习，征得同意，我将朱老师的诗用粉笔抄录在了黑板上。

朱广鸿老师的诗如下：

七　绝

噩耗传来天地崩，

故友街头恰重逢；

忆及二十年前事，

皆是挑土奠基人。

诗的结构章法如何，我当时确实不太懂，只感觉，短短四行诗，忆旧，咏怀，哀人，忧国，欲血欲泪的真情感清晰可见。

就是这首诗，给朱广鸿老师惹来了弥天祸殃。

那天晚上，我手上的粉笔灰还没拍干净，就有人将此诗抄下送到了公社革委会。结果，一首平常的抒情述怀的小诗，迅速被冠以"举国哀痛之日，竟有如此闲情吟诗作对"

以及"欲与伟大领袖伟大统帅平起平坐"之"颠覆"罪名。朱广鸿与顾丙仁当即被绑走。其后数日，公社、县革会工作组轮番审问，命其交代罪行。后来是连续四场的千人批斗大会，朱、顾二人的头低得真比臭狗屎还低。

再后来，全校数百名师生在公社革委会领导的带领下押着朱、顾二人，一路高呼口号，沿通往南羊、孔庄、孙河和废黄河滩上的世明、果园、外口、王山等几条主要道路以及附近各村游行。

而作为这首诗的传播者，一个刚过 13 岁的乡村少年，穿着打着一块块补丁的衣裤，戴着鲜艳的红袖章，正低着一颗大头，眼含热泪，走在离两位先生最近的地方。

一条河的悲伤

　　春天漆黑的夜，一条河停止了舞蹈。已经有 900 多年历史的黄河故道，虽然依旧靠着那片开满油菜花的河坡，但平静的水体，已没有了光泽。随着速度的越来越慢，声音也越来越平缓。停在河床里的流水，正用最后的一点力气，痛苦地扭动，抽搐。

　　越过古老的云梯关，由宽阔高耸的河套地进入一片葱郁的果林，穿过一望无际的桃花梨花，黄河故道仿佛进入了最后的生命旅程。如果说在这一段之前，古老的河流还依然保存着一份活力，那么现在，当它流过苏北桃花源，流过羊寨的外口、沙岗、孟滩和北沙，一路进入滨海和响水地界，穿过老八滩酒香浓郁的小街，流到这个名叫大淤尖的地方，一路的风风雨雨、波波折折，流水的速度早已慢得连一粒草屑都带不走了。

　　没有奔涌，没有喧哗，甚至没有一点点声响。一条不再流动的河流，一个时间老人，弯着一副佝偻的腰，扶着黑暗的树林、村庄和颓墙。他虽然还站在那里，却半天不说一句话，个体的生命呈现着最后的、也是全部的不确定性。已经

黄河故道盐城入口处　宋从勇／摄

活过 900 岁的废黄河，真的已经是一条"废"黄河了。

但是，毫无疑问，这是一条河。所有的时间和距离都化成长度。每一步都象征着岁月的流淌和生命的奔腾撞击。

是的，这是一条河，它的上游就是万里奔腾的黄河，它从高高的黄土高原一路走来，900 年，700 多公里。试想一想，古老的东方大地，除了浩浩长江与黄河，谁能用如此漫长的时间，不舍昼夜，风雨兼程，走过这样一段万里迢迢的旅程？如果换成一个人、一匹马，这么远的道路，估计早已经累死过无数次。

但这一条河依然存活了下来，即使再没有昨日的速度和宽度，它也会用奔流的姿势，一直向前，扑向入海口。长长的驿路上，每隔一段都有一头镇河的铁水牛，每走一步都是一个个人和一匹匹快马的尸骨。一条河，一条行将消失的河流，只要它还能呼吸，还能流动，就一定会用最后的一粒水滴，证明自己没死。

一条无限疲惫却充满梦想的河流，一直奔向东方，奔向大海，900 年悠悠岁月，700 多公里日夜兼程，一切，只是为了今天！

废黄河是什么时候，又是从哪里开始放慢的？是在上游的徐州、淮安，还是盐城的阜宁、响水、滨海？芦蒲、羊寨、北沙、大套、黄圩、界牌、六套、七套、头罾……确实，听听这些地名，你就知道，所有的一切，都是能够给河水带来阻挡的所在。所以，很可能，当它越过 204 国道（其前身是范仲淹主持修筑的捍海堰），尽管距离大海还有很远一段距离，但黄河故道一个趔趄，就将一只脚平放在了一个叫作"六套"的地方。在"沿黄"一带，有许多被称作"套"的村庄集镇。一处处河套之地，褶皱起伏，形成一个减速带，使得废黄河的水流明显地慢下来。六套即为其中之一。不远处，那正对大海的地方，一座泥土堆成的巨大尖顶，叫"大淤尖"。这个距滨海县城东40多公里的沿海小镇，20世纪80年代还称"淤尖"或"大淤尖"，意为淤泥堆成的尖顶，又称"淤滩大尖头"。

毫无疑问，淤尖的地名也与黄河泛滥泥沙堆积有关。在沿海地理版图上，今天的大淤尖并不大，顶多是大河尾闾上一条不足3平方公里的小街。但这样一个毫不起眼的淤泥之地，你却也很难想象它的过去，它的前世今生。当年的淤尖，虽然只有一座土墩，但因为商贾云集，商铺林立，被人直接称作"小街"。上百年过去，当你沿着河水从那狭窄的小街上走过，似乎还能听见那卖鱼卖虾卖蟹卖芦苇人的呼唤。还有渔网和盐砣。当年的废黄河入海口就处在小街后面，所有的河水，一下子就可以冲过去。

大淤尖，一片从上游冲下来的高高堆积的黄土，像一座低矮的土墩，更像一滩晒干的盐——历史记载，清乾隆年间，淤尖就有居民从事盐业生产和捕捞事务。咸丰五年（1855年），黄河北徙，海岸坍塌，大淤尖便将自己全部留在了岸上。正如童谣中唱的："大淤尖，大淤尖，家家门前一片滩！"

并不遥远的地方，奔腾的黄河故道放慢了速度，一片更加巨大的滩涂正在一点点往上堆积。一条用了900年时光不停奔走的疲惫的河流，此刻，正无力地平躺在大海边。它在喘息。无力，更无望。

一大早，接到诗人老沙的电话。要我陪他去看一看废黄河入海口。老沙生活在淮安。黄河故道在进入盐城之前，就从他生活的城市流过。黄河故道高高的桥墩就靠着他家的窗户。

我欣然应允，并且邀请了本地作家孙曙一同前往。孙教授是著名作家和评论家，也是地方文化的潜心研究者，正在对黄河故道进行田野考察。"他是不是想看一看黄海边的虎鲸？"孙教授猜测。车上了高速，以110迈的速度匀速行进。孙教授驾车，我正好翻一翻随身携带的本地朋友办的刊物《故道》。

杂志上刊登的一篇文章，竟然是嘉庆十七年（1812年）兵部尚书（从一品）兼都察院右都御史、两江总督（正二品）张百龄到滨海县境勘察，向皇帝上书的《查勘海口束刷通畅疏》。

文章详细介绍了当年废黄河入海口的况貌——

兹由清江浦经外河南岸一路履勘……随登舟亲测水势。自云梯关至八滩而下，直到海口南尖，俱深二三四丈，至五丈余尺不等，次第循轨畅行，毫无停滞。瞭望海中，见黄流亘起，直由南北尖之外，冲出甚长；捕鱼船只，帆樯往来，距海口似甚辽远，与去年所见南尖之下，即有渔船泊聚，情形迥异。

询据渔户等云：向年黄河入海，自出南北尖而下，不过数里，即与海水不能异色；捕鱼之船，即在海口施网。自本年黄流挽正之后，气力猛盛，冲至海中，约有四五十里之遥，始与海波合色。渔船须避过黄溜，至数十里之外，始可捕鱼。

在张百龄笔下，整个废黄河入海口，二十年"未见如此奋迅，且其势猛急，尾闾宣通，全河东注"，实乃"大好气象"。翻阅备注，疏中提到的八滩、南尖，即如今的滨海县八滩镇的八滩村和正红镇的南尖村，这些地方，都还在。

一路上都是浮土沙尘，汽车最终是如何到达废黄河口的，我已记不清了。我只记得那一条崎岖而漫长的道路，颠簸起伏，坑坑洼洼。穿过一大片低矮的树林和一处破旧的村庄，用力一踩油门，汽车在甩出一个巨大的弧形之后，竟然直接开上了海堤。

我们从车上跳下来。

芦苇树林之中，河道狭窄，堤坝低矮，一处几近荒废的涵闸，闸下水流平静。靠近大海的一边，退潮的大海留下一片月亮形的海湾。海湾里，浑浊的泥水中堆满了从大海里推送上来的废旧塑料和泡沫……

哦，这就是我想象了无数次的废黄河入海口？

我愕然。

一条河，一路挺胸抬头，以昂扬的姿势冲过高山土塬，穿透沟梁深壑，又在某一瞬间，突然奋力挣脱河床的束缚，在苏皖北部大地开辟出一条新的道路，一路向前，直扑入海口。传说中，古老的黄河曾经是一匹难以驯服的野马，尤其是在上游，它日夜怒吼，波涛不息，而在流经豫东、鲁南，进入皖北以后，即与古泗水交汇，和淮河流为一体，于是有了淮河下游的水患泛滥。"初三潮，十八水，二十一二冒失鬼"。初三、十八，每逢大潮之日，肆虐的大海必将在宽阔的海面上掀起阵阵潮头，将浑浊的泥水一直送进沿黄一线百姓苦难贫瘠的生活。

"咬啮千重高山，吞噬万顷良田。"在《查勘海口束刷通畅疏》中，张百龄对海水冲刷堤坝、海口坍塌陷落也做了详尽描述。海口两旁积聚的淤土，海岸"跌踢深宽"。南岸丝网以下，旧滩上老百姓居住的草房均被海水冲塌，没办法，人们只能迁居更远的河岸。而在其北岸，早先曾经建有一处龙王庙，因为海水的侵蚀，其旧基亦塌入河中。于是，自嘉庆年起，朝廷开始了旷日持久的修浚旧海口的工程。

> 于近海之南北两岸，接筑土堰二道，夹束黄水，一气入海，不使倒漾于旧堤尾之外，旁流漫泻。而各厅营员弁加埽扎枕，并力捍护，用能于伏汛大涨时，约拦水势……足见前人束水攻沙之语，信而有征……

筑土堰，束黄水。张百龄道："而历来谓云梯关外不可与河争地，弃长堤而不守者，洵为谬妄。"

嘉庆至今已逾 200 年。旧时的黄河故道，因为上游携带的泥沙的淤积，其入海口比现在的入海口上移数十公里。但大海对于废黄河入海口海岸的侵蚀，似乎一直没有停止过。在这段侵蚀型海岸，每年夏天，6 月大汛，上游淮河流域河水泛滥，地处大淤尖的废黄河入海口，自然首当其冲，河海之间，上有洪水压境，下有海潮顶托，每每巨浪滔天，每年夏天都会有几场这样的"海堤保卫战"。20 世纪 90 年代初，我曾经数次亲历这样的海堤保卫战。狂风暴雨之中，成千上万的民工和军人站在汹涌的海浪里，用身体压住即将溃塌的堤坝，站在巨浪滔天的海水中，他们是最后一道大堤。

然而今天，在大海的另一边，一条河，死了。

那一条曾经让人血脉偾张的黄河故道，死了！

在抵达大海之前，这条河就死了。

废黄河死了，它并没直接进入大海。就在它即将扑进大海怀抱的最后一刻，有人用泥土堵住了入海口，堵住了它向大海最后倾诉的干裂的嘴巴。几台挖掘机伸开一副副利爪，一夜之间，神秘的古黄河口成了一片巨大的人工湖。

在废黄河入海口的另一边，那被一块块大石头合围起来的海湾，一片被废黄河水冲刷出的浅滩，有人从遥远的地方拖来一卡车一卡车的细沙，堆在了海边。

一座巨大的名叫"月亮湾"的沙滩浴场呼之欲出。度假区的旁边，一座星级酒店即将竣工。

在更远的地方，建起了一座座从外地引进来的工厂：水泥厂、钢铁厂、造船厂，还有……化工厂。所幸，这些工厂正在被逐步拆除或者搬迁。

从工厂里流出来的水是深红色的，大量红色的水让海水也变成褐色和红色。红色的水中漂浮着一条条死鱼。四鳃鲈鱼和"拔头鱼"。或许，还有很多年前我在家乡的灌河里看到过的一条条虎鲸——现在，那条河里早已见不到长长的虎鲸了。

在废黄河入海口附近的海面也见不到。

污染严重的海水，使得海边的鱼塘出现了大量死鱼。任何有经验的农民也无法种植出一季好稻米。有一天，我还看见几个农民面色凝重地坐在没有一粒果实的蚕豆地里。面对眼前颗粒无收的庄稼，他们没有眼泪，没有表情，有的只有翻滚在喉咙口的苦涩和凄楚，那从远处传来的一阵阵淮剧的大悲调和淮海戏的拉魂腔。

此刻，在废黄河的入海口，大悲调和拉魂腔唱出的是一条河流的哭泣，一朵朵正在消逝的浪花的哀伤！

一条将死未死的河。除了我，会不会有第二个人，以这样一种方式表达自己的哀悼和怀念？

德国现代舞大师皮娜·鲍什曾说过："我跳舞，因为我悲伤。"

河流其实也像一个人。当它停止了舞动，也就无法说出悲伤。

今天，距离废黄河入海口不到两公里的地方，一座红色的拱门正站立在防洪堤上。东方之门，一个宽广的胸怀朝着天空敞开！

初升的月亮挂上天空，新鲜，嫩绿，像未成熟的蚕豆。

一只只海鸥飞来绕去，脚下，是大海洁白的浪花和轰鸣！

一条流淌了900年的河流，以一种无比决绝的姿势来到这里。曾经有多少次，我梦见一条大河进入大海的样子。河水奔涌向前，它飞舞，轰鸣，以大山倾倒的力量和姿势扑向前去。

现在，一条河死了。在跨进大海的最后一刻，它死了。

生活在废黄河两岸的人们，请你告诉我，是谁扼住了这条河流的脖子？

石头之下，大海之侧，河流之尾，我不敢看向远方！

不敢看向南方。向南，低头我就看见那浑浊的河水，它们泛着紫褐色的泡沫，像泪珠，像带状淋巴，像漂浮的带毒的结石。

也不敢看向北方。一排排巨大高耸的烟囱，就像发黑滚烫的枪管，挑着浓烟吹不走的旗帜。带着油腻和血腥的海水，让四鳃鲈鱼消失。让那片鲸群远离了近海。

站在废黄河入海口，面向远方的海平线，今夜，并不遥远的地方，红色的海水倒灌，天空正腾起巨大冲天的火光。

　　坐在废黄河入海口那破旧的桥墩上，想起一位盲人歌手，想起他那被大火烧焦的手指和眼睛。弹着吉他，身边的大海，跟着他，轻轻唱——

　　　……海水和火焰向天空倒流
　　　睁开被泪水灼伤的眼睛，这片废墟
　　　已无法安放一个完整的春天！

　　那是我悲怆得没有泪水的诗歌！

西乡记

月光三千亩

月光三千亩。我说的是苏北水乡大纵湖那三千亩油菜花。

大纵湖地处里下河深处的盐城西乡，这里水网密布，河道纵横，油菜花是这片土地上最平常的植物。即使你不播种，它也会生长，并且在每年的春天开出一望无际的金灿灿的油菜花来。盐城西乡的油菜花太多，这边的已经开了小半个月，那边的还在春风里掰着指头算时辰。从清明，一直到谷雨、立夏，整个春天几乎都迷失在那无边无际的油菜花的金黄与芬芳里。那些摩肩接踵的观光客，那些爱着春天和油菜花的人，那些走南闯北的放蜂人，他们总是在 4 月，或者 3 月末，就踏上了来苏北水乡寻找油菜花的路，毫不顾及长途跋涉的劳顿。在高速上，在天空中，他们就看见那一垄垄一垛垛金黄的油菜花了。但当他们真正走进盐城西乡，走近这里，那个叫大纵湖的地方，那湖滨大道旁绵延的油菜花海，还是让他们惊呆了。站在新砌的曲桥上，三千亩油菜花，平展展的一大片，无论放在哪里都是一大片炫目的海。

湖塘花海　宋从勇／摄

灿烂得像金子一般的油菜花，从早晨一直到傍晚，那阳光一直就没能照到它的边际，最后，只能用夜晚的月亮继续去照耀。其实，这么大的一片菜花地，是根本不需要太阳和月亮来做什么的，它本身就是阳光和月光，是太阳和月亮在4月里的一次遥遥的问候和呼应。白天，油菜花是金子，夜晚，油菜花是银子。金子和银子重叠在一起，月光下的大纵湖，整个湖的东岸都是亮的。抬头望去，那花海中各式各样的稻草人，那捧着点着红字"寿桃"、牵着"龙头拐杖"的"老寿星"，那吹吹打打的"迎亲的队伍"，一帮城里来的年轻艺术家的杰作，让人感觉有些恍惚和不真实。但是，对这样的创意，太阳不会提出诘问。飞鸟也不会。它们正在油菜花地的上空匆匆赶路呢。倒是那月光，那月光里的菜花地，除了油菜花本身，那些"人"，那顶着花帕、戴着草帽的男男女女，那些草扎的丹顶鹤和麋鹿，它们或奔跑跳跃或展翅高飞，它们的身体，它们的翅膀和羽毛，明显地有了些阴影。

　　油菜花在大地上生长，菜花的远处是我熟悉的人——那个在坡地上弯腰挖土的人，那在田埂上点豆子的人，那在新鲜的垄沟里给红薯苗浇水的人，那在竹篱笆边上拔草喂羊的人，他们，都是我的亲人和乡亲。借着这三千亩月光，他们要将手里的禾苗插完，将桶里的水浇完。没有丘陵的缓慢起伏，却有垛田的流水环绕，一只半青半黄的水瓢，送出去，再在前方使劲绕出一个大大的圆弧，眼前的油菜花地瞬时成为月光下一片望不断的湖塘花海。明天一早，每一朵菜花都会挂着这个春天里最新鲜的露珠，期待那风的晃动。

月光三千亩。这是我的故乡苏北水乡大纵湖的油菜花，看不完，望不断，风吹不过去，鸟也飞不过去。几十年来我一直都在写着分行的文字，今天，我还是为它写一首诗——

月光三千亩，鸟翅还没打开，露珠已走远

月光三千亩，脚步还没挪动，足音已渐渐消失

月光三千亩，提着草叶和星星，跟着母亲

走向外祖父的坟地，月光三千亩

带着新娘，一路吹吹打打

从故乡，到异乡

月光三千亩，跟着一只小鸟，我学唱一首歌

菜花地里，那迷路的孩子，太阳大地的孩子

被一颗露珠滑倒，被一颗星星喊住，三千亩月色

坐在一朵菜花底下，我能听见菜籽迸裂出的回声

菜籽迸裂的声音里我真的能够走出那片金色的油菜花海吗？

今晚的月亮是疲惫的，或许只有风能够将我带出去，带出春天和夏天，带向那一株株秋天的向日葵！

大纵湖记

大纵湖属于水，无论春夏秋冬，水，是大纵湖永恒不变的主题。在大纵湖，你只要记住这片望不尽的绿水和芦苇就行了。一条画舫缓行于水上，以古芦舟和芦苇迷宫为标志，大纵湖，堪称里下河湖荡湿地深处一片不沉的祥瑞之地。在兴湖塔上俯瞰这方圆数十公里的宽阔湖面，湖水清冽，画舫摇曳，倒映于水光浪影的天空也被夕阳染得火红。湿淋淋的水鸟被小船惊起，两边夹道而来的茂密芦苇高可没人，站在船头，随手就可以接触到那如雪如雾的硕大芦花。傍晚的阳光照着芦苇，将宽大的苇叶切成一条一条、一块一块的，舟楫过处，那白花花的雪浪和鱼群翻滚于船尾，仿佛一片万般晶莹又无限魔幻的水世界！这世界上最大的芦荡迷宫，是自然的手笔，更是神仙的造化，800亩芦荡迷宫，当是苏北里下河地区独一无二的景致。

除了水，大纵湖最多的便是绿。大纵湖的绿无处不在，而且总是绿得那么实在、那么清爽。宽阔的大道两边植满合欢，由此进入湖区，右拐便是号称"苏北第一长廊"的清风长廊。回廊曲折，柳丝纷披，幽幽地直至观湖楼收笔。右侧，"二十四孝"之一的王祥卧冰求鲤的池塘，风平浪静。而穿过苍翠的竹园，板桥书屋传来的琅琅书声音犹在耳。相传"扬州八怪"之一的郑板桥从山东辞官后，隐居于与故乡兴化只有一湖之隔的大纵湖畔，他白天教书，晚上画竹，

芦苇迷宫　宋从勇／摄

直点缀得整个湖面一片绿竹扶疏、花影摇动。莫非，板桥老先生著名的"六分半书"，那份灵感也是源自大纵湖的残阳夕照？

除了水和绿，大纵湖的神韵还得于另外一个字——龙。宛若游龙的九曲桥，建于 400 年前的龙兴寺，龙兴寺内高达 19.99 米的大佛，落在一片大湖碧波之间的巍峨的兴湖塔。兴湖塔曾名"镇湖塔"，传说中，曾镇压过妖魔以保水上人家的平安。凭楼临风，登塔观湖，芦花秋月，归鸟落日，大湖夕照，所有这一切，与和"龙"字血脉相通的九曲桥、龙兴寺、兴湖塔组成了大纵湖上一幅意境悠远的图画。而千年流水托举起的一个个名士——宋曹，朱升，"建安七子"之一的陈琳，还有采药归来的神医华佗——直到现在，环湖一带不少百姓还在家中供奉着华佗的灵位。还有那个卧冰求鲤孝顺继母的少年王祥，一个百世流芳的孝子，在大纵湖，浸淫于神话和传说的，更多是一种情怀、一种精神、一种飞扬灵动的气度和绿意葱郁的神秘意韵。

落霞氤氲，大湖水绿。大纵湖岸有一个渔姑码头。当年，船家的女儿要想离开渔船，这码头便成了她们通向外部世界的唯一一条道路。而即便是走上了这渔姑码头，这些苦命的水乡女子的命运又能如何？她们又有什么样的地方可去？但是现在不同了，离开渔姑码头，离开水做的芦苇迷宫，我们的脚步一下子就踏上了柳堡村和同心岛。脚踏水车溅起的大团浪花，柳堡村和同心岛皆是水乡爱情的见证。从上午9点开始的水上婚礼"真人秀",顶着红盖头的新娘穿着绣花鞋从岸边的火盆上跨过,轻轻迈出左脚踏上挂满红灯笼的迎亲船,唢呐齐奏,喇叭欢鸣,迎亲船穿过曲折的芦苇丛,原本平静的大湖,顷刻间变得如此欢腾。

　　几十年前那西乡常见的民间婚俗场景,如今已经成了湖区内独特的民俗旅游项目。远处,几艘快艇和一条条被装扮得五彩缤纷的画舫船,正让一片原本宽阔的湖面浓缩成很小很小的一部分,而我心里的大湖却永远是那么满满当当的。一轮月亮渐渐升起,幽绿小岛上飘来的香味,沁人心脾又似曾相识,而我最熟悉的还是弥漫其中的菱角、芋艿、嫩玉米和鲜花生的味道——那乡野上到处可见的果实,千年不变的始终是一片水绿充盈,而大纵湖,这浩荡水乡的一派温情脉脉的水绿之母,它的水绿清波,它的满湖月色,也将一直呈现在我们的面前。

碧水一湖鲜

　　位于盐城、泰州两市交界处的大纵湖,一片"水乡泽国"。纵湖美景,如诗如梦,其大美之境,一半在绿,一半在水。"接天莲叶无穷碧,映日荷花别样红",十里菱香深处,入选吉尼斯"中国之最"的芦荡迷宫名闻遐迩,堪称苏北水乡最浓墨重彩的一笔。

俗话说，靠山吃山，靠水吃水。36平方公里的大纵湖，一望无际的浩渺烟波，在成为人间美景的同时，也孕育了万亩湖荡里最丰富美味的食材，并在长期的历史发展过程中，逐步形成了具有浓郁水乡特色的饮食文化。以大纵湖清水大闸蟹和白壳螺蛳为代表的"纵湖十鲜"，就是大纵湖最具特色的地方美食。

大纵湖的清水大闸蟹，壳青，肚白，金爪，黄毛，除了与中华绒螯蟹的一些共有特征，还具有壳脆、肉甜、膏肥、腥烈等独有的特性，驰誉大江南北，不仅获得了国家绿色食品、有机食品、无公害农产品和江苏名牌产品证书，还取得了出口资质。"秋风响，蟹脚痒"，重阳节前的大纵湖清水大闸蟹，堪称蟹中极品。用地道的大纵湖大闸蟹做食材，无论是清蒸、红烧、面拖或者做成蟹黄羹，皆为世间美味。尤其是大纵湖的醉蟹，应该是大纵湖的美食一绝。前几年我曾经陪同央视《城市1＋1》做过一期介绍大纵湖醉蟹的节目。蟹壳打开，红膏软糯，油汪汪一片，迎面而来的香气，丰盈扑鼻。

排在"纵湖十鲜"第二位的当数"白壳螺蛳"。螺蛳是水生动物，生于水泽溪流湖泊，一般分青、黑两种。而这种白壳螺蛳却是大纵湖所特有的。和一般淡水湖泊的螺蛳有所不同，大纵湖的螺蛳是生长在芦荡深处或是长于湖中水草上的。大纵湖地处水乡，芦荡密布，水草丰茂。湖中充足的有机物、高营养使得大纵湖螺蛳一只只个大肉肥。因为独特的生态环境，尤其是芦荡里经过层层过滤的干净流动的湖水，大纵湖白螺蛳比一般的青壳螺蛳更干净，肉质也更加细嫩，味道更加鲜美，以此为主食材制作的酱焖白螺尤其受到食客们的推崇。而我最喜好的还是最普通的炒白螺蛳，一道苏北乡下大妈都会做的菜。将沥过水的白壳螺蛳倒进滚烫的油锅，加入姜、葱、盐、糖、白蒜、胡椒，上下翻炒数次，再加入适量的水，炒出来的螺蛳壳白皮薄，肉质脆嫩，入口爽滑，嘬吸之间，是满嘴特别的香气，小小的白壳螺蛳，不仅让你尽享食物的美味，更在品味一片大湖的绿意和野趣。

一湖风光一湖景，一湖碧水一湖鲜。说完白壳螺蛳，应该说一说大纵湖的鱼了。"纵湖十万亩，清波接远天"。明净流动的大纵湖曾是盐城这座百万人口城市的水源地，干净的水质很好地保证了鱼类的生长。除却我们常见的青鲢、草鳊，大纵湖的野生鱼类更是水中珍品。这其中最有名的便是鳜鱼。鳜鱼又名鳍花、桂鱼、鲈桂，活则有花，死则无花，由此看来，大纵湖里的鳜鱼更接近于一种气节——活生生的水的气节、芦苇菖蒲的气节。

大纵湖还有一种鱼，其通身呈黄色，略有浅黑色断纹，全身无鳞溜滑，有短短的颌须，背上有一根昂起的硬刺鳍，碰一碰会发出嘎嘎的叫声。当地人叫它"黄昂"或者"昂刺鱼"（北方人叫"嘎鱼"），学名叫"黄颡鱼"。"菜花开时黄昂肥"，元代有诗人写过"一溪春水浮黄颡"的诗句，黄颡即黄颡。大纵湖的昂刺鱼名字形象霸气，却有最柔软的身段、细腻的肉质，味道极其鲜美。大纵湖昂刺鱼传统的做法，一般有清炖、红烧、酱烧，但我们所见识的是一盆昂刺鱼汤。做昂刺鱼汤，工艺并不复杂，关键是看鱼和水的出处与来路，鱼必须来自大纵湖的芦荡草泽，水也必须是清清冽冽的大纵湖水。做汤时，取刚出水的活鱼三五条，剖肚，取出内脏，洗净，放在竹篮中沥干。鱼不宜太大，二三两而已，太大则肉质干涩。点火，先在锅底放入少许本地产的小榨大豆油，不加其他佐料，只放入少许葱、姜，鱼下锅后轻轻翻动，等鱼身上的一层表皮煎至自然脱落，再轻轻施以大纵湖的湖水。也有不放油的，直接就将鱼和事先准备的葱姜蒜等一起倒进了锅里。锅开后文火慢煨，半小时后，一锅牛乳一般醇厚、浓稠、洁白的昂刺鱼汤便端到了你面前。做昂刺鱼汤的锅也讲究，以传统的铁锅最好。出锅前，在刚刚煮好的热腾腾的汤中撒入细盐和白胡椒粉，搅匀，以白色瓷质盛器，装碗或入盆，最后再以一小撮切得细碎的青蒜叶或是香菜末点缀，这雪上新绿、玉中清波，视觉和味觉在此相遇，记忆和乡情在此相逢，原本平常的食物也成了最难忘的人间美味。

除却鳜鱼、昂刺鱼，我们还要说到大纵湖的其他几种野生湖鲜，诸如鳝鱼、泥鳅、翘嘴、黄箭、虎头鲨、野鳖和湖虾，这些都是大纵湖最多的水产。以此为食材烹饪制作的菜肴，同样闻名远近，享誉南北，备受八方游客的推崇。秋风湖蟹、白螺春晓、鲜鳜献花、浅吟黄昂、鳝丝盘玉、纵湖水参、荡里白条、一甲天下、清炒湖虾、雪菜乌鲨。色彩斑斓、美味扑鼻的"纵湖十鲜"，光听听这些名字就画面毕现，让人忍不住垂涎。看不够的纵湖景，尝不完的纵湖鲜，那是湖水湖风、芦苇茭白的味道，更是故乡故土、乡韵乡情的味道。湖光潋滟，满目澄明；水乡福地，美景美食。一种鲜美的情愫，一种鲜活的情怀，那么紧密地缠绕在你的舌尖，纠结于你的味蕾，浓得咽不下，酽得化不开，你也就更近距离地靠近了这片土地——

这一面湖、一座城、一群人……

龙冈的春天

地处苏北平原，和这片土地上的大多数地方一样，龙冈的春天是从河边沟坎上那星星点点的荠菜花和迎春花开始的。3月，安静了一个冬天的蟒蛇河水开始涌动，岸边柳枝变硬，继而鼓出新芽。当时间进入4月，节气过了清明，金黄的油菜花铺满一地，15里沙岗一片桃花红梨花白，这时的龙冈，已经进入了春天的最深处！

龙冈，盐城的"西花园"。有关其来历，人们大多愿意引用那则古老而神奇的小秦王"赶山入海"的传说。"小秦王扶苏握一竿神鞭……对着脚下沙滩狠抽一鞭，沙滩立即隆起一条沙岗"。然而事实上，我更相信作家孙曙在其散文

《龙冈往事》中的描述："龙冈……是远古时代的海岸线，海中沙洲。"确实，和盐城周围的其他沙岗一样，古老的龙冈更多应该是残存在平原上的古贝壳沙堤。

沙土不黏不结，干净晶亮。15里沙岗就像一条金沙铺就的金腰带。因不宜五谷，20世纪50年代末，地处盐渎以西的龙冈被辟成了果园。15里沙岗，由一株株细小的桃树开始，继而是梨树、核桃，还有杏树和柿树。南北绵延10余里。"果树成林，果林成园。"龙冈的果园在扩大，但由于桃树特殊的习性，并不能一直在这样的土地上生长，10多年后，桃根腐烂，果农们遂以梨树取而代之。从1958年一直到今天，60多年过去，桃树和梨树一直都是龙冈这片土地上轮番交替的主角。尤其是在春天，大地一半翻卷成粉红的云锦，一半涌成洁白的香雪海，在一片片红白交替的风景里，千年古镇龙冈，以逐渐丰富的色彩和生机呈现在人们的眼前。

桃花雨桃花风，梨花云梨花雾。4月的龙冈翻涌起一场诗歌的春汛。"十里桃花沐春风，春风带我来花乡"。又一个百花闹春的季节，当15里沙岗再次成为一片花的海洋，诗人的诗兴和果园主人内心的诗情猝然相遇，并且顷刻被点燃，被激活。因此，4月花开季节，桃花红、梨花白、菜花黄，在绵延不断的龙冈桃园举行一场诗歌的盛会，这是一次对于美好生活的致谢，更是人们对于春天的集体赞美。其实，即便是在一个物欲横流的年代，每个人都不缺少对于美的向往和渴求，内心也依旧有一角诗意的天空，只是需要等到某一个契机。

这是诗人丁香笔下那吹起"春天的集结号"的桃花——

　　春风浩荡的季节

　　不说桃花说什么？

　　说桃花就要说到龙冈

　　说到龙冈就要说到它的粉

　　粉就是暖

　　暖会招手，会叫一片桃花

　　去引诱一群驮着江山的人

这是张大勇笔下"不敢说爱，只说来认亲"的桃花——

　　在龙冈，桃花并不知道自己的美丽

　　所以她的绽放是一种本色与本分

　　她没有世俗心，只有草木魂

　　每一瓣绚丽的掌心里，都是春天的足音

　　还有等了整整一年的邀请

客从远方来，他来认亲。于是，老家的桃花深处音乐响起——那"竹外桃花三两枝"的春天，"蒌蒿满地芦芽短"的春天，"春江水暖鸭先知"的春天，一河春水，阳光颤动。我看见人面桃花相映红，我听见桃红灼灼笑春风。桃花园中飘来的阵阵诵读，打开一片人间四月天。从这片花开的土地上走出去，"燕子打开尾巴，蜜蜂练习抖音"，作为桃花诗会主题诗的《第一朵桃花》在春风里打开；而作为桃花诗会的主题歌，《花乡行》也在人们的笑语欢歌中再度登台。盐渎之西，水乡以东；千年古街，"三胡"（胡乔木、胡公石、胡启东）故里；百家名镇，万亩公园。有着国家级生态镇和著名桃园风情名镇之誉的龙冈，当那些桃树和梨树成为一种背景、一种底色，那十里桃花，乃是春天"盖在大地额头上的印章"，更是大地向这个春天奉献出的爱的诗篇。

况有诗情殊未央，看花今日到龙冈。

小桃不负春风约，十里红云作嫁妆。

诗人汪洋为首届中国龙冈桃花诗会创作的这首《春行龙冈》音犹在耳，第二届、第三届桃花诗会又在龙冈大地上次第登场。十里桃花沐春风，我在龙冈看桃花。"我是大地的孩子/我是龙冈的孩子/我是果园的孩子/站在这夜晚的星空下面/双手捧起那金黄的果实/我们如此地热爱劳动/劳动一生/才能幸福一生"。1400年的历史，一幅随着东流的蟒蛇河慢慢打开的长长画轴。一支支笔，一首首诗，一张张对着天空打开的嘴巴。4月的古镇东风浩荡，桃花梨花相约，天空纸鸢飘飞，那是让我，也让每一个人心花怒放的春天。

桃花、梨花的春天！属于每个人的诗歌的春天！

后记
摊向大地的手掌

我站在这片潮湿而新鲜的土地上，喊着一片滩涂大地的名字。因为长江与黄河泥沙的淤积，黄海岸边的这片土地，每一天都在不停地变化和生长。20世纪90年代初，当我第一次走上滩涂，踏上这一片我从未抵达的陌生之地，穿过8月金黄的葵花林，那一条条穿梭在芦苇丛中的小路，那沿着大米草的根部蜿蜒奔走的溪流，那隐蔽于黄昏夕照中的海边的灌木丛和野蔷薇，还有那柳树枝头突然飞起的一只只小鸟，一切就像一个个无法言说的秘密，突然就留住了我。而在它的身后，我看见一条条河流——串场河、射阳河、新洋港、废黄河、蟒蛇河、蔷薇河、斗龙港、朱沥沟、盐河、灌河……细碎的浪花翻卷，一只只萤火虫怀揣不为人知的秘密，正不紧不慢地掠过寂静的河面。

串场河，一条从南向北流过大半个黄海岸边的河流，因为曾经串联起东部沿海的十多个大盐场而得名。在它的身边，那一道全长近300公里的范公堤，更像是一道巨大的横亘着的屏障。这座修筑于1024年的捍海长堤，由时任西溪盐官、后来成为宰相的北宋著名政治家、文学家、思想家范仲淹和其好友滕子京、张纶召集数万民工，耗时四年完成，堪称和都江堰齐名的中国古代又一个大型水利工程。千百年来，沿着范公堤，串场河的河面上雾气升腾，像童年夏夜天空中那晶亮璀璨的星河。而更远的地方，那两条叫作废黄河和灌河的河流，它们的名字也许不为更多人所熟识，却和我的生命紧密相连。

　　一条条河流正在慢慢变得安静，犹如空阔的田野上走动的鸟兽人群，更多的时候，我们能够看见的仅仅是它们的背影。站在海边，感受脚下的滩涂地越抬越高，而我身边的这一条条河流也越走越远，最终流入了苍茫大海。几十年来，在黄海岸边的城市生活，不管走到哪里，我都会和人们说起脚下的滩涂地，说起千年范公堤、串场河，说起古老的废黄河和灌河。在这里，在这片叫作盐城的地方，出生，成长，生活，我熟悉这里的一切：这片滩涂的形成，这片大地的变迁。我能说出海边平原的动物、植物，说出分布在范公堤两岸的城市、集镇、村落，那生长在它的堆堤上的庄稼、树木和高高的向日葵。我记得这片大地上每一条河流的走向，它们的涟漪、波浪和漩涡，它们的从前、现在和未来。人的一生，要涉过多少条河流？大海汹涌，滩涂绵延，海堰堆积，生活在中国东部一个叫作盐城的地方，感受一条条河的奔流，带着激情和希望注入苍茫大海。也有河流正在慢慢消失，消失在脚下，消失在远处，消失在连自己都不知道的地方。流水的速度渐渐放慢。默默怀念走过的地方，那一段段艳阳高照、阴雨霜雪的生命印迹，是记录，是回忆，也是见证。

我用文字留下这些见证——对这片滩涂大地的见证、对一条条河流的见证。人生宛若河流一般弯弯曲曲，每一条河流都有自己的梦里梦外，每一片泥土都有它的前世今生。我要写下这些梦，写下滩涂地、范公堤和串场河、废黄河、灌河等一条条河流的前世今生。10月，黄海滩涂芦花飞白，野菊花星星般朵朵盛开，一盏盏小灯笼静静照耀着无边无际的田野。黄海岸边的滩涂地，那四处弥漫的不可言说的气息，它是我心中对于一片既在不断生长、也在默默消失的土地的期待、眷恋和思索。从20世纪90年代末至今，二十多年，我所有的文字几乎集中在这片滩涂地，集中于它的河流、田野，它的潮起浪涌、日出日落。一件件一桩桩，一张张一页页，我记录下这些，并非奢望它不朽，而是希望能借此获得一种保留——哦，这片古老的、不断生长的土地，这些不停奔走的河流，这与我的生命息息相关的一切，今天，我，终于能够一笔一画、一字一句地写下它们！

文字的形成自有它的逻辑。开遍野花的大地，一朵朵野菊花是我以全部心血点亮的温暖灯光。诗歌，散文，非虚构的文字，这些有关滩涂、有关自然和故乡的印迹，是多年来我内心深处的对于自然的游历、对于大地的感激、对于流逝生命的依依不舍。当然，更重要的是我对于时光的态度。天空旋转，大地漂移，亲人走散，在许多事物无辜消失之前，我以文字、以自己的感受和情怀，记录下来——这片土地，大地上的白云、天空、流水，那些丹顶鹤、麋鹿、牙獐、野兔和猪獾，那些飞舞的鸟、盛开的花，那些生活在这片土地上的人。许多年来，我一次次去往滩涂、去往那些河流的两岸，我把这样的出发当作对于亲人和故乡的寻访。从最初踏上这片土地一直到今天，走在滩涂上，走在河边，那潮湿的土地，一条条道路、一道道溪流、一棵棵小草，那铺满耳边的风声和鸟鸣，那潮汐带不走的盐蒿草的红，所有的一切都会在我的胸中高耸起来。还有那丹顶鹤的舞姿和麋鹿悄然留下的脚印——哦，我终于再一次写到了丹顶鹤和麋鹿——在冬日的滩涂上，它们沉默，不说话，但它们的心思在我的心中被放大，泪水在我的眼里结晶，成霜，成盐，成为海边的石头和瓦砾。这就是"滩涂"，这就是我们永远都不会被遮蔽的孤独却"有意义"的生活。滩涂，海堤，河流，湿地，水边的家乡——之于我，一条小路的意义就是一首诗歌的意义。一段文字，一份洋溢其中的情感，我郁积于心灵深处的焦虑尚未说出，就已经成为一段岁月的去向。

10月，范公堤以西的里下河平原稻禾金黄，而东边的滩涂大地、那一片辽阔的海边草原，盐蒿草已经泛红，季节迎来又一个秋天。芦花和野菊花朵朵盛开，风显得有些迟缓。大河向东，流水无声。河流的倒影里，有人在挥汗收获，有人在弯腰播种。而我注意到的是那个从远方走来的人，站在滩涂，站在海堤，站在河岸，目不转睛又神思恍惚，她到底是被什么吸引？目光最终又将被带向何方？双手沾满泥土，衣衫挂着草籽，湿漉漉的头发升起蒸腾的水汽，那正是我渴望见到的大地与河流的多棱镜像。几十年来，我曾经去过很多地方，看见过许多河流湖泊、跋涉过许多崇山峻岭，随着时间的推移，那些名字一个个散落、流失，不经意地被遗忘。而天穹之下，那无限的大地和水域，只有这片滩涂和古老的捍海堰与我不可分割，只有身边的这些河流和我息息相通。因为这片滩涂，我站立的位置被垫高；因为这条捍海长堤，我的生命有了明确的走向；因为这一条条河流，我的内心生长起一片青青树林，每时每刻都充满潮湿温润的气息。文字和文字的相遇正如人和人的相遇。沉默着站在河岸，或者独自坐在秋天的滩涂，坐在枯朽的船头，听那潮起水落，看大江大河堆积起的累累泥土——滩涂地，范公堤，一条曾经承载着无数运盐船、运粮船的串场河，一条留下我童年歌声的废黄河、它的河套地、云梯关与月亮湾，还有那长着红镶边绿扁豆的灌河、河口的小蟛牛滩。秋天的下午，一条条虎鲸在大河里跳跃，身后跟着流水巨大的轰鸣。沿着海边，沿着河岸，一步一步前行，头顶飞过鸟群，身边铺满花朵，我知道河流在汇成海洋的同时也会生长出一片高高的土地。

因为这些树木、飞鸟、流水和花朵，我得到了一把钥匙。一把能够打开天空也打开心灵的钥匙。作为一个写作者，几十年来，我对文字的寻找和追逐恰如提灯赶路，今天，在河流两岸，沿着一条条血管一样的秘密通道，最终，我一步步接近的，必定是高高的滩涂地。我的眼中含满泪水。一粒粗糙的盐，那是一座站在我生命里的纪念碑。

十年，二十年，三十年，甚至更长
关于滩涂，没有一首是我写的
写出这些诗的是大海、天空、草地
太阳星星。是芦苇、水杉、盐蒿草
大米草、一只只飞鸟翅膀上的云
是丹顶鹤、长白鹭、震旦鸦雀和野麋鹿
一群人，搬云运雨，身影隐进晚风中的地平线
一群鸟，飞翔，奔跑
姿态和速度各不相同
有关滩涂的诗句，长长短短、交错不齐

有关滩涂，一首首诗从大海边的泥土里长出来
每一首，都浸染着太阳、月亮、星辰的光芒
露水晶亮，带走漆黑的长夜
流水借一首首歌谣摇动鲜花
关于滩涂的诗，却没有一首是我写的
这一生，我如果真的曾经为这片土地写过什么

也必须等到那一天，当潮水

将我的身体一点一点埋进这海边的大地

成为野花，成为洒满月光的土坡

我，依旧缄默如一支十月的芦花

盛开，而不轻易说出自己的姓名

　　这首《滩涂，没有一首诗是我写的》，我写于 2014 年。许多年过去，我依旧清晰地记得那个下着秋雨的黄昏，独自坐在海边沉船残骸上的情景。滩涂地上，一条河从芦苇丛生的滩涂深处走过，在一小片低矮的土坡前停下来。江河，大地，天空，日月，时间，这生命里自由呼啸的血液。"一条河在拐弯处完成它最后的嘱托 / 我相信，仅仅凭着那一缕缕熟悉的温度和气息 / 我已经懂得如何保留那残存的爱情。"天空中，秋天的雨水在不停翻卷，道路也失去了最初的走向，是那条搁浅在海边滩涂的沉船挽留了我。倾听大海缄默无语，面对时间我守口如瓶。一条牢牢倒扣在这片河岸、这片沙滩的破旧的沉船，是它，稳住了脚下的这片滩涂，稳住了这片大地上的一道道河流。

　　从黄海边走来，对于滩涂，对于范公堤，对于那一条条河流，除了一遍遍呼喊它们的名字，能够记住它们的方法，或许只有让它们和文字走在一起。几十年来，我的写作只属于自己，属于中国东部、太平洋西岸这片被称作"东方瓦尔登湖"的滩涂与河流。以文字记述自然和生活，向沉默的大地与河流致敬。《滩涂地》是我摊向大地的手掌，也是我说给世界的最真实可靠的秘密——

姜　桦

2021年9月4日

中国丹顶鹤小镇

盐城黄尖海瓜子艺术部落